民國文化與文學 研究文叢

十四編

李 怡 主編

第 3 冊

自然主義與 20 世紀中國文學
——基於自然主義文獻的考證（上）

智 曉 靜 著

國家圖書館出版品預行編目資料

自然主義與 20 世紀中國文學——基於自然主義文獻的考證
（上）／智曉靜 著 -- 初版 -- 新北市：花木蘭文化事業有限公
司，2021〔民 110〕
目 4+166 面；19×26 公分
（民國文化與文學研究文叢 十四編；第 3 冊）
ISBN 978-986-518-514-5（精裝）
1. 中國當代文學 2. 自然主義 3. 文學評論
820.9   110011207

ISBN-978-986-518-514-5
9 789865 185145

民國文化與文學研究文叢
十四編 第三冊   ISBN：978-986-518-514-5

自然主義與 20 世紀中國文學
——基於自然主義文獻的考證（上）

作　　者　智曉靜
主　　編　李　怡
企　　劃　四川大學中國詩歌研究院
總 編 輯　杜潔祥
副總編輯　楊嘉樂
編　　輯　許郁翎、張雅淋、潘玟靜　美術編輯　陳逸婷
出　　版　花木蘭文化事業有限公司
發 行 人　高小娟
聯絡地址　235 新北市中和區中安街七二號十三樓
　　　　　電話：02-2923-1455／傳真：02-2923-1452
網　　址　http://www.huamulan.tw 信箱 service@huamulans.com
印　　刷　普羅文化出版廣告事業
初　　版　2021 年 9 月
全書字數　392686 字
定　　價　十四編 26 冊（精裝）台幣 70,000 元

自然主義與 20 世紀中國文學
——基於自然主義文獻的考證（上）

智曉靜　著

作者簡介

智曉靜，女，漢族，江蘇宿遷人，文學博士。畢業於廈門大學中文系，先後師從楊春時先生、俞兆平先生攻讀文藝學，主要研究方向為中國現當代文論、圖書情報工作與研究。曾任土耳其中東科技大學孔子學院專任漢語教師。現為廈門大學圖書館副研究館員。

提　　要

　　作為 19 世紀最具影響力的文藝思潮之一，自然主義於五四時期隨其他域外文藝思潮一起湧入中國，深刻影響了五四文學的理論建構和創作實踐。1930 年代以後，由於政治因素的高度介入，現實主義文學一統天下局面的逐漸形成，自然主義文學在中國學界的地位跌至谷底，特別是 1950 年代起，自然主義被定位為現實主義的對立面，遭到了全面否定和批判。1980 年代，隨著改革開放的全面深入，學術研究日趨自由，關於自然主義的研究逐漸增多，新時期的文學創作中也逐漸呈現一定的自然主義因素。

　　本書分為上、下兩編。上編包括三個方面內容。第一，對影響中國較大的法國、日本自然主義文學思潮進行述評，以瞭解其概念內涵、基本特徵與美學特質。第二，梳理五四時期自然主義在中國的引進與傳播過程，分析自然主義在當時的文學創作和評論中的作用。第三，對中國現當代文學中受到自然主義影響的作家作品進行縱向概括性闡述，論證其與自然主義的關聯。下編分為四個部分，分別從文學觀念、主題和題材、創作方法、審美態度四個方面，系統論述自然主義對中國文學的影響，通過文獻考證、文本解析，整體論證 20 世紀中國文學中所體現的或顯性或隱性的自然主義因素。

研治文學史的方法與心態——代序

李　怡

　　我曾經以「作為方法的民國」為題討論過中國現代文學研究的「方法」問題，最近幾年，「作為方法」的討論連同這樣的竹內好－溝口雄三式的表述都流行一時，這在客觀上容易讓我們誤解：莫非又是一種學術術語的時髦？屬於「各領風騷三五年」的概念遊戲？

　　但「方法」的確重要，儘管人們對它也可能誤解重重。

　　在漢語傳統中，「方」與「法」都是指行事的辦法和技術，《康熙字典》釋義：「術也，法也。《易‧繫辭》：方以類聚。《疏》：方謂法術性行。《左傳‧昭二十九年》：官修其方。《注》：方，法術。」「法」字在漢語中多用來表示「法律」「刑法」等義，它的含義古今變化不大。後來由「法律」義引申出「標準」「方法」等義。這與拉丁語系 method 或 way 的來源含義大同小異——據說古希臘文中有「沿著」和「道路」的意思，表示人們活動所選擇的正確途徑或道路。在我們後來熟悉的馬克思主義哲學中，「世界觀」與「方法論」的相互關係更得到了反覆的闡述：人們關於世界是什麼、怎麼樣的根本觀點是「世界觀」，而借助這種觀點作指導去認識世界和改造世界的具體理論表述，就是所謂的「方法論」。

　　在我們的傳統認知中，關於世界之「觀」是基礎，是指導，方法之「論」則是這一基本觀念的運用和落實。因而雖然它們緊密結合，但是究竟還是以「世界觀」為依託，所以在「改造世界觀」的社會主潮中，我們對於「世界觀」的闡述和強調遠遠多於對「方法」的討論，在新中國改革開放前的國家思想主流中，「方法」常常被擱置在一邊，滿眼皆是「世界觀」應當如何端正的問題。這到新時期之初，終於有了反彈，史稱「1985 方法論熱」，

一時間，文藝方法論迭出，西方文藝社會學、心理學、語言學、原型批評、接受美學、結構主義、解構主義、新批評、現象學、存在主義、解釋學、以及借鑒的自然科學方法（系統論、控制論、信息論、模糊數學、耗散結構、熵定律、測不準原理等等），這些令人眼花繚亂的「新方法」衝破了單一的庸俗社會學的「舊方法」，開闢了新的文學研究的空間。不過，在今天看來，卻又因為沒有進一步推動「世界觀」的深入變革而常常流於批評概念的僵硬引入，以致令有的理論家頗感遺憾：「僅僅強調『方法論革命』，這主要是針對『感悟式印象式批評』和過去的『庸俗社會學』而來的，主要是針對我們把握世界的『方式』而言的。『方法論革命』沒有也不能夠關注到『批評主體自身素質』的革命。」〔註1〕

平心而論，這也怪不得 1985，在那個剛剛「解凍」的年代，所有的探索都還在悄悄進行，關於世界和人的整體認知——更深的「觀念」——尚是禁區處處，一切的新論都還在小心翼翼中展開，就包括對「反映論」的質疑都還在躲躲閃閃、欲言又止中進行，遑論其他？〔註2〕

1960 年 1 月 25 日，日本的中國研究專家竹內好發表演講《作為方法的亞洲》。數十年後，他已經不在人世，但思想的影響卻日益擴大，2011 年 7 月，溝口雄三《作為方法的中國》在三聯書店出版。〔註3〕 此前，中文譯本已經在臺灣推出，題為《做為「方法」的中國》。〔註4〕而有的中國學者（如孫歌、李冬木、汪暉、陳光興、葛兆光等）也早在 1990 年代就注意到了《方法としての中國》，並陸續加以介紹和評述。最近 10 年的中國思想文化與文學批評界，則可以說出現了一股「作為方法」的表述潮流，「作為方法的日本」、「作為方法的竹內好」、「亞洲」作為方法，以及「作為方法的 80 年代」等等都在我們學術話語中流行開來，從 1985 年至 1990 年直到 2011 年，「方法」再次引人注目，進入了學界的視野。

這裡的變化當然是顯著的。

雖然名為「方法」，但是竹內好、溝口雄三思考的起點卻是研究者的立場和研究對象的特殊性。中國何以值得成為日本學者的「方法」總結？歸

〔註1〕吳炫：《批評科學化與方法論崇拜》，《文藝理論研究》，1990 年 5 期。
〔註2〕參見夏中義：《反映論與「1985」方法論年》，《社會科學輯刊》，2015 年 3 期。
〔註3〕溝口雄三：《作為方法的中國》，孫軍悅譯，北京：三聯書店，2011 年。
〔註4〕林右崇譯，國立編譯館，1999 年。

根結底，是竹內好、溝口雄三這樣的日本學者在反思他們自己的學術立場，中國恰好可以充當這種反省的參照和借鏡。日本學人通過中國這樣一個「他者」的來參照進行自我的批判，實現從「西方」話語突圍，重新確立自己的主體性。竹內好所謂中國「迴心型」近現代化歷程，迥異於日本式的近代化「轉向型」，比較中被審判的是日本文化自己。溝口雄三批評那種「沒有中國的中國學」，其實也是通過這樣一個案例來反駁歐洲中心的觀念，尋找和包括日本在內的建立非歐洲區域的學術主體性，換句話說，無論是竹內好還是溝口雄三都試圖借助「中國」獨特性這一問題突破歐洲觀念中心的束縛，重建自身的思想主體性。如果套用我們多年來習慣的說法，那就是竹內好－溝口雄三的「方法之論」既是「方法論」，又是「世界觀」，是「世界觀」與「方法論」有機結合下的對世界與人的整體認知。

事實上，這也是「作為方法」之所以成為「思潮」的重要原因。在告別了 1980 年代浮躁的「方法熱」之後，在歷經了 1990 年代波詭雲譎的「現代─後現代」翻轉之後，中國學術也步入了一個反省自我、定義自我的時期，日本學人作為先行者的反省姿態當然格外引人注目。

如果我們承認中國當代學術需要重新釐定的立場和觀念實在很多，那麼「作為方法」的思潮就還會在一定時期內延續下去，並由「方法」的檢討深入到對一系列人與世界基本問題的探索。

在中國現當代文學的領域中，我堅持認為考察具體的國家社會形態是清理文學之根的必要，在這個意義上，「民國作為方法」或「共和國作為方法」比來自日本的「中國作為方法」更為切實和有效。同時，「民國作為方法」與「共和國作為方法」本身也不是一勞永逸的學術概念，它們都只是提醒我們一種尊重歷史事實的基本學術態度，至於在這樣一個態度的前提下我們究竟可以獲得哪些主要認知，又以何種角度進入文學史的闡述，則是一些需要具體處理、不斷回答的問題，比如具體國家體制下形成的文學機制問題，國家觀念與民族意識的互動與衝突，適應於民國與共和國語境的文學闡述方法，以及具體歷史環境中現代中國作家的文學選擇等等，嚴格說來，繼續沿用過去一些大而無當的概念已經不能令人滿意了，因為它沒有辦法抵近這些具體歷史真相，撫摸這些歷史的細節。

「民國作為方法」是對陳舊的庸俗社會學理論及時髦無根的西方批評理論的整體突破，而突破之後的我們則需要更自覺更主動地沉入歷史，進

入事實，在具體的事實解讀的基礎上發現更多的「方法」，完成連續不斷的觀念與技術的突破。如此一來，「民國作為方法」就是一個需要持續展開的未竟的工程。

對文學史「方法」的追問，能夠對自己近些年來的思考有所總結，這不是為了指導別人，而是為自我反省、自我提高。自我的總結，我首先想起的也是「方法」的問題，如上所述，方法並不只是操作的技術，它同樣是對世界的一種認知，是對我們精神世界的清理。在這一意義上，所有的關於方法的概括歸根到底又可以說是一種關於自我的追問，所以又可以稱作「自我作為方法」。

那麼，在今天的自我追問當中，什麼是繞不開的話題呢？我認為是虛無。

在心理學上，「虛無」在一種無法把捉的空洞狀態，在思想史上，「虛無」卻是豐富而複雜的存在，可能是為零，也可能是無限，可能是什麼也沒有，但也可能是人類認知的至高點。是一個複雜的概念。在今天，討論思想史意義的「虛無」可能有點奢侈，至少應該同時進入古希臘哲學與中國哲學的儒道兩家，東西方思想的比較才可能幫助我們稍微一窺前往的門徑。但是，作為心理狀態的空洞感卻可能如影隨形，揮之不去，成為我們無可迴避的現實。這裡的原因比較多樣，有個人理想與社會現實感的斷裂，有學術理念與學術環境的衝突，有人生的無奈與執著夢想的矛盾……當然，這種內與外的不和諧本來就是人生的常態，對於凡俗的人生而言，也就是一種生活的調節問題，並不值得誇大其詞，也無須糾纏不休。但對於一位以實現為志業的人來說，卻恐怕是另外一種情形。既然我們選擇了將思想作為人生的第一現實，那麼關乎思想的問題就不那麼輕而易舉就被生活的煙雲所蕩滌出去，它會執拗地拽住你，纏繞你，刺激你，逼迫你作出解釋，完成回答，更要命的是，我們自己一方面企圖「逃避痛苦」，規避選擇，另一方面，卻又情不自禁地為思想本身所吸引，不斷嘗試著挑戰虛無，圓滿自我。

這或許就是每一位真誠的思想者的宿命。

在魯迅眼中，虛無是一種無所不在的「真實」，「當我沉默著的時候，我覺得充實；我將開口，同時感到空虛」（《野草》題辭）「絕望之為虛妄，正與希望相同」（《希望》）「於浩歌狂熱之際中寒；於天上看見深淵。於一

切眼中看見無所有；於無所希望中得救。」(《墓碣文》) 所以，他實際上是穿透了虛無，抵達了絕望。對於魯迅而言，已經沒有必要與虛無相糾纏，他反抗的是更深刻的黑暗——絕望。

虛無與絕望還是有所不同的。在現實的世界上，盼望有所把捉又陡然失落，或自以為理所當然實際無可奈何，這才是虛無感，但虛無感的不斷浮現卻也說明在大多數的時候，我們還浸泡在現實的各自期待當中，較之於魯迅，我們都更加牢固地被焊接在這一張制度化生存的網絡上，以它為據，以它為食，以它為夢想，儘管它無情，它強硬，它狡黠。但是，只要我們還不能如魯迅一般自由撰稿，獨自謀生，那就，就注定了必須付出一生與之糾纏，與之往返。在這個時候，反抗虛無總比順從虛無更值得我們去追求。

於是，我也願意自己的每一本文集都是自己挑戰虛無、反抗虛無的一種總結和記錄。

在我的想像之中，每一個學術命題的提出就是一次祛除虛無的嘗試，而每一次探入思想荒原的嘗試都是生命的不屈的抗爭。

回首這些年來思想歷程，我發現，自己最願意分享的幾個主題包括：現代性、國與族、地方與文獻。

「現代性」是我們無法拒絕卻又並不心甘情願的現實。

「國與族」的認同與疏離可能會糾結我們一生。

「地方」是我們最可能遺忘又最不該遺忘的土地與空間。

「文獻」在事實上絕不像它看上去那麼僵硬和呆板，發現了文獻的靈性我們才真的有可能跳出「虛無」的魔障。

如果仔細勘察，以上的主題之中或許就包含著若干反抗虛無的「方法」。

2021 年 6 月於長灘一號

目 次

緒　論

一、「自然主義」名詞溯源

　　關於「自然主義」（Naturalism，Naturalismo）一詞，《中國大百科全書》與《辭海》的解釋大致一樣，有兩層含義：（一）哲學概念：「在哲學上，泛指認為自然是一切存在的總和的思想。」（二）文藝概念：是「文藝的一種創作方法與傾向。作為比較自覺的文藝思潮和流派，於 1860 年代繼法國浪漫主義運動後形成。它一方面排斥浪漫主義的想像、誇張、抒情等主觀因素，另一方面輕視現實主義對生活的典型概括，要求單純地描摹自然，照錄物象，追求事物外在事實與瑣碎細節，拒絕分析與批評，並企圖用自然科學規律特別是生物學規律解釋人和人類社會。」〔註1〕這兩個解釋揭示了「自然主義」這個術語所具有的哲學和文學兩方面的含義，但尚未進一步挖掘其根源，因為「自然主義」是一個具有歷史淵源的術語。

　　「自然主義」一詞產生於 16 世紀，但在 1840 年代以前，一般只用於哲學領域，主張世界上並不存在超自然的事物，所強調的是人生活在一個可感知的世界裏，這個世界既能決定自然界的發展，也能決定人的生活，但並不具備超越一切之上的形而上的或神聖的力量。根據馬爾奇奧（Martino）、德夫（Deffoux）的調查，在 16～19 世紀哲學中「自然主義」一詞具有「自然科學者、享樂主義者、無神論者的信條」等意，表達「不信神，相信只有物質具有種種性質的人們的思想」，強調「藝術是自然的再現主義」等主張。〔註2〕

〔註1〕辭海編輯委員會：《辭海》，上海辭書出版社，1989 年，第 2134 頁。
〔註2〕吉田精一：《自然主义の研究》，上東京堂，1958 年，第 234 頁。

1840年代，「自然主義」開始用於繪畫，指對自然的一種寫實，在繪畫主題方面，強調無神秘感或非寓言體、追求在畫布上盡可能精確地模擬自然的作品。卡斯塔尼里（Castaqnary）曾在《1863年沙龍》中明確指出：「自然主義派別確認藝術是生命在它所有形式和程度上的表現，它的唯一目的是在相當的力量和強度上再現自然。」〔註3〕

1803年，席勒在《墨西納的新娘》序言中提及自然主義是應該爭取的東西，這是目前所見「自然主義」一詞在文學上的最早使用〔註4〕，但席勒並沒有給自然主義一個明確的定位。1853年福樓拜在一封信裏提及「自然主義者」，為其發聲：「迄今為止，有誰作為自然主義者書寫過歷史呢？」最早明確使用文學上的自然主義這一術語的是泰納。從1858年起，泰納將巴爾扎克稱作「自然主義者」，在《論辯》雜誌上一篇評論巴爾扎克的文章中寫到：「這是一個有力而笨拙的藝術家，有著自然主義者的趣味，把這種趣味既當作奴僕又當作主人。在這個稱號下，他複製現實，他愛好偉大的怪物，他描繪卑劣行為和力量比其他人更強。」〔註5〕自然主義文學的創始人和傑出代表——愛彌爾·左拉，則「最早在1865年運用這個詞，1866年他稱泰納為自然主義哲學家」〔註6〕，1867年左拉在長篇小說《戴蕾斯·拉甘》第二版前言中，第一次將「自然主義」作為文學概念明確使用，這是自然主義由美術領域正式進入文學殿堂的開端。

文學上的「自然主義」一詞，在文學史上也有不同含義。

首先，指古希臘《荷馬史詩》中的自然主義，採用摹仿自然的手法，再現神及神所創造的，包括人類在內的一切自然生物共同交織的宇宙世界中的生死、美醜與善惡這些「自然的事實，自然的事件」，將「它們以追求理性的公正智慧顯現出來」，並指出「激情和同情都是構成人類生活的材料。當作品描繪他們時，他們似乎成了動物，天真而美麗。」〔註7〕這裡的自然主義，所強調的是文學作品要注重表現人類與生俱來的原始自然、天真美麗的動物性。

〔註3〕利連·R·弗斯特、彼得·斯克林著，王林譯：《自然主義》，花山文藝出版社，1989年，第60頁。

〔註4〕高建為：《自然主義詩學及其在世界各國的傳播和影響》，江西教育出版社，2004年，第62頁。

〔註5〕阿爾芒·拉努：《你好，左拉先生》，阿謝特出版社，1962年，第97頁。

〔註6〕鄭克魯：《法國文學史教程》，北京大學出版社，2008年，第215頁。

〔註7〕古斯塔夫·繆勒著，孫宜學、郭洪濤譯：《文學的哲學》，廣西師範大學出版社，2001年，第16～17頁。

　　第二，是一個具有特定時空內涵的歷史範疇，即 19 世紀後期起源於法國，廣泛流傳於歐美各國和日本的一種文學思潮和運動，其領袖及代表人物是左拉，其哲學基礎是孔德代表的實證主義。這是通常意義上的自然主義，也正是本文所研究的自然主義。

　　第三，在中國，還指容肇祖、宗白華、胡適等學者論及的魏晉自然主義，是魏晉玄學和魏晉風度的合稱，主要指魏晉士人群體努力追求的擺脫了外在束縛、超越人間桎梏後自然本真的生命狀態，依託「存名教而尚自然」的理論體系，追求精神自由和個性自覺，是對當時的傳統價值觀與個人主體意識相衝突的深刻反映。

　　在文學範疇內，以「按照事物本來的樣子去摹仿」作為出發點的自然主義創作傾向，也同其他形式一樣源遠流長。但作為一個比較自覺、具有現代含義的文藝流派，自然主義則專指進入資本主義工業化和科學技術時代後近現代文學中的第一個流派。它在 1860 年代經由左拉之手誕生於法國後，很快就在歐洲全面傳播。在美學特質上，自然主義是對浪漫主義的反抗、對現實主義的發展，一方面反對浪漫主義的想像、誇張、抒情等主觀因素，另一方面否定現實主義對現實生活的提煉、概括，轉而追求絕對的客觀寫實，崇尚單純地描摹自然，注重對現實生活的表面現象作記錄式寫照、原生態描摹，並企圖以自然規律特別是生物學規律解釋人和人類社會。1880 年以後，在整個歐洲形成了自然主義文學運動，各國所用的名稱並不完全一致，如在意大利稱為「真實主義」、在荷蘭稱為「80 年代作家」、在波蘭稱為「實證主義」等。

　　到 20 世紀初，自然主義的影響已超越歐洲，擴展到美洲、亞洲，成為「19 世紀後期至 20 世紀初這一歷史階段中世界性的文學潮流」〔註8〕，在文藝理論、詩歌、戲劇、小說等各個領域都取得了豐碩成果。文藝理論方面，有法國左拉在《實驗小說論》（1880）、《自然主義戲劇》《自然主義小說家》（1881）等論著中系統論述的自然主義文藝思想，有意大利卡普安納和維爾加創建的真實主義理論，有德國阿爾諾・霍爾茨的先鋒派自然主義理論及其與約翰內斯・施拉夫提出的被稱作「徹底的自然主義」的藝術摹寫理論，有日本自然主義理論等。詩歌方面，有法國以勒孔特・德・李勒為代表的帕爾納斯派，有

〔註 8〕張冠華等：《西方自然主義與中國 20 世紀文學》，中央編譯出版社，2007 年，第 1 頁。

德國以阿爾諾・霍爾茨為代表、名為「突破」的詩人協會，代表作品有《現代詩人的性格》（1884）、《時代詩集》（1885）等。戲劇方面，在法國有左拉根據自己小說改編的戲劇；在德國有「自由舞臺」，上演了以豪普特斯《日出之前》為代表的諸多德國自然主義戲劇；在挪威，有受到自然主義影響的著名劇作家易卜生。但是自然主義最大的成就還是體現在小說領域，主要原因在於小說這種體裁最適合體現自然主義的創作原則和創作方法，左拉、龔古爾兄弟、莫泊桑（法國），島崎藤村、田山花袋、國木田獨步（日本），阿諾德・班奈特（英國），克萊策爾（德國），弗蘭克・諾里斯（美國）等眾多世界級自然主義小說家及其作品，在分量和影響上佔據了自然主義文學的絕大部分。在拉美、日本等地，「小說是自然主義文學唯一的，或者至少也是主要的體裁」。〔註9〕由於自然主義的廣泛影響，不少非自然主義陣營的作家的小說中也沾染了或多或少的自然主義痕跡，比如英國的勞倫斯、美國的杰克・倫敦、德萊賽等。在中國，文學中的自然主義色彩也絕大部分體現在小說方面，比如茅盾的《子夜》、郁達夫的《沉淪》、李劼人的「大河小說」等。

二、需要說明的幾個問題

第一，文學自然主義的主要成就體現於小說，在中國，彰顯自然主義文學影響的作品亦基本上是小說，所以本文分析、研究的重點在小說領域。

第二，作為一種文學思潮，自然主義文學極盛時期雖然短暫，但其影響廣泛，覆蓋了世界各國，但對中國現當代文學影響較大的則是法國和日本的自然主義文學。法國自然主義文學作為源頭，堪稱西方自然主義文學的典範；日本自然主義文學則是法國自然主義文學在東方語境中繼承與變異的典型，可作為東方自然主義文學的範式。所以本文將研究範圍主要限定在這兩個國家，選取這兩個東、西方自然主義文學的典範作為研究重點，探討它們與20世紀中國文學的關聯。

第三，自19世紀起，各種文學流派風起雲湧，此消彼長，相互之間都有一定牽連，彼此界限日趨模糊。因此一個作家或一部作品兼具幾個不同文學流派的特點逐漸成為比較普遍的現象，純粹的浪漫主義者、現實主義者或自然主義者已不復存在。自然主義源自現實主義，又都以小說為主要體裁，所以二者之間並非涇渭分明，而是存在著相似之處，自然主義小說家身上往往

〔註9〕柳鳴九：《自然主義經典小說選》，北嶽文藝出版社，1995年，第2頁。

兼具現實主義的特色，甚至還殘留浪漫主義的痕跡。日本自然主義文學更因為置身特殊的歷史環境而與浪漫主義產生一定關聯，顯露出一定的浪漫主義因素。因此，對於所涉及的作家、作品，本文沒有簡單地將其歸入某一思潮或流派，而只是就其顯露出的自然主義因素進行論述。

上　編

第一章　法國、日本自然主義文學思潮

第一節　法國自然主義文學思潮

一、法國自然主義文學思潮的產生背景

（一）複雜動盪的政治背景

法國自然主義運動初潮是在 19 世紀 50～60 年代拿破崙三世統治的第二帝國時期湧現的。這 20 年間，在突飛猛進的科學技術推動下，法國工業革命基本完成，資本主義社會獲得了空前高速的發展。同時這又是法國歷史上最為反動的時期之一，拿破崙三世在軍事上「進行殖民擴張。在政治上實行高壓政策，迫害共和派」[註1]，作為統治者的資產階級已經放棄了早先孜孜以求的自由、平等、博愛等進步理念，一心只想恢復拿破崙一世的霸業和疆界，不斷進行戰爭冒險。頻繁的戰事加重了法國民眾的災難，戰爭的失敗給法蘭西民族帶來了巨大的恥辱和沉重的負擔；資產階級在政治上反動腐朽，在生活上奢侈放蕩，已經由代表歷史前進方向的先進階級墮落為腐朽沒落的反動階級，他們的剝削與壓迫使無產階級深陷貧困和苦難之中。廣大民眾與進步知識分子對此強烈不滿，他們對統治階級進行揭露和批判的意識空前高漲，工人運動越發迅猛強大，法國社會的種種矛盾變得日益尖銳、複雜。這一時

〔註1〕鄭克魯：《外國文學史：上》，高等教育出版社，1999 年，第 341 頁。

期法國社會生活的複雜性,決定了思想、文化的複雜性。作為這一時期歷史的客觀真實──黑暗與醜惡,苦難與墮落,壓迫和反抗──也就具備了成為貫穿於文學理論和創作的一條主線的基礎。這些社會情況為自然主義文藝思潮的萌生、發展提供了必要的土壤和氣候。

(二)崇尚科學的時代氛圍

19 世紀是一個真正的「科學時代的開始」〔註2〕,自然科學發展迅猛,取得了突破性成就,拓寬了人們認識自然與社會的視野,也改變了人對自然本質的看法,極大地推動了人類文明的進步。這一時期,基礎科學理論日趨成熟,被用於指導社會生活實踐,具體體現為對科學的尊重和對理性的強調。科學原理和方法逐漸滲透到包括文學在內的許多學科領域,觀察、實驗、實證等科學方法甚至已滲入到人的精神世界。此時,現代性已經產生,作為其重要標誌,標榜「科學性」成為一種時尚,旨在讓「科學進入文學領域」的自然主義理論遂應時而生。1859 年達爾文《物種起源》的出版,標誌著科學和思想顛峰時刻的到來,與在此理論下發展起來的生物學、生理學等自然科學一起,極大地改變了19 世紀後期歐洲社會的精神文化面貌,促使人從自然科學的角度考察人類,重新定位人性與遺傳、環境之間的關係,為自然主義文學提供了以科學視角認識人、表現人的理論根據。另外,實驗醫學,特別是解剖學的發展,對自然主義理論的形成也產生了直接影響。左拉曾指出:這些自然科學既可以指導「對物質生活的認識」,也可以指導「對情感和精神生活的認識」,只須把「醫生」換成「小說家」,就可以把自己的意圖表達清楚,並且帶有「科學真理的嚴密性」〔註3〕。1862 年《物種起源》傳入法國後,立刻產生強烈反響,進化論成為當時最熱門的話題,人們因之對自身的存在和價值進行一次歷史上最深刻的反省,並痛苦地發現:人不再是上帝的創造物、不是自然王國的主宰,而是動物王國中的一員,是只比一般動物略高一等的社會動物。這是自然主義理論中關於人的觀點的直接來源。

自然主義文學在法國的產生還有法國科學傳統方面的原因。在法國,科學滲透到文學的現象比其他國家更為明顯,大多數文人學者身上都兼具科學和人

〔註2〕W.C.丹皮爾著,王玠譯:《科學史及其哲學和宗教的關係》,商務印書館,1975
　　　　年,第283頁。
〔註3〕左拉:《實驗小說論》,朱雯等《文學中的自然主義》,上海文藝出版社,1992
　　　　年,第126頁。

文的雙重氣質，如狄德羅、伏爾泰、布豐等人，他們「在科學的嚴謹中滲透著文學的精神」，因此常被稱為「百科全書派」。18、19 世紀之交，法國科學院併入法蘭西學院，更是極大地促進了人文與科學的聯姻，這種聯姻在 19 世紀依然保持著高水平，出現了巴爾扎克、福樓拜等帶有高度科學精神的文學家，他們崇尚藝術和科學的完美結合，認為「科學、藝術底面分手，頂點相合」〔註4〕，因此嘗試著運用科學的精神和方法進行創作，為文學和科學的高度結合提供了可靠的示範。在這樣的時代氛圍下，科學精神高度滲入文學領域，並與社會歷史、文學傳統等因素有機結合，成為自然主義文學思潮得以產生的根本動力。

　　正是在科學的影響下，自然主義的哲學基礎——具有唯物主義立場的實證主義哲學應時而生。實證主義將當時蓬勃發展的科學納入哲學，以科學的思維為基礎，將自然科學與人文科學有機結合起來。其創始人孔德在《實證哲學教程》一書中指出：人類的認識在經歷了神學時代、形而上學時代之後，已進入第三個理論階段，即科學時代。在科學時代，人類的精神「不再求知各種內在原因，而只把推理和觀察密切結合起來，以便發現現象的實際規律」；包括社會現象在內的一切現象，都服從於一定的「不變的自然規律」。科學時代又名實證時代，其思想特徵是反對形而上學，注重感覺經驗，強調一切東西都要經過證實。哲學、科學的任務就是研究、描述那些能夠感覺到、經驗到的事實和現象，而不是現象後面的本質、原因。文學藝術也是如此。孔德認為：「藝術的主要職能永遠是塑造典型，而為藝術典型提供根據的則是科學。」〔註5〕

　　實證主義者運用實證精神研究社會歷史現象，將形形色色的遺傳學、生物學、實驗科學的精神與方法大量引入文學藝術領域，泰納無疑是其中的佼佼者。他創造性地將實證主義哲學的科學精神，生物學、生理遺傳學的觀點運用於文學研究與批評，建立了關於種族、環境、時代三因素決定文學發展的文學批評理論體系，主張從生理和遺傳的角度解釋文學現象。泰納的理論「體現了當時文人對科學精神的嚮往、對科學方法的採用和對科學思維的接受。」〔註6〕正是這樣的科學語境、時代氛圍，使得當時的文學家、藝術家們

〔註4〕李健吾：《科學對法蘭西十九世紀現實主義先說的影響——紀念「包法利夫人」成書百年》，《文學評論》，1957 年第 4 期。

〔註5〕孔德：《實證主義概論》，朱雯等《文學中的自然主義》，上海文藝出版社，1992 年，第 24 頁。

〔註6〕高建為：《自然主義詩學及其在世界各國的影響》，江西教育出版社，2004 年，第 19 頁。

對科學精神和方法極力推崇並大肆宣傳，並且形成了新的信仰──科學主義。科學主義的語境為自然主義提供了思想上、理論上和方法上的材料和依據。

（三）文學自身的發展狀況

自然主義在法國的崛起也有文學自身的因素。曾在19世紀上半葉盛極一時的法國浪漫主義文學，到了中葉，除了雨果，已經進入全面衰退時期。同樣發端於法國的批判現實主義文藝思潮開始取代崇尚想像的浪漫主義，逐漸成熟起來，成為當時文壇主流。作為「現代性」的第二次「自我批評」，現實主義對現實所持的基本態度是批判的，其根本原則是真實地描寫現實、客觀地反映生活。一批以司湯達、巴爾扎克、庫爾貝等為代表的現實主義文學家、藝術家，「具有強烈的要抱緊真實自然的願望，既充分地描寫肉，也充分地描寫糞土。」〔註7〕他們也被稱為前自然主義者，他們主張寫實，強調對現實的摹仿，長於心理描寫，這些審美原則和標準影響了未來的自然主義文學家、藝術家，也改變了讀者的審美期待視野，為讀者接受自然主義提供了心理上的準備，誠如有的學者所言，「自然主義文藝思潮是現實主義傳統和自然科學革新組合的產物。」〔註8〕

自然主義反對浪漫主義的情緒很「激烈」〔註9〕。在以左拉為代表的新一代作家看來，浪漫主義奉行著古典主義美學，保留著古典主義塑造典型人物的創作手法。為了得到理想中的典型人物，浪漫主義藝術家可以縱情想像，肆意誇張，隨意誇大、美化甚至捏造人物，其隨心所欲與「科學性」顯然背道而馳。同現實主義一樣，自然主義正是作為對浪漫主義的反抗而出現的，極力排斥浪漫主義的想像、誇張、抒情等主觀因素；同時，自然主義也自詡是對1830年代以來以巴爾扎克為代表的現實主義文學的「發展」，它輕視現實主義對現實生活的典型概括，而追求絕對的客觀性，崇尚單純地描摹自然、對現實生活的表面現象作記錄式的寫照。自然主義者推崇巴爾扎克，主要也是欣賞他對日常生活的精細描寫，而不滿他創作中的典型化、傾向化、階級分析和社會分析等手法，認為這同樣不符合「科學性」。可以說，正是為了反抗浪漫主義的古典主義美學原則及主觀色彩，為了糾正現實主義的典型化、

〔註7〕左拉：《普魯米與庫爾》，《我的恨》，法朗斯瓦‧貝爾阿諾爾全集版，第30頁。

〔註8〕金治洙：《文藝思潮》，文學與知性社，1994年，第180頁。

〔註9〕曾繁亭，蔣承勇：《自然主義的文學史譜系考辨》，《文藝研究》，2018年第3期。

絕對化、政治化的偏頗，左拉等才著手創造了自然主義文學流派，其中所顯現的是非理性主義對理性主義的挑戰、反撥和匡正，這正是 19 世紀以來的一個大氣候。可見，自然主義的出現不是偶然的，而是與近代哲學、文化思潮的嬗變分不開的。

二、法國自然主義文學的發展歷程

（一）法國自然主義文學的孕育

同其他文學流派一樣，法國自然主義文學也經歷過較長的孕育階段。一定程度上接近現代含義的自然主義創作傾向萌芽於 18 世紀，最早可以溯源至 18 世紀法國作家克洛德・克雷比雍的著作。他在 1736 年出版的《心和精神的迷惘》一書裏聲稱，要用小說的形式為人類社會寫一部「布豐的《自然史》的有用的補篇」，他非常有遠見地預言：「這樣地被通情達理的人所輕視的小說」，「可能是一切文學體裁中最有用的一種」，小說將會成為「人類生活的畫圖」，幫助人類「看見自己的面目」。為了實現這一文學主張，使小說成為後世自然主義者所說的「人的資料」，克雷比雍甚至將真實的情書一字不改地穿插在自己的小說裏〔註 10〕。

到 19 世紀 50 年代初期，福樓拜開始提出某些自然主義觀點。他有關自然主義的言論基本上都是通過書信的形式體現出來的。在上文提及的 1853 年那封信裏，他創造性地將自然主義與人的本能聯繫起來：「有人分析過人類的種種本能、看到過它們在這樣的範圍裏怎樣發展以及應該怎樣發展嗎？」在給喬治・桑的信中，福樓拜主張「藝術家不該在他的作品中露面」〔註 11〕，提倡在文藝作品中淡化作者地位。在其他一些書信中，他還呼籲文學藝術的獨立性，主張文藝應該擺脫意識形態的支配，反對把文藝「當作任何一種學說的講壇」；他將文藝與科學聯繫起來，強調「一定要使藝術具有自然科學的精確性」，認為文藝「描寫不偏不倚，就可以達到法律的威嚴和科學的精確性」〔註 12〕。他還身體力行，在創作中嘗試一些自然主義手法，他於 1857 年發表的名作《包法利夫人》中顯露出明顯的自然主義跡象：作家的創作態度冷靜、

〔註 10〕參見《中國大百科全書・外國文學卷》中有關「自然主義」的說明，中國大百科全書出版社，1982 年，第 1255～1257 頁。

〔註 11〕江彝生、肖厚德：《法國小說論》，武漢大學出版社，1994 年，第 136 頁。

〔註 12〕見《居斯塔夫・福樓拜：5》，外國文學出版社，1992 年，第 165 頁。

客觀、大膽、直率；使用的材料為作者直接觀察或間接聽聞所得；選取的題材是一段平凡、灰色的人生，這些都和日後自然主義文學創作的原則、態度、方法一一吻合。另外，作者還十分注重對人物的生理學分析，這是自然主義文學的又一鮮明特徵。《包法利夫人》為自然主義文學在法國文壇的正式確立奠定了堅實的第一步，左拉稱其為「自然主義小說的典型代表」〔註 13〕，日本評論家中村光夫認為它「對法國自然主義具有內在深刻的影響」，在日本它「被視為經典，被當作近代小說的標準範式」〔註 14〕，日本自然主義文學的主將田山花袋在閱讀福樓拜短篇小說 50 餘篇後，為其從現實人生中取材，加以大膽、直率、毫不修飾的表現所形成的藝術風格所折服，感到了「像木棒敲擊腦袋」一樣的強烈震撼。〔註 15〕此後，田上花袋在創作中大膽攝取、吸收福樓拜作品中的一些自然主義因素。

分析福樓拜的美學主張，我們可以看出其對自然主義文學的若干啟示。其一是追求真實。福樓拜認為「美學就是真實」，為了達到真實，他非常注重對材料的搜集，將之看作一種科學方法。他常常查閱數以千記的書籍，出國旅行，實地考察，堪稱材料派的第一位大師。其代表作《包法利夫人》，正是取材於發生在他身邊的真人真事：其父以前的一個學生，妻子不貞並服毒自盡，他也因此鬱鬱而終。其二是強調客觀。福樓拜主張：「偉大的藝術是科學的和客觀的」，因此極力提倡作家在作品中遮蔽自己的是非觀念和情感判斷，「像天主一樣隱身不見」，設身處地想像人物的活動。其三是以普通人物取代英雄形象。其四是對黑暗現實醜惡一面的大膽暴露，凸顯強烈的批判性。因為作品中對黑暗的社會現實的真實暴露，《包法利夫人》發表後即引起軒然大波，法院控告他有傷風化、侮辱宗教和公眾道德。事實上，「愛瑪的悲劇是對卑污得令人窒息的現實的深刻揭露，故事結局飽含了對現存社會的憤怒譴責」〔註 16〕。

1858 年，實證主義哲學家、藝術理論家泰納首次對自然主義作出界定：

〔註 13〕左拉：《論福樓拜》，《自然主義小說家》，法郎斯瓦・貝爾阿諾爾全集版，第108 頁。

〔註 14〕中村光夫：《日本近代文學和福樓拜》，《日本近代文學大事典：第 4 卷》，講談社，1978 年，第 371 頁。

〔註 15〕田山花袋：《東京三十年》，宮城達郎《近代文學潮流》，雙文社，1977 年，第12 頁。

〔註 16〕鄭克魯：《法國文學史教程》，北京大學出版社，2008 年，第 197～198 頁。

「自然主義，就是根據觀察、按照科學的方法對生活的描寫」。這一定義揭示了自然主義與科學的緊密聯繫。在實踐中，泰納更進一步將科學精神和方法引入文學研究領域，致力於運用自然科學和實證主義研究文藝現象，主張文藝批評家們在文藝研究中保持客觀冷靜的科學態度，不以個人的喜好對研究對象作出有失公允的評價或取捨。同年，他在《歷史與批評文集》中首次闡述了文學上的自然主義的含義：「奉自然科學家的趣味為師傅，以自然科學家的才能為僕役，以自然科學家的身份描擬著現實」〔註17〕，明確指出自然主義文學就是運用科學方法觀察、描寫生活。他關於種族、環境、時代三因素決定文學發展的論斷，後來也為左拉自然主義文藝理論所借鑒。從孔德到泰納，從克洛德·克雷比雍到福樓拜，他們為法國自然主義文學的正式誕生提供了理論上、實踐上的準備。

（二）法國自然主義文學的先驅——龔古爾兄弟

龔古爾兄弟（愛德蒙·德·龔古爾，Edmond Huot de Goncourt，1822－1896；朱爾·德·龔固爾，Jules Huot de Goncourt，1830～1870）是法國自然主義文學先驅。他們一些具有宣言性質的言論及《修女菲洛梅娜》（1861）、《勒內·莫普蘭》（1864）、《杰米拉·拉賽朵》（1865）等小說，標誌著自然主義的正式起步。《杰米拉·拉賽朵》被視為自然主義的典範：「它給我們以現實主義、自然主義的名稱寫出的一切作品作過範例。」〔註18〕

在《杰米拉·拉賽朵》序言中，龔古爾兄弟扼要闡述了他們的自然主義美學綱領。他們堅持真實性原則，反對藝術上的任何虛構，聲稱自己的自然主義作品是對浪漫主義文學的抗衡。他們強調《杰米拉·拉賽朵》是寫真實的作品。福樓拜曾高度評價該小說的真實性：「從頭至尾嚴酷而崇高。現實主義的重大問題從來沒有這樣明確地提出來過。」〔註19〕

龔古爾兄弟重視文學創作對科學精神和方法的借用。他們認為「小說家，實際上只是無故事可講的歷史家」〔註20〕，主張以治史的嚴謹態度、以寫生

〔註17〕泰納：《巴爾扎克論》，《古典文藝理論譯叢》，1957 年第 2 期。

〔註18〕于勒·龔古爾：《謝里序》，《19 世紀法國小說序言選集》，進步出版社，1967 年，280 頁。

〔註19〕馬爾丁諾：《第二帝國時期的現實主義小說》，斯拉特金·雷普蘭出版社，1972 年，第 233 頁。

〔註20〕埃德蒙·德·龔古爾：《拉·福絲丹：序》，加爾芒·雷維出版社，1911 年，第 4 頁。

般精確的觀察、描寫方法從事小說創作，描繪法國第二帝國時期的社會風俗。他們強調文學作品作為「人的資料」的價值，把現實生活當作小說所依據的文獻，主張像科學家那樣進行創作：「既然小說以科學研究和科學的職責為己任，那麼，它就有權要求應有的自由和坦率……有時我無法不採用醫生、學者、歷史學家的口吻……」〔註21〕。在創作中，他們既是作家，更是醫生、學者、歷史學家，真實對他們來說至關重要，所以他們摒棄傳統小說所倚重的想像，代之以口述材料或實地調查所獲取的真實資料，使小說成為具有科學根據的史料性作品。他們在日記中宣稱自己的作品是「這時代最具有歷史價值的小說，對本世紀精神史提供最多的事實和真相的小說」，是「文獻小說」〔註22〕。

龔古爾兄弟將筆觸開創性地伸入以往作家較少涉足的下層社會，小說多取材下層階級生活，描寫普通小人物生活的艱辛和心理的煎熬。他們認為當時的社會就是醜惡污穢的，為了真實再現這樣的社會現實，他們多寫病態人物和醜陋事件，把小說當作病例研究，把主人公當作生理解剖對象和臨床病例來描繪。他們突出生理本能的作用，讓情慾成為推動情節發展、刻畫人物性格的決定因素。他們在創作上的種種嘗試，開創了一條與以巴爾扎克為首的現實主義作家不同的創作道路，預示了左拉自然主義小說的誕生。龔古爾兄弟強調觀察、力求真實的文學主張，以及他們的創作中對科學精神和方法的借用、對生理學的重視，他們具有自然主義特色的小說和文獻日記，使他們成為法國自然主義的開路先鋒。

（三）法國自然主義文學的中堅——莫泊桑

在法國自然主義作家中，居伊・德・莫泊桑（Henri René Albert Guy de Maupassant，1850～1893）地位僅次於左拉。他是公認的法國自然主義團體「梅塘小組」成員之一，1880年「梅塘集團」六作家以普法戰爭為題材的合集《梅塘之夜》問世，被視為該文學集團的自然主義運動宣言，其中以莫泊桑《羊脂球》最為出色，這個中篇的成功，讓莫泊桑一夜之間蜚聲巴黎文壇。莫泊桑早期創作帶有明顯的自然主義傾向。所以，雖然他後來出於不受約束的心

〔註21〕埃德蒙・德・龔古爾著，董純譯：《勾欄女艾麗莎：序言》，外國文學出版社，1991年，第1頁。

〔註22〕埃德蒙・德・龔古爾：《拉・福絲丹：序》，加爾芒・雷維出版社，1911年，第5頁。

態而不願加入某種文學團體或學派，但是至少在前期，他的作品屬於自然主義文學是不容質疑的。

莫泊桑創作中的自然主義美學標識，體現在以下幾個方面：

第一，真實。逼真、自然是莫泊桑小說創作追求的首要目標。同巴爾扎克、司湯達等現實主義作家的作品相比，他的小說已經完全脫離了浪漫主義影響，更摒棄了傳奇小說的一切手法，他所採用的是客觀冷靜、不露聲色、科學家式的創作方式。其作品涉及到社會各個層面，為讀者逼真地展示出 19 世紀下半葉法國社會的一幅幅風俗畫面。在題材選取上，他用日常生活中的普通故事或圖景取代傳統作品中特殊、反常的事件；在敘事過程中，他不加入人工編排與臆造的戲劇性，而是以真實自然的敘述與描寫吸引人，他的描述平淡、準確得像實際的現實生活一樣。正如列夫·托爾斯泰所評價的，莫泊桑之所以成為天才的作家，就是因為他「不是照他所希望看到的樣子而是照事物本來的樣子來看事物，因而就能揭發暴露事物，而且使得人們愛那值得愛的，恨那值得恨的事物。」〔註 23〕但是有時候，莫泊桑刻意追求敘事的逼真、自然，導致其作品出現只「滿足於敘述故事、呈現圖景、刻畫性格，而很少通過形象描繪去探討一些社會、歷史、哲學的課題，追求作品豐富的思想性」〔註 24〕的缺憾。

第二，平民化傾向。在法國文學中，莫泊桑是公務員、小職員這一小資產者階層最出色的表現者，是這個階層在文學上的代表。在海軍部供職七年的經歷，為他描寫小資產者階層生活提供了豐富素材。在人物描繪上，莫泊桑致力於描寫「處於常態的感情、靈魂和理智的發展」〔註 25〕，通過人物在日常生活中的自然狀態與合理的行動、舉止、表情，表現人物內心的真實與本性的自然，揭示人物內在心理與性格真實。在對正面人物的描繪上，莫泊桑不賦予他們神聖的光圈，而是力圖把他們描繪得像普通人一樣平凡自然，毫不迴避他們身上的可笑之處與缺點過錯。因此，呈現在讀者面前的這些人物，雖然不乏自身鮮明的特徵，卻又平凡、普通、自然。人物形象的自然化與英雄人物的平凡化，將莫泊桑的小說與之後的現代小說的寫實藝術聯繫起來，預示著非英雄或者反英雄時代即將到來。在生活的描繪面上，莫泊桑對法國

〔註 23〕吳富恒：《外國著名文學家評傳：3》，山東教育出版社，1990 年，第 440 頁。
〔註 24〕柳鳴九：《莫泊桑名作欣賞：序言》，中國和平出版社，1995 年，第 3 頁。
〔註 25〕柳鳴九：《莫泊桑名作欣賞：序言》，中國和平出版社，1995 年，第 8 頁。

文學作出了開拓性貢獻，在一定程度上改變了過去作家主要以巴黎生活為描寫對象的傾向，而更多地把諾曼底地區城鎮、鄉村生活帶進了法國文學，描寫當地的風土人情、市井百態，展示普通人性的善惡美醜，自然而然地體現出作者對小人物人道主義的同情；同時逼真地暴露有產者、上流階層卑劣無恥的原形，對資產階級上流社會進行無情的批判與諷刺。

第三，對人的生理本能、「肉體」與「肉慾」細膩的觀察與描摹。與傳統文學作品中的角色相比，莫泊桑作品中的人物身上增加了生理本能和欲望，他們是處於自然狀態下、有著七情六欲的人，他們不受理性控制，無節制地追求欲望的滿足、官能的享樂，莫泊桑稱他們為「雄性動物」「雌性動物」，他所做的，就是將這些處於非理性狀態下的人的獸性渲泄真實地描摹出來。在《一次郊遊》《保爾的女人》等小說中，作者將人物的行動與故事情節都建立在性的生理本能基礎上，推動人物行動和情節發展的就是對肉慾或隱秘或露骨的追求。在《一個女雇工的故事》等小說中，性本能不僅是具體情節發展的原委契機，而且構成整篇小說的基本矛盾，決定著人物的情緒、感情發展以及關係變化。這些對人物生理、心理上的醜惡、畸形的細緻逼真的描寫類似於生理學家和動物學家的解剖，無情揭示人類陰暗骯髒、暴虐愚昧的真實心理和瘋狂病態的肉體需求，形象逼真地展示一個個醜陋粗鄙的「人獸」形象。莫泊桑多從人的自然生理層面客觀描摹人類基於本能的欲求，而很少從社會道德的角度進行思考或評判。他在一定程度上把人看作只是受肉慾驅使的半人半獸的生物，這使作品達到了真實、暴露的目的，可是卻也因此被批評沖淡了作品的力度，使作品顯示出某種程度的負值。

在莫泊桑的作品中，自然主義文學中的遺傳決定論、環境決定論因素也時有體現。在《一個兒子》《西孟的爸爸》《橄欖田》等作品中，不乏突出遺傳、環境決定作用的描寫：父親的過錯造成兒子的墮落；母親下賤，則兒子一定也是壞人；頑童之所以品行惡劣，正是因為他們是「兇惡的、鬧酒的、做賊的和虐待妻子的人的兒子」〔註26〕。此外，莫泊桑筆下人物常常是脫離時代背景、「超政治」的人，與自然主義主張的文學無傾向性相吻合；莫泊桑作品不太在意情節的精心安排，而是特別注重細節的描寫，符合自然主義文學淡化情節，強調細節描寫的美學風格。

〔註26〕殷光熹：《莫泊桑中短篇小說賞析》，陝西人民出版社，1984年，第28頁。

（四）法國自然主義的靈魂——左拉

愛彌爾・左拉（Émile Zola，1840～1902）是法國 19 世紀後期最偉大、最傑出的文學家，他創立了完整的自然主義文學理論體系，領導了法國自然主義文學運動，被視為自然主義文學的靈魂。在文學創作前期，左拉的文藝觀基本屬於現實主義，藝術真實，是他所強調的文藝創作和批評的前提：「小說家的首要品質是真實感」〔註 27〕。左拉早期的現實主義體驗，也是導致自然主義與現實主義關係密切、二者常被混為一談的原因之一。另一方面，他又極力提倡作家的獨創性，要求藝術家在真實地表現自然的同時顯示出自己的特質，「通過他們自己獨特的氣質所看到的那個樣子把自然再現出來」，以求展示出一個作為「獨特氣質的生氣勃勃的表現」的「與眾不同的世界」〔註 28〕。

到 19 世紀後期，在原來的現實主義文藝思想的基礎上，左拉接受了孔德實證主義哲學、泰納文藝理論以及克羅德・貝爾納實驗醫學的影響，從當時生物學、醫學、生理學、遺傳學等自然科學成果中得到借鑒與啟發，創造性地將科學引入文學，確立了一整套與自然科學攸息相關的文藝思想體系，從而創建了在文藝思潮發展史上具有代表意義的自然主義文學流派。他極為重視文學的科學精神和真實原則，通過對科學的高度借鑒，衝破了舊的文學框架的束縛，締造了新的美學原則和表現手法，從而將一個豐富、真實、未經過人工潤色的世界客觀地展示在讀者面前。左拉的自然主義文藝思想主要表現在其幾個文藝論集之中：1866 年《我的恨》，1867 年長篇小說《黛萊絲・拉甘》序言，1880 年《實驗小說論》，1881 年《論小說》《戲劇中的自然主義》《我們的戲劇作家》《自然主義小說家》等。在這一系列論著裏，左拉全面、系統地闡述了自然主義文學觀點，明確指出自然主義文學的主旨和特徵就是真實客觀，標榜科學，排斥情感和想像；強調客觀，排斥提煉和概括。

《黛萊絲・拉甘》被認為是左拉的第一部自然主義小說，次年在該書第二版的序言中，左拉第一次稱自己為「自然主義者」，以醫生的態度自居。該小說是一部以生理學分析為基礎的病態心理分析小說，寫作手法相當大膽直

〔註 27〕左拉：《論小說》，朱雯等《文學中的自然主義》，上海文藝出版社，1992 年，第 207 頁。
〔註 28〕左拉：《畫展中的現實主義者》，《我的恨》，法郎斯瓦・貝爾阿諾爾全集版，第 236 頁。

露，給人一種近乎嚴酷的真實感。小說對性愛場景和心理的描繪、對屍體等醜惡物象的寫真，給當時虛偽保守的社會倫理規範以及讀者長期受浪漫主義影響所形成的審美期待視野造成了劇烈衝擊，發表後激起了強烈反響甚至引發了漫罵，作者被認為具有「不道德的意圖」，小說則是「腐爛性的文學」；另一方面，小說同時也得到了一些獨具慧眼的文學家和評論家的讚賞，他們認為該小說是「一部可以在當代小說史上劃時代的傑出作品」〔註29〕。隨著1876年《小酒店》，1880年《娜娜》，1885年《萌芽》等小說的出版和暢銷，左拉倡導的自然主義文學日趨成熟，逐漸為讀者所接受、喜愛。1880年，以左拉為首的自然主義作家團體「梅搪小組」合作的中篇小說集《梅搪之夜》出版，標誌著自然主義已經發展成為一場大範圍的文藝運動。左拉帶著明確、系統的自然主義創作思想創作而成的包括上述《小酒店》《娜娜》《萌芽》等20部小說在內的多卷本長篇小說《盧貢－馬卡爾家族》系列，以鮮明的真實感和史詩性成為一部「第二帝政時代一個家族之自然史與社會史」〔註30〕，深刻地暴露了第二帝國時期社會的黑暗與罪惡，批判了資產階級上流社會的卑鄙與腐朽，提出了現實生活中巨大的社會問題，表現了作者進步的思想立場與社會正義感。作品以大量的文獻資料和數據作為創作的依據，對背景描寫極盡詳盡之能事，對細節刻畫真實而令人震撼，寫作手法大膽而率直，突破了當時的道德禁忌和社會規範。在語言上，左拉採用客觀性話語，也即「非個人敘事話語」，將作者高度隱蔽，大量使用自由間接話語，描寫態度冷靜、客觀而中立。所有這些，都使得《盧貢－馬卡爾家族》成為自然主義文學的扛鼎之作。在對家族歷史與社會生活的真實再現中，左拉還明確地表現了民主主義的政治思想和共和主義的政治態度。整部《盧貢－馬卡爾家族》就是對第二帝國時期「這一瘋狂與恥辱的奇特時代」的無情暴露，表現了他對資產階級人道主義、民族主義思想傳統的繼承，1880年代以後，他在家族史小說創作過程中，還「接觸到社會主義」〔註31〕。

三、自然主義文學的美學特質

　　自然主義文學的美學特質，主要是通過左拉的理論主張，以及前文所論

〔註29〕阿爾芒・拉努：《你好，左拉先生》，阿謝特出版社，1962年，第142頁。
〔註30〕左拉：《盧貢－馬加爾家族序》，柳鳴九《自然主義》，中國社會科學出版社，1998年，第518頁。
〔註31〕柳鳴九：《自然主義大師左拉》，上海文藝出版社，1989年，第7頁。

及的幾位核心作家的作品體現出來的，具體表現在以下幾個方面：

第一，創造性地將科學精神和方法大舉引入文學，把文學與自然科學的結合提升到了前所未有的高度。

所謂科學精神，即主體在對對象的認識過程中所具有的理性品質、實事求是的態度、對真理的熱愛以及探求普遍規律的堅韌品格。自然主義者們倡導「科學的文學道路」〔註 32〕，主張文藝通過仿傚科學方法的途徑，達到客觀地認識社會的目的。儘管文學和科學面對的對象不同，但出於對科學方法的無比熱忱和對事物可認知性的堅定信念，以左拉為代表的自然主義者們相信非生物、心理現象同生物、生理現象一樣，都有著類似的內在成因：「路上的石塊和人的大腦都由相同的決定因素支配」，所以他們強調在文學創作中運用自然科學的實驗方法，對事物進行客觀、真實、精確的描摹，並通過客觀描寫，「對思想和感情的規律進行闡述」，以「說明這些感情的真正根源」，從而「找出人類和社會現象的決定因素」〔註 33〕，表現了自然主義文學對科學精神和方法的高度倚重，而這種過分強調有時又不可避免地降低了文學藝術自身的規律和方法的重要性。

第二，將生物學、遺傳學等自然科學成果引入文學創作。

左拉等自然主義者接受達爾文的生物學觀念，承認人是生物家族的一支，他們也認可「遺傳問題對於人的精神和感情行為有巨大的影響」〔註 34〕，所以要求作家運用生物學、遺傳學的觀點觀察社會、描寫人物。在自然主義作品中，我們常常可以看到人物的情慾和行為，大都受著遺傳和生理變異的影響和制約，人成為本能的載體，遺傳的產兒。當時遺傳在人的生理結構中的重要地位尚未被認知，因此左拉等自然主義者對遺傳學的注重，以及在描寫人、表現人的時候引入遺傳學並將之與其心理意識活動聯繫起來的做法，並不為公眾所接受，具有相當的開創性和啟示性，從遺傳學角度補充、豐富與加深了人類對人的生理機體的認識。自然主義文學以科學為武器，用生理學、遺傳學等科學法則揭示人的生理祕密，從存在的本源去認識人，使文學對人

〔註 32〕盧那察爾斯基：《亨利・巴比論愛彌爾・左拉》，朱雯等《文學中的自然主義》，上海文藝出版社，1992 年，第 463 頁。

〔註 33〕左拉：《實驗小說論》，柳鳴九《自然主義》，中國社會科學出版社，1988 年，第 457、489 頁。

〔註 34〕左拉：《實驗小說論》，柳鳴九《自然主義》，中國社會科學出版社，1988 年，第 476 頁。

的探討和刻畫由抽象到具體，由外向內地深化了一大步，這不但彌補了傳統文學在人物塑造上的不足，而且啟發了 20 世紀現代派文學對揭示人物內心世界的關注，自然主義作品中就有很多優秀的心理分析小說，比如左拉《戴蕾絲‧拉甘》，莫泊桑《我們的心》，德萊塞《嘉莉妹妹》等。

另一方面，左拉等人也不否認環境的重要性：「在研究一個家族、一群人時，我認為社會環境同樣具有首要的重要性。」〔註35〕可見，自然主義並未完全陷入「生物決定論」，他們在強調本能和遺傳作用的同時，也看到了環境對人的重大影響。

第三，以真實的描寫為目的，真實是自然主義文學的基本出發點與終極目標。

既然自然主義從科學的角度認識文學，以科學的態度對待文學，真實性便理所當然成為其首要原則：「真實是最首要的，真實應該不是現實主義的，更確切地說就是實證主義的。」〔註36〕左拉等自然主義作家把真實看成文學的生命、小說惟一應該追求的目標、評價作品最重要的標尺。左拉之所以對寫實主義畫家庫爾貝（Gustave Courbet）讚賞有加，就因為庫爾貝對藝術寫實性的高度強調，他曾明確宣稱只畫世上肉眼可見的事物，並揚言若要他畫天使就得給他呈現一個天使。左拉對巴爾扎克和司湯達的推崇也基於真實觀：「這兩個人都是我們的大師。但我認為對他們的一切作品不要像一個忠實信徒那樣五體投地，不加區別。我只在他們有真實感的篇章裏才真正感到他們偉大高超。」〔註37〕為了保證作品科學意義上的真實與精確，出現在自然主義作品中的，「不再是抽象的人物，不再是謊言式的發明，不再是絕對的事物，而只有真正歷史上的真實人物和日常生活中的相對事物」〔註38〕。對自然主義者而言，題材的真實是根本，「眼見為實」是首務。

第四，審醜溢惡傾向。

基於文藝創作的真實觀，自然主義作家主張文藝既反映美，也反映醜，

〔註35〕左拉：《實驗小說論》，柳鳴九《自然主義》，中國社會科學出版社，1988年，第477頁。

〔註36〕左拉：《畫展中的自然主義》，柳鳴九《自然主義大師左拉》，上海文藝出版社，1989年，第7頁。

〔註37〕左拉：《論小說》，朱雯等《文學中的自然主義》，上海文藝出版社，1992年，第209頁。

〔註38〕左拉：《戲劇中的自然主義》，朱雯等《文學中的自然主義》，上海文藝出版社，1992年，第170頁。

他們突破了傳統美學中「美」的概念，更多地著筆於平凡瑣細，甚至骯髒醜惡的人物形象和生活畫面。他們認為文學既然以生活為摹本，而生活本來就是善惡雜陳、美醜參半、是非難分的，所以不應該將現實剔割得支離破碎，而應該原汁原味地將醜惡再現出來，現實生活中一切進入作家視野的人、事、物、景，即使低賤、醜陋、卑污、病態，讓人極端痛苦、超越人的道德觀念承受範圍，只要真實，都有如實進入藝術領域的權利。他們「知道糞堆在風景裏佔有可敬的地位，知道惡的感情如同善的感情一樣也是生活裏本來就有的」〔註39〕，「醜陋是現實世界的本質的一面，只有無情地揭示它，才能表達自己對理想世界的追求」，所以用醜陋取代優美作為審美形態和審美範疇，「以表現醜陋來表達對異化世界的厭棄」，揭露現實的陰暗面，反抗理性、異化和工業文明，批判資本主義帶來的貧窮、墮落和社會不公，其審美意義在於「揭示現實生活的非人性的一面，即異化世界是異己的、與人對立的、令人厭惡的，是一種負面的生存意義」。因此，在自然主義藝術家們「這種消極絕望後面，仍然存在著對自由的渴望」〔註40〕。

第五，平民文學傾向。

自然主義者主張文學不僅要反映上層社會，也要反映下層社會。以左拉為代表的自然主義文學家們的作品，遠遠地走出了傳統的貴族資產階級的沙龍與府邸，開創性地將筆觸深入此前文學作品較少涉足的下層社會，將工人題材、貧民生活作為文學表現的主要內容，忠實地再現勞動人民的苦難生活和悲慘處境。左拉在專門描寫工人階級的《小酒店》《萌芽》《人獸》《勞動》四部書裏，更是把被壓迫者當作主要人物描寫，他們的血與淚，屈辱與不幸，墮落與毀滅在書中都得了真實反映。他們不寫理想化的英雄、才智超群的巨人，而是專注刻畫下層社會中的小人物形象、凡人面孔，描寫凡人處於常態的感情、靈魂和理智的發展。自然主義作家超越了傳統文學中人物形象或完美無缺或十惡不赦的極端化做法，認為所有社會階層都為同樣的規則所支配，所有人在本質上都沒有太大區別，都處於一種類於生物的存在狀態。他們無一例外地都是本能的載體、遺傳的產兒。《萌芽》中的工人領袖艾蒂安，既不高大健全，也不完美無缺，而是同其他普通人物一樣，具有缺點和不足。他的出現，代表著英雄時代的終結，為現代主義文學的非英雄或反英雄化奠定

〔註39〕契訶夫：《契訶夫論文學》，人民文學出版社，1958年，第58頁。
〔註40〕楊春時：《美學》，高等教育出版社，2004年，第191～192頁。

了一定的基礎。自然主義筆下人物同時又是環境的奴隸，體現出特定環境中形成的特殊性格，融匯了時代精神和社會歷史環境的烙印。

第六，淡化小說情節，注重細節描寫。

從文學真實觀出發，自然主義文學家主張自然的原生態描寫手法，他們不大注重小說的情節安排和謀篇布局，也不把描寫重心放在刻畫人物的性格特徵上，不努力挖掘人物的思想感情等精神層面的特性，不塑造所謂「典型環境中的典型人物」〔註41〕。正如左拉所說，「自然主義小說不過是對自然、種種存在和事物的一種調查研究」，所以「情節對小說家來說也無關緊要」，小說家們並不插手對現實進行增刪，「只須在現實生活中取出一個人或一群人的故事，忠實地記載他們的行為即可」〔註42〕，這樣可以揭示人的原始、真實的生存狀態。從結構上看，自然主義文學不特別講究謀篇布局、精心剪裁、情節安排，而只是一味地「像作日記一樣」老老實實將所見所聞再現出來。浪漫主義文學中常見的驚心動魄、波瀾詭異的場面，劍拔弩張、性命交關的矛盾衝突，現實主義文學中頂天立地、力挽狂瀾的英雄豪傑，在自然主義小說中非常少見。相反地，為追求絕對的真實，自然主義文學非常重視對細節的描寫，追求諸如生活場景、日常瑣事以及人物大量細微的行為舉止、心理活動等細節刻畫。

第七，詳實充分的性描寫，打破「人」的神話。

性描寫不為自然主義文學獨有，但在其中體現得最為充分，這是和自然主義文學理論主張密切相關的。自然主義作家主張人是靈與肉的統一體，他們從傳統文學對社會問題的熱切關注中解脫出來，認識到以往人們對自身的認知忽視了人類更基本更重要的部分——肉體，於是創造性地將筆觸深入到人的生理世界，主張文學如實地展示人的生理層面，把人類身上被長期忽視的非理性特質如實揭示出來，從而彌補傳統文學在人物塑造上的不足。達爾文《物種起源》是自然主義文學理論的重要基石，其重要意義在於徹底改變了人對自身的觀念。在達爾文之前，人由於存在著所謂的靈魂而被排除在動物王國之外，人是理性的生物的觀念被普遍接受。達爾文生物進化論讓人們明白：人類始終是動物世界的一員，永遠擺脫不了與生俱來的動物性。這樣，

〔註41〕丁永強：《現實主義與新寫實主義》，《文藝理論研究》，1991 年第 4 期。

〔註42〕左拉：《戲劇中的自然主義》，朱雯等《文學中的自然主義》，上海文藝出版社，1992 年，第 177 頁。

「人」的研究就成了科學家和文學家共同面對的新課題。在《物種起源》影響下，左拉堅定了「生物的人」觀念，宣稱：「具有思想意識的人已經死去，我們的整個領域將被生物的人所佔有。」〔註43〕在這種思想的支配下，他開始在作品中用科學實驗方法研究「人的獸性」行為和性愛心理，諸如《戴蕾絲·拉甘》《娜娜》《小酒店》等作品中大量存在著不同程度的性描寫。莫泊桑等人也承襲了左拉的觀點，將性描寫作為表現人的動物性的一個必要手段。左拉小說中表現的「『生物的人』這種思想，在他之後進入了世界各國的小說創作」〔註44〕，成為世界文學一個重要的表現內容。自然主義文學中「生物的人」的出現，超越了傳統理性文學對人的描寫的既有領域，打破了自古希臘到19世紀中期歐洲文學中一直盛行的關於「人」的神話，將人的觀念擴展到生理性區域，邁出了通向非理性主義文藝世界的第一步，為20世紀流行於西方社會的非理性主義文藝觀的萌芽提供了寶貴啟示。

第八，作品的非傾向性。

自然主義者們強調客觀真實，主張文學面對現實應當保持絕對的中立和客觀，作家不能向政治家或哲學家看齊，而應該去做科學家，成為單純的事實記錄員，對現實生活作普遍性的而非典型化的觀察，然後用類似醫生解剖的手法，客觀如實地反映生活、塑造人物。正像左拉所說：「小說家只是一名記錄員，他不准自己作評判，下結論」〔註45〕，為了保持作品的非傾向性，自然主義要求作家在創作中將自身高度隱蔽，為此他們採取「非個人敘事方法」，使用客觀性話語，盡量避免流露作者的道德標準和是非判斷，而給讀者留下思考、判斷的自由和空間，從而達到冷靜、客觀而中立的效果。

因為對文學客觀中立性的極端強調，左拉及其自然主義文學一直備受責難，有評論家稱之為冷酷的「旁觀主義」，有人批評左拉關於作家只當解剖家，反對文學傾向性的論述忽視了作家的主觀能動性，否定了作家語言的思想性和情感性，否定了藝術想像，在實際創作中不具有可行性。他們認為：作為具有主觀情感的作家，在進行文學創作時，根本無法做到「純粹客觀」和「完全自然」，即便左拉本人的創作實踐也並沒能完全忠實於他的自然主義創作主

〔註43〕阿爾芒·阿努：《左拉》，黃河出版社，1985年，第178頁。

〔註44〕阿爾芒·阿努：《左拉》，黃河出版社，1985年，第345頁。

〔註45〕左拉：《戲劇中的自然主義》，朱雯等《文學中的自然主義》，上海文藝出版社，1992年，第177～178頁。

張,未能做到完全的超然物外,無動於衷。

　　一分為二地說,以左拉為代表的自然主義文藝思想確實存在著明顯缺陷。首先,其理論主張和創作實踐難以達到高度統一。左拉實驗小說理論過分強調自然科學對於文學的作用,這樣勢必會導致對文學藝術本身特點與規律的忽視,削弱文學的審美特性,否定藝術的意識形態性質,這也決定了實驗小說理論的各項主張在具體的創作實踐中難以徹底貫徹執行。例如,要求作家客觀地觀察自然,準確地記錄現象就無法做到,因為作家觀察自然是以體驗自然為前提的,缺乏體驗的「純客觀」觀察對於創作根本沒有意義。作家在感受和體驗自然時,必然要將自己的主觀感情融進所觀察的自然中,所表現的自然不可避免地帶有個性化特色,所以無法做到「純粹客觀」和「完全自然」。再如,左拉關於作家只當解剖家,反對文學傾向性的論述,忽視了作家的主觀能動性,否定了作家語言的思想性和情感性,否定了藝術想像,而作家在實際創作中是做不到這一點的。對於自然主義的上述缺陷,左拉本人在後期也有所覺察,並試圖補救。1890年後他對法國文學批評家於勒‧勒麥特說自己「厭倦了《盧貢-馬卡爾家族》的寫作。想快些結束它」,「企圖更向前發展一步,擴大自然主義,把自然主義不足之處加以補充,使它比較熱烈一些,更人性一些」〔註46〕。

　　其次,自然主義作家注重從生理與遺傳的角度觀察人、描寫人,把人看成本質上是自然的人,雖然開拓了文學對人的描寫的新領域,但他們機械地運用生理學原則,過多強調遺傳因素對性格的絕對作用及人性的非理性層面,忽視了人的社會作用,在一定程度上削弱了人物形象的刻畫深度,一方面分散了作家對人的理性層面與社會屬性的關注和發掘,限制了作品的廣度和深度,另一方面容易使文學作品降低為對人的生理性、動物性的渲染,削弱作品的表現力度。

　　第三、自然主義文學忽略了藝術形式的探索。自然主義者注重對作品內容的挖掘,不太重視對藝術形式的革新與創造。自然主義文學致力於嚴格的寫實,儘管是對文學的重大貢獻,但也導致其中一些作品缺少藝術加工和提煉,許多自然主義作品過分注重細節描寫、場景鋪陳,而忽視作品的藝術技巧,結果往往導致作品在敘述與描寫上顯得呆板與滯重。

〔註46〕弗萊維勒:《自然主義文學大師》,朱雯等《文學中的自然主義》,上海文藝出版社,1992年,第421頁。

　　此外，自然主義文學還存在著某種程度的機械的唯物的命定論，使文學作品不夠健全。有些作品格調低沉，缺乏深邃的思想。由於自然主義只重寫實而忽略了思想性的開發，其作品的思想意義遠不如現實主義作品深刻和豐富。自然主義不要求作家在自己的藝術作品中思考與探索道德倫理，因而作品的道德倫理傾向往往趨於淡化。這些也是自然主義文學未能長盛不衰的主要原因。

四、自然主義與現實主義之異同

（一）自然主義與現實主義之淵源

　　作為文學思潮，自然主義和現實主義之間一直關係密切：二者同樣發源於 19 世紀中後期的法國，都是對浪漫主義的反叛。在文學史上，自然主義緊隨現實主義之後發生，受到了現實主義傳統的某些影響，「是現實主義傳統和自然科學革新組合的產物」，這使它從問世之初起就注定要和現實主義糾纏不清。二者常被學界相提並論，兩個術語常常被「捆綁」在一起，作為同位語「並置」使用〔註47〕，有時候甚至被混為一用。

　　西語中的「現實主義」（Realism）一詞，常與「自然主義」（Naturalism）交叉使用。英國《文學名詞詞典》中的「自然主義」條目云：「這一名詞在文學評論中，有時是很嚴格地作為現實主義的同義詞而用的。」《大英百科全書》中則說：「文學上的現實主義和自然主義觀點是對社會真實的精確記錄」，「自然主義是現實主義更先進的階段」。威廉斯在《關健詞語》中指出：「現實主義（Realism）……可以和自然主義（Naturalism）與物質主義（Materialism）相互為用」；夏萊伊在《藝術與美》中也說：「現實主義，有時也叫做自然主義，主張藝術以摹仿自然為目的。」許多法國自然主義者自名第二代現實主義，稱巴爾扎克、福樓拜等現實主義大師為前輩和榜樣，法國人朗生在《法國文學史》裏則直接把福樓拜歸到《自然主義》卷。巴爾扎克、庫爾貝等被稱為「前自然主義者」，于斯曼聲稱巴爾扎克是自然主義流派的真正領導者，並視福樓拜為左拉的自然主義兄弟〔註 48〕。儒爾・德・龔古爾在逝世前不久（1870）曾斷言：「總有一天要承認……《熱爾米尼・

〔註47〕曾繁亭，蔣承勇：《自然主義的文學史譜系考辨》，《文藝研究》，2018 年第 3 期。
〔註48〕利里安・R.弗斯特、彼特・N.斯克愛因著，任慶平譯：《自然主義》，崑崙出版社，1989 年，第 30 頁。

拉賽德》堪稱此後新產生的可冠以現實主義、自然主義等名目的所有作品之典範的典型作品。」〔註49〕——他對自然主義和現實主義之間也並沒有明確界定。左拉《自然主義小說家》論文集中，包括了巴爾扎克、斯湯達、福樓拜、龔古爾兄弟、都德等作家的作品——被視為現實主義大師的巴爾扎克、斯湯達等赫然在列。在自然主義綱領性的理論著作《實驗小說論》中，左拉還將巴爾扎克的小說《貝姨》作為範例，並宣稱：「自然主義隨著巴爾扎克的勝利而勝利了」〔註50〕。西班牙的加爾多斯在談到為什麼要接受自然主義時曾說：西班牙是自然主義的真正故鄉，因為寫實小說由16世紀的流浪小說家和塞萬提斯首創，以後才風行英法諸國，而在西班牙本土卻逐漸失傳。所以法國自然主義傳入西班牙等於遊子還鄉，天經地義應當受到歡迎〔註51〕。很顯然，加爾多斯視自然主義和現實主義為一物。P‧馬蒂諾認為：「自然主義延續、確定並強調了現實主義。」〔註52〕

這些例子說明，自然主義與現實主義兩個詞語之間界限模糊，使用混亂，缺乏明確區分。事實上，二者在真實性和客觀性上並沒有原則上的分歧，都認為真實是文學創作的生命，這也是人們常常將二者混同的最主要原因。

作為思潮概念，現實主義通常是指1830年代以後在歐洲文壇取代浪漫主義而占主導地位的一種文學流派，也曾被庫爾貝命名為「寫實主義」、高爾基稱作「批判現實主義」。現實主義是對浪漫主義的自覺反動，摒棄了浪漫主義的主觀抒情，誇張想像，其基本內涵是追求真實，主張客觀、真實地描繪現實生活，反映現實生活的本質，將「客觀性」「真實性」當作最基本的藝術追求，在寫作風格上奉行求真寫實，希求通過對現實生活中醜惡、黑暗現象的寫實，揭露、批判現實的黑暗、罪惡，顯示出強烈的批判性。

19世紀中後期，自然主義文學思潮緊隨著現實主義在法國產生。在美學特質上，自然主義既是對浪漫主義的反抗，又是對現實主義的發展，它從現實主義那兒繼承了真實、客觀的創作主旨和基本特徵，反對浪漫主義的想像、誇張、抒情等主觀因素，崇尚科學，講究實證，視真實、客觀為文學的根本特

〔註49〕見法讓‧貝西埃：《詩學史》，百花文藝出版社，2002年，第606頁。
〔註50〕左拉：《戲劇中的自然主義》，朱雯等《文學中的自然主義》，上海文藝出版社，1992年，第171頁。
〔註51〕見柳鳴九：《自然主義》，中國社會科學出版社，1988年，第366頁。
〔註52〕達米安‧格蘭特：《現實主義》，崑崙出版社，1989年，第44頁。

徵和最終目標，強調對醜惡現實進行無情的、血淋淋的暴露，這些是自然主義與現實主義共有的特徵。

　　另一方面，對黑暗的揭露、批判並不是現實主義的終極目標——揭露是為了激發良知，批判是為了引起療救的注意——改造社會才是其最終目的，這就決定了現實主義的寫實不可能是純粹的寫真，單純的再現，而只能是經過篩選的、過濾的相對的真實，具有典型性、訓諭性。因此，現實主義主張對現實生活進行概括，強調塑造典型環境中的典型人物，這些典型，不單是再現現實世界的範本，而且是作家心中理想的集中體現。而自然主義在繼承現實主義客觀寫實的基礎上，又輕視其對現實生活的提煉和概括，追求絕對的客觀性，崇尚單純地描摹自然，注重對現實生活的表面現象作記錄式的寫照、原生態的描寫，並企圖以自然規律特別是生物學規律解釋人和人類社會，這些則構成了自然主義與現實主義之間的不同。

（二）現實主義與自然主義之趨同

　　具體分析，自然主義與現實主義具有以下幾個相同點：

　　第一，具有共同的理論基礎。這兩個同樣發端於法國，在時間上前後銜接的文學流派「具有共同的哲學和美學的思想基礎，這就是孔德的實證哲學以及丹納〔註53〕根據實證哲學發展出來的自然主義的美學基礎」〔註54〕。19世紀是一個「科學時代」，科學原理與方法已經滲透到包括文學在內的許多學科領域，正是在科學的影響下，具有唯物主義立場的孔德實證主義哲學應時而生，它以科學的思維為立場，將自然科學與人文科學有機結合起來，強調感覺經驗，反對形而上學，主張一切東西（包括文學）都要經過實證。實證主義者泰納更進一步運用實證精神研究社會歷史現象，將實驗科學的精神與方法大力引入文學藝術領域，運用實證主義的科學精神進行文學理論研究，主張從生理與遺傳的角度解釋文學現象，建立了關於種族、環境、時代三因素決定文學發展的文學批評理論體系，體現了當時文人對科學精神的嚮往、對科學方法的採用、對科學思維的接受。產生於科學精神盛行時代的現實主義與自然主義正是以孔德的實證主義與泰納根據實證主義哲學創造的美學理論的基礎之上形成、發展的，從一開始就與實證主義、科學精神與方法息息相

〔註53〕丹納（Hippolyte Adolphe Taine，1828～1893），也譯作泰納，法國藝術史家、文藝理論家、美學家。

〔註54〕朱光潛：《西方美學史：下》，人民出版社，1979年，第732頁。

關。而在中國，自然主義、現實主義之所以得以大力宣揚和推廣，就是因為它們的科學精神內質與當時「科學萬能」的時代語境相吻合。〔註 55〕

第二，擁有共同的創作原則和本質定性。現實主義和自然主義文學對浪漫主義的反叛，決定了它們強烈排斥浪漫主義的誇張、想像、情感、虛構等主觀性因素，轉而強調真實客觀，將其視為文學的基本出發點和根本原則，要求文學直接、具體、真實、客觀地再現社會生活。

這兩個流派都受到時代科學發展的影響和促進，都是科學精神之於文學的產物，它們都從科學的角度認識文學，以科學的態度看待文學，用科學的方法創作文學，泰納評價巴爾扎克的寫作「不是按照藝術家的方式，而是按照科學家的方式」，在《人間喜劇·序言》中巴爾扎克也明言：自己要像書記員一樣，書寫一部被史學家們遺忘了的法國風俗史。而自然主義文學更是主張「科學的文學道路」。正是對科學精神、科學方法的倚重和借鑒，決定了二者將真實性、客觀性作為共同的文學追求，強調「小說家的首要任務是真實感」，要求文學作品務必做到「按照生活的本來面目描寫生活」〔註 56〕。法國文學史家愛彌爾·法蓋認為：「現實主義是明確地、冷靜地觀察人間的事件，再明確地、冷靜地將它描寫出來的藝術主張。」而自然主義更是將真實看成文學的生命、小說唯一應該追求的目標、評判作品最重要的標尺，其作品就是「一副絕對的真實」〔註 57〕。簡言之，現實主義和自然主義文學「是對社會生活的真實記錄」，它們最初的也是本質的規定性就是寫實，學界許多人將二者的這個共同點歸結為寫實性，從而將它們同歸入寫實文學。

第三，同樣具有強烈的批判性。現實主義和自然主義在創作風格上反抗浪漫主義的情感、想像、誇張等主觀因素，但思想傾向上則繼承了浪漫主義對現代性的反叛。現實主義和自然主義作家們認為客觀現實是多層面的，既有美好的地方，也不乏醜陋、黑暗之處，從文學的真實觀出發，他們主張文學既反映美，也反映醜。

作為對「現代性的第一次自我批判」〔註 58〕，浪漫主義面對工業文明和科技主義所帶來的負面影響感到憂慮，並對之進行反思和批判。現實主義、

〔註 55〕俞兆平：《現代性與五四文學思潮》，廈門大學出版社，2002 年，第 58 頁。

〔註 56〕契訶夫：《致蘇沃陵》，《契訶夫論文學》，人民文學出版社，1958 年，第 52 頁。

〔註 57〕讓－弗來維勒著，王道乾譯：《左拉》，新文藝出版社，1957 年，第 156 頁。

〔註 58〕劉小楓：《詩話哲學》，山東文藝出版社，1986 年，第 6 頁。

自然主義也沿襲了浪漫主義的批判性，但採用的方式迥乎不同。面對現實世界的黑暗和醜惡，浪漫主義採取的是迴避、逃離的態度，主張回到中世紀、回歸自然，以對美好的田園生活的留戀、對審美烏托邦的想像，來批判、替代現代文明的罪惡，逆向間接地批判現代性；現實主義和自然主義則是直面現實，冷酷地揭開遮蓋在現實生活表面的溫情面紗，將筆觸直接深入到現實社會中污濁、骯髒、病態、醜惡的本質層面，採用寫實的筆法，再現社會現實生活中的醜惡，無情地揭示現實世界的陰暗面，直接批判資本主義制度帶來的貧窮、墮落、異化和社會不公。為了達到批判的目的，現實主義文學作品「選擇最下流、最粗俗的題材，並作最可惡、最猥褻的描寫」，「要把社會的一切膿皰暴露在光天化日之下」，而自然主義「在揭開了蠟膏劑和紗布遮蓋著的最醜惡的瘡口之後」，還要「為公眾探查瘡口深處的可怕的內容」。他們選擇醜惡、暴露黑暗的原因，不是「偏愛邪惡而厭棄美德，也不是偏愛腐敗而厭棄貞潔」，而只是因為「真實」〔註59〕。

　　第四，都具有平民文學傾向。現實主義和自然主義都主張文學不僅要反映上層社會，更要反映在數量上占大多數的下層人民的生活。現實主義和自然主義文學作品，超越了傳統文學只描繪貴族和資產階級生活的侷限，深入此前文學作品較少涉足的下層社會，將工人題材、貧民生活作為文學表現的主要內容。他們的許多作品，把被壓迫者當作主要人物描寫，忠實地再現了他們的苦難生活和悲慘處境。即便是以左拉為代表的「無傾向性」的自然主義作品，也因為真實地描寫了下層平民的悲慘生活而始終深受工人階級和廣大民眾的歡迎，至今在法國仍然暢銷不衰。現實主義文學作品更是帶有積極入世的平民精神，是大多數平民階層文學上的發言人，正如現實主義大師狄更斯在《在美國哈特福的演講詞》中所說：「我認為我們之所以生，所以有同情和希望，是為了大多數人，而不是為少數人。我們必須當眾揭露各種各樣的卑鄙、虛假、殘暴和壓迫，從而引起人們無比的厭惡與蔑視。」

　　正是基於二者的共性，學界常將二者相提並論，一較高下。有人認為自然主義強於現實主義：「自然主義尤趨現實……意在徹底暴露人生之真相，視寫實主義更進一步」〔註60〕，「自然派文學，義在如實描寫社會，不許別有寄

〔註59〕于依思芒斯：《試論自然主義的定義》，朱雯等《文學中的自然主義》，上海文藝出版社，1992年，第323頁。
〔註60〕陳獨秀：《答張永言〈文學－人口〉》，《新青年》，1915年1月第6期。

託，自墮理障。蓋寫實主義之與理想主義不仍也以此」〔註61〕。有人認為：
「自然主義是徹底的極端的更強調科學性的現實主義」〔註62〕，當下研究自
然主義頗有成果的張冠華則說：「從整體上看自然主義屬於現實主義的範疇，
是現實主義的繼續和發展，而不是對現實主義的反動。」〔註63〕弗斯特在《自
然主義》中認為：「自然主義是現實主義的強化。自然主義不僅發揮和強化了
現實主義的基本傾向，而且增加某些新的重要成分。」

　　也有人認為自然主義不及現實主義。盧卡契因為自然主義「作家已經不
再參與他的時代的偉大鬥爭，而退化成公眾生活的一個單純的旁觀者和記錄
者」，而認為自然主義作品「不能像現實主義那樣揭示人類和社會的根本關
係」，「自然主義是現實主義的倒退」〔註64〕。

（三）自然主義與現實主義之差異

　　因為上述共同點，現實主義與自然主義常被人們混為一談，甚至在二者
的發源地法國，人們也往往會把現實主義和自然主義混淆起來。但事實上，
作為獨立的文學流派，現實主義和自然主義擁有各自獨立的文學原則和美學
特徵，相較於相同點，二者之間的差異性更加明顯。

　　第一，真實觀存在差距。雖然現實主義和自然主義都將真實當作文學創
作的基本出發點和根本目標，要求文學要真實客觀地再現現實，但在實際創
作和理論闡述中對待什麼是「真實」「現實」的問題上，二者之間存在著差別：
自然主義追求的是科學意義上的物相的「真實」，而現實主義的「真實」則是
「生活本質的真實」，背後有一套現實主義者所認定的「正確的價值觀念」在
支撐和規劃。達米安・格蘭特說過：「『現實主義』源自哲學，描述一種『目
的』，即現實的獲得。『自然主義』源自自然哲學即科學，描述一種『方法』，
有助於獲得現實的方法。」〔註65〕點明了二者在再現現實的視角，即「寫實」
的方式上，存在著迥然之別：現實主義的「寫實」是與社會、道德與政治緊密
相關的，注重傾向性與典型性，而自然主義的「寫實」則高揚科學的旗幟，以

〔註61〕陳獨秀：《答胡適之〈文學革命〉》，《新青年》，1916年2月第2期。
〔註62〕江野生、肖厚德：《法國小說論》，武漢大學出版社，1994年，第139頁。
〔註63〕張冠華：《已識盧山真面目──關於茅盾早期所倡導的是否自然主義的問
　　　　題》，《鄭州大學學報》，2008年第1期。
〔註64〕盧卡契：《左拉誕生百年紀念》，朱雯等《文學中的自然主義》，上海文藝出版
　　　　社，1992年，第473頁。
〔註65〕達米安・格蘭特著，周發祥譯：《現實主義》，崑崙出版社，1989年，第43頁。

客觀性與描述性見長。現實主義執著於典型的、社會生活本質意義上的真實，而自然主義則追求科學意義上的真實、真理性的認識；現實主義的現實是一種為了作品的意義和趣味而經過選擇的現實，其創作出發點是「按照事物應該有的樣子去摹仿」，自然主義強調的則是全面的、精確的現實，其創作出發點是「按照事物本來的樣子去摹仿」，在文學創作中要求有更大範圍與程度更為徹底、更加絕對、不帶任何粉飾的真實──自然主義對真實的要求顯然更為徹底。為了完成對社會生活本質意義的探索和揭示，現實主義文學常常需要「透過現象看本質」，對本真的現實生活進行一定程度的提煉和概括，以挖掘現象背後的本質，探究現實生活的「內在規律」和「未來走向」──這樣的真實必然會黏連上一定的政治因素、理想色彩以及當時的社會主流話語的影響。而自然主義真實觀所追求的是絕對的客觀性，它輕視現實主義對現實生活的典型概括、提煉加工，努力消解意識形態權力話語對生活的遮蔽和影響，自然主義作家們為了保證文學絕對的真實、客觀性，將敘事的文學變成了調查考證的過程，將想像的文學轉換為不露聲色的寫真記錄，他們再現的真實往往嚴酷可怕，但那不是臆造和歪曲，而是嚴格意義上的真實。因此有人認為自然主義文學是「世界上最真實、最直面人生的文學品種」，不僅革新了現實主義的「真實」，也開啟了現代主義的「非理性」，在文化精神上，前與現實主義文學一脈相承，後對現代主義文學產生了重要的啟示。

第二，雖然都受到時代科學發展的影響和促進，但程度存在差異。自然主義是 19 世紀自然科學的發現和方法用於文學的一種典型嘗試，現實主義的審美期待視野未必包含有科學性因素，但自然主義的審美期待視野則一定包含有科學主義的時代性因素，自然主義比現實主義在文學創作中引進了更多的自然科學成分，達爾文的進化論、孔德的實證主義、泰納和斯賓塞的理論、克洛德・貝爾納的醫學試驗方法等都被運用到自然主義文學創作中。自然主義者更為注重科學對文學的指導作用，認為「文學由科學來確定」，文學能夠借助實驗方法成為一門科學，讓自然科學的實證精神與具體學說對文學創作發揮了更多更大的指導作用，故自然主義文學創作中所表現出來的真實，就比現實主義作品中的真實更具有科學性，也因此更具有說服力。另外，自然主義比現實主義在生理遺傳論、生物決定論方面走得更遠，它將生物學、遺傳學引入文學，要求作家運用生物學、遺傳學觀點來觀察社會、描寫人物。在自然主義作品中，我們常常可以看到人物的情慾和行為，大都受著遺傳和

生理變異的影響和制約，人成為本能的載體，遺傳的產兒。

第三，作品傾向性上的差異。當代研究自然主義文學頗有造詣的學者高建為說：「現實主義的詩學是強調文學勸說功能的詩學，與強調認知功能的自然主義詩學是有差別的。」〔註66〕明確指出了二者在作品傾向性上存在的差異。為著運用文學改造社會的最終目標，現實主義作家們有著積極的入世精神，認為作家在創作中應該以固定的道德標準去教育大眾，他們將文學當作改造社會的工具，期待通過文學作品暴露現有社會規範、道德標準的弊端，並在作品中展示他們既定的社會規範和道德標準，以此來勸諭、訓誡、教育大眾，最終達到改造社會的目的。從這個意義上說，現實主義文學作品具有明顯的傾向性和一定的功利性。而自然主義作家們則主張文學面對現實應該保持絕對的中立和客觀，他們有意在作品中淡化甚至隱藏作者的地位，不流露作者的情感、傾向或愛好，不對社會規範、道德標準做出任何評判，作家只是秉承科學的態度、運用科學的方法，客觀冷靜地對現實生活作普遍性的而非典型化的觀察，然後像單純的記錄員那樣，如實地再現生活，白描人物。為了保持作品的非傾向性，自然主義作家們在創作中將自己高度隱蔽，採用「零度情感」的客觀敘述話語，不流露作者的道德標準和是非判斷，而是強化讀者的地位，提倡由讀者自己去作結論。現實主義和自然主義在創作中對現實弊端都有所揭露和批判，但是現實主義作家大都不違背社會的道德規範，遵循權力機制對話語的控制，具有一定的侷限性。而自然主義作家則有意突破道德禁區，打破通行的話語機制。自然主義對現實的批判顯然更為深刻、有力度。

現實主義和自然主義在這方面的區別正像左拉在《巴爾扎克和我的區別》所闡述的：「現實主義重在社會性，自然主義重在科學性。我的作品將不這麼具有社會性，而有加大的科學性。我的主要任務是成為純粹的自然主義者和純粹的生理學家。我沒有什麼原則（王權、天主教），我將有一些規律（遺傳、先天性）。我不想像巴爾扎克一樣，對人類事務有一個判斷，我不願像他一樣是一個政治家、哲學家、道德家。我將滿足於做一個學者，滿足於敘述如何尋找內在原因。另外，沒有任何結論。」〔註67〕

〔註66〕高建為：《自然主義詩學及其在世界各國的傳播和影響》，江西教育出版社，2004年，第81頁。

〔註67〕左拉：《巴爾扎克和我的區別》，朱雯等《文學中的自然主義》，上海文藝出版社，1992年，第292頁。

　　第四，取材廣泛性程度上的差異。在西方，作品表現對象以往大多是從王侯貴族等上流社會，以巴爾扎克為代表的現實主義創作雖然部分糾正了以往宮廷化、貴族化的創作傾向，拓寬了文學的表現視野，但他們的筆觸依然更多地逗留在「上流社會」的圈子中，而自然主義則真正進入了前輩們較少涉足的下層社會的巨大空間。所以柳鳴九先生在《自然主義》一書序中說：「由於自然主義，人類的文學才完全超出了沙龍、舞會、林蔭道、鄉間別墅的天地，而才有了礦井、坑道、小酒店、貧民窟、洗衣坊、工場裏的車間、農村裏的市集、大城市中的菜市場，以及農民在地頭的勞動、工人的操作技術、鄉間釀酒的程序、交易所裏的各種金融業務……而且所有這些都不是作為背景被粗略地加以勾畫，而是作為文學表現的內容被加以細緻詳盡的描寫」。這樣，左拉將巴爾扎克的法國巴黎上流社會史發展為第二帝國時期的「法國社會史與自然史」。

　　第五，對人物形象的理解不一樣。現實主義強調塑造「典型環境中的典型人物」，突出性格與環境的典型性，注重的是綜合、概括、整體，而非零散的非典型的個體，其核心是「典型」「類型」，「藝術家的使命就是創造偉大的典型，並將完美的人物提到理想的高度」〔註68〕，其重心向人物的社會性傾斜，「於人物注重性格之社會學的綜合的把握」，關注的是生活在社會中的群體的、典型的人，並且常常淡化、忽視人類性格、行為方面的獸性，將之僅僅「看作社會的某種結症，不欲過於強調」〔註69〕。而自然主義則反感所謂的「典型性」，他們認為普遍的人、物、事、象中蘊含著本質屬性。福樓拜在《1867年2月致馬瑞古書信》中曾說：「依照我，小說應該科學化，這就是說，追求或能的普遍性。」〔註70〕左拉在《論小說》中也說：「故事愈是普遍一般，便愈有典型性。」因此自然主義者反對典型和提煉，認為「只須在現實生活中取出一個人或一群人的故事，忠實地記載他們的行為即可」，他們所強調的是人物的「氣質」，所關注的是作為獨立個體的人，所注重的是人的自然性。他們主張人是靈與肉的統一體，他們從傳統文學對社會問題的熱切過度關注中解脫出來，超越了傳統理性文學對人的描寫的既有領域，打破「人」的神話，把人看成本質上是自然的人、生物的人，將筆觸深入到人的生理層面，注重

〔註68〕金克平：《巴爾扎克精選集》，山東文藝出版社，1998年，第277頁。
〔註69〕谷斯範：《巴人文藝論集》，人民文學出版社，1984年，第129頁。
〔註70〕參見李健吾：《福樓拜評傳》，湖南人民出版社，1980年，第207頁。

從生理與遺傳的角度觀察人、描寫人。

另一方面，自然主義並未忽視環境對人的影響，有意識地表現人如何被一種社會的必要性所決定，正是自然主義文學主要的內容和本質方面，拉法格曾說：「在敢於有意識地表現人如何被一種社會的必要性所控制和消滅這點上，左拉是唯一的現代作家。」但是自然主義關於環境對性格的影響更多地表現為消極的形態，把人固定於他們原來的狀態；而現實主義則相反，強調環境的動態性質，以及在這一動態範圍內人物通過干預改變環境的可能性。

此外，從文學真實觀出發，自然主義文學家主張自然的原生態描寫，忽視小說的情節安排和謀篇布局，不把描寫重心放在刻畫人物的性格特徵上，不努力挖掘人物的精神層面的特性。相反，為了追求絕對的真實，他們強調對細節的描寫，追求諸如生活場景、日常瑣事以及人物大量的、細微的行為舉止、心理活動等細節描寫和翔實充分的性描寫，而且這些描寫只是為了真實，而不是為了烘托人物、推動情節，這些也是與現實主義差異所在。

五、自然主義對現代性的體認和批判

同其他文藝思潮一樣，自然主義文學是對特定時代的真實反映，不僅體現著那個時代的社會現實、時代特徵，更昭示著當時的文化精神以及人對自身的獨特認識。在實證理論的指引下，自然主義文學堅定地走科學的文學道路，高度倚重科學的成果、方法與態度，深入人的非理性層面，深刻剖析人的本能欲望和直覺，從而實現對現代性的全新體認和批判。

所謂「現代性」，是指工業化興起之後現代社會所逐漸形成的一些特徵，包括思想情感、精神文化在內，體現在人的精神方面，重點是指對科學的尊重和對理性的強調。現代性是「一種對工業化、城市化、世俗化、民主化生活的期冀和窺望」〔註71〕，是「現代化進程在每個個體的思想情感上，在人類的精神文化上留下的烙印」〔註72〕，體現出人們將以怎樣的心態去面對現代化的進程，反映出人們在觀念上、思維方式上的重大轉變，從而形成一種嶄新的對世界、對自身的認識和把握。

自然主義盛行的 19 世紀中後期，隨著資本主義社會種種弊端逐漸顯露以及意識形態日益一統化，殘酷的現實打破了人們促進社會進步、維護理性正義

〔註71〕南帆：《文學的維度》，上海三聯書店，1998 年，第 44 頁。
〔註72〕孫靖：《自然主義文學的現代性闡釋》，《台州學院學報》，2004 年第 5 期。

的理想，對資本主義制度的態度逐漸由認同、讚賞轉變為批判、鞭撻。他們深刻體驗到現實的黑暗、世界的荒誕以及被束縛其中的痛苦，所以希望能夠擺脫現代科學理性的束縛，深入到欲望、直覺等深層心理，關注人類自身的精神世界。自然主義文學就是應時而生的一股潮流。左拉等自然主義作家，順應科學時代的要求，借助近代實驗科學的成果，本著客觀真實的科學性原則，採取小說、戲劇的表現方式，運用科學手法，開始對現代社會和人的現代性全新體認與呈現；同時，自然主義文學作品對現實社會的審美批判，是對現代性帶來的社會災難的揭露和控訴，是對現代性的另一面——人文理性的反抗與批判。在世界主要資本主義國家，現代性一方面打破了森嚴的等級界限，抨擊了偽善的禮法制度，推動了科學、文明前進的步伐，為爭取自由、民主做出了很大貢獻。另一方面，又帶來了新的社會災難和人文危機，破壞了人際關係的和諧，引發了人類欲望的無限膨脹。在這樣的歷史背景下應時而生的自然主義，自然而然地擔負起批判現代性的歷史使命，自然主義作家們通過文學創作，暴露現實社會的黑暗醜陋，描繪下層人民的悲慘命運，顯示出深切的人文關懷；同時轉向非理性層面，深入到人類的精神深處，揭露在繁華的物質掩蓋下的人類無止盡的欲望和人性的醜惡。由於種種因素限制，自然主義作家們無法對完整的、既具有社會屬性、又各具個性特徵的人進行全方位實驗，而只能側重於對自然、生物的人進行生理層面上的描寫和剖析。他們像解剖生物屍體一樣解剖社會，真實冷酷地描繪弱肉強食的社會現實，細緻逼真地描摹生活在社會底層的弱者形象。他們筆下的人物大多是受生物本能、生理遺傳等因素控制和制約的病態形象，生活為赤裸裸的權利和欲望所支配，充滿了酗酒、變態、精神病和毀滅，整個社會充斥著這些病態的人和病態的現象，陰暗、污穢而且不公平，到處是弱肉強食、爾虞我詐的醜惡現象。

　　自然主義者認為：在現代科學社會裏，大工業生產導致的機械化、程式化生活方式的壓抑，現代社會意識形態大一統的限制，各種理性原則和單調機械的生活的禁錮，導致人的原始本能長期無法正常釋放，只能長期地、默默地積聚在體內。到了社會面臨轉型的特殊時期，原本的社會主導話語在現實中逐漸失去力量並走向崩潰，而這種長期積聚的本能就轉化為一種革命力量，挑戰現存的主導話語，消解一切有意義的、理性的東西。自然主義文學就著力表現這種本能力量，以自然的、生物的人抗衡正義、崇高等理性因素包裝下的文明的人，從先驗的理念世界回到客觀的現實世界，從理性層面回

到非理性層面,放棄對生活本質的探究或思考,而強調以本真的態度看待生活自身,認為生活現象就是生活的本質。自然主義文學把人復原到只受動物本能和生理、遺傳因素決定、制約的自然人的地位,用之取代傳統文學中的理性、社會的人,用受本能、遺傳因素影響的人的行為取代傳統文學中的受特定的社會關係所制約的行為。自然主義作品著意表現現代科技理性對人的異化,將人當作生理學、醫學的研究對象,表現他們在生理、遺傳的規律制約下的各種醜惡行徑。自然主義描繪的世界不再井然有序,和諧自然,而是被異化得荒誕、無序、頹廢、悲慘,它同自然界一樣,弱肉強食,適者生存,淪為受本能和欲望控制的文化荒原。自然主義作家們基於文學的真實觀念,只能客觀地將這種非理性的悲慘世界復現出來,因此,他們的作品中沒有崇高,沒有英雄,創作主體的主觀思想感情也被摒棄,作者只負責將生活現象作為一種實驗材料客觀真實地復現出來,將思考和評判的空間完全留給讀者,從而開創一種客觀、冷靜的敘述文體。在文化精神上,自然主義文學前與現實主義文學一脈相承,後對現代主義文學產生了重要的啟示。在對現代性的體認和批判上,自然主義與現代主義有相通之處,但後者更為頹廢,而自然主義則在批判平庸醜惡現實的同時還反映著對崇高的期待,在否定中還保留有憧憬。可以說,自然主義文學是文學史從近代向現代過渡中的一次重要的文化超越,具有極為重要的意義。

第二節　日本自然主義文學思潮

自然主義文藝思潮在法國興起之後,很快就傳播到整個歐洲,繼而波及世界各國,迅速發展為一場世界性文學運動。早在 19 世紀末自然主義一詞就已傳到日本,但是直到 20 世紀初,西歐自然主義文學在日本才真正受到重視並產生很大影響,日本文壇因之發生重大變化,形成了具有自己特色、被日本學者譽為「日本近代文學的確立和同義語」〔註 73〕的日本自然主義文學思潮,並以此為標誌,迎來了日本近代文學的歷史轉折時期。

一、日本自然主義文學運動歷程

1868 年明治維新後,日本在政治、文化上進行了許多轉折性改革,在現

〔註 73〕宗廷虎、袁暉:《漢語修辭學史》,安徽教育出版社,1990 年,第 425 頁。

代科技、軍事上全面西化，大量引進、傳播以科學、民主為中心的西方文明，促進了日本科學的飛速進步。科學技術的進步動搖了舊有的道德觀念、理想信仰，帶動了科學思想和思維的普及，西方進步的哲學、文藝理論和作品得以相繼傳播到日本，對客觀性的強調與追求也進入日本文論。對於小說的創作方法，提出客觀寫實，主張寫「現實人」「盡力促其逼真」；關於小說的內容，則認為「小說的主要目的是寫人情，……如欲窮盡人情的奧秘，獲得世態的真實，就只有客觀地將它模寫出來」〔註74〕，強調描寫的「逼真」，即把人內心世界的本真狀態如實客觀、一無遺漏地再現出來，但並不定義善惡、美醜、優劣、正邪、是非，不進行主觀篩選、取捨、評判。這些論點為法國自然主義文學的引入做好了鋪墊。日本學者高須芳次郎認為日本文藝受到「歐洲的科學精神、唯物哲學和自然主義文學的影響與刺激，從白日夢中醒來，以至於大力提倡自然主義」〔註75〕。此外，縱觀日本文學史，我們可以發現：「很早以前，在日本傳統文化中，神道的真實觀和佛教無常宿命觀，以及道教的自然觀這些土壤，就已經孕育了近代自然主義」〔註76〕，因此，日本自然主義文學的產生有其歷史必然性，可以說，它是日本傳統文化和近代文化轉型所孕育的必然產物。另一方面，近代日本資產階級民主革命又是一場不徹底的革命，並沒有實現真正意義上的資產階級民主和自由，皇權專制、家族主義、等級森嚴、舊有道德觀念依然還在嚴重地束縛著個體自我的發展，1894年日俄戰爭帶來了殖民地，但更是窮兵黷武，民不聊生，這些造成了「時代窒息的現狀」，引起了新興資產階級知識分子們的強烈不滿，但他們面對現實又深感無能為力，於是內心的憤懣、悲苦、壓抑和頹廢更盛，凡此種種為自然主義文學的發生發展創造了內在條件，而西方自然主義的引入則為產生日本自然主義的這些內因提供了理論基礎和創作典範，刺激、加速了它的產生。

日本自然主義文學的發生發展可以劃分為三個主要階段：

第一階段、前期自然主義（1888～1906年）

1884年，中江兆民翻譯《維氏美學》，首次將左拉等自然主義作家的名

〔註74〕坪內逍遙：《小說神髓‧小說總論》，葉渭渠、唐月梅《日本文學史：近代卷》，
　　　　經濟日報出版社，2000年，第64頁。

〔註75〕高須芳次郎：《日本現代文學十二講》，新潮社，1930年，第354～355頁。

〔註76〕米洋：《日本自然主義軌跡的文化解析》，《解放軍外國語學院學報》，2002年
　　　　第4期。

字傳播到日本，但並沒有「譯出『自然主義』這一用語」〔註77〕。1888年，尾崎咢堂發表評論文章《法國的小說》，對自然主義鼻祖左拉作了一般性介紹。此後，山田美妙、尾崎紅葉、尾崎咢堂、內田魯庵、長谷川天溪等開始學習法國自然主義文學理論及作品，並著手譯介部分理論作品。「作為『自然主義』這一用語，在日本首先是由森鷗外（1862～1922）於 1889 年譯出使用」〔註78〕的。森歐外翻譯、介紹了德國學者有關自然主義文學的文章，並且寫作了《出自醫學學說的小說論》一文，刊登在明治 22 年 1 月 3 日的《讀賣新聞》上，詳細介紹、評價左拉的實驗小說理論。田山花袋於 1901 年發表《西花餘香》，明確表達對歐洲自然主義的讚賞，同時提出自然主義文學日本化的主張。〔註79〕1904 年，他又發表了著名的《露骨的描寫》，主張文學通過「露骨的描寫」，大膽地暴露現實的醜惡。內田魯庵、長谷川天溪等也在這一時期著文評價左拉，日本文壇推崇左拉、宣揚自然主義的序幕就此拉開。

20 世紀伊始，小杉天外《〈初姿〉序》（1900 年）、《〈流行歌〉序》（1902 年），永井荷風《〈地獄之花〉跋》（1902 年），田山花袋《〈野花〉序》（1903 年）相繼發表，在學習左拉「實驗小說論」等學說的基礎上，明確提出了自然主義文學主張，強調客觀寫實的創作態度，渲染人的生物本能作用，讓自然科學成為反對舊道德的鬥爭武器及主張文學獨立性的響導，這幾篇小說本身也正是模仿自然主義的試筆之作，有研究者認為《初姿》是模仿《娜娜》寫就的前期日本自然主義第一作，也有人說《野花》「應被看作（日本）自然主義的第一聲。」〔註80〕島崎藤村《舊東家》也發表於這一時期。同時，左拉、莫泊桑等西方自然主義作家的作品被大量譯介到日本，日本作家模仿他們，著手按照左拉的自然主義文學理論進行試驗性創作活動，開始了日本自然主義的孕育階段。

這一階段，還只是日本文壇對西方自然主義理論的簡單紹介與闡述、對西方自然主義文學創作的盲目而粗淺的模仿。

第二階段、鼎盛時期（1906～1912 年）

〔註77〕長谷川泉：《日本近代文藝思潮史》，至文堂，1967 年，第 44 頁。
〔註78〕吉田精一：《自然主義の研究》，上東京堂，1958 年，第 53 頁。
〔註79〕李強：《日本近現代文論》（上），崑崙出版社，2017 年，第 70 頁。
〔註80〕吉田精一：《自然主義の研究》，上東京堂，1958 年，第 310 頁。

　　1906 年，島村抱月發表文論《被囚禁的文藝》，島崎藤樹發表小說《破戒》，二者成為導火線，引發了日本自然主義文學運動。《被囚禁的文藝》第一次深入闡述自然主義理論，引起了很大反響，促發了日本文壇的急劇轉變。以島崎藤村、田山花袋、島村抱月為中心的一大批作家、評論家集結在自然主義旗幟下，以《早稻田文學》《太陽》《讀賣新聞》等大型文藝刊物、報紙為平臺，從理論和創作兩方面大力推進日本自然主義文學運動的開展。此後直到 1912 年是日本自然主義文學運動鼎盛時期。1906～1910 年間還發起了關於自然主義的論爭，推動了自然主義在日本的迅速發展。

　　這一時期，日本文藝類報刊雜誌成為譯介、評述西方自然主義的地盤，刊載了許多關於自然主義的論述：明治 40 年《新小說》11 月號上刊登上田敏《自然主義》，文章雖短，但清晰介紹了歐洲自然主義的發生發展過程。明治 41 年《趣味》3 月號上發表生田長江《自然主義論》《明星》4～5 月號刊出樋口龍峽《自然主義論》，明治 43 年《早稻田文學》9 月號刊登了中澤臨川《自然主義汎論》等論文，比較全面、細緻地介紹了西方自然主義文學，為日本作家提供學習、研究、臨摹的範本，推動了日本自然主義文學的發展。

　　這一階段，作家們「擺脫前期盲目模仿左拉主義，盲目西歐化的傾向，從消化到成熟，逐漸形成了日本自己的自然主義文學。從此自然主義文學佔領著明治末期的日本文壇，確立了日本近代文學的個性，成為近代日本文學的主流。」〔註81〕在理論方面，有長谷川天溪《幻滅時代的藝術》（1906 年）、《排除理論的遊戲》（1907 年）、《暴露現實的悲哀》（1908 年），島村抱月《文藝上的自然主義》（1907 年）、《藝術和現實生活之間劃一線》（1908 年）、《論人生觀上的自然主義——代序》（1909 年），片上天弦《平凡醜惡事實的價值》（1907 年）、《人生觀上的自然主義》（1907 年）、《無解決的文學》（1907 年），岩野泡鳴《新自然主義》（1908 年）等，他們從主張「無理想」「無解決」「破理顯實」、排除技巧、打破形式，到「平面描寫」「一線論」、摒棄私念、排除小主觀，再到注重「藝術與實際生活」「文藝與實行」等問題的思考等，逐漸擺脫了對歐洲自然主義的盲目崇拜和簡單模仿，形成了自己的理論主張，在哲學、美學和文學上比較系統地建立起日本自然主義的理論體系〔註82〕。在

〔註81〕葉渭渠：《日本自然主義文學思潮述評》，柳鳴九《自然主義》，中國社會科學出版社，1988 年，第 270 頁。
〔註82〕見葉渭渠、唐月梅：《20 世紀日本文學史》，青島出版社，1998 年，第 54 頁。

這些理論指導下，一批頗有影響的作家開始採用自然主義方法進行創作，佳作迭出，代表作品有田山花袋《棉被》《生》《妻》《緣》三部曲，島崎藤村《破戒》《家》《春》《千曲川風情》，正宗白鳥《微光》《向何處去》，德田秋聲《新家庭》《足跡》，岩野泡鳴《耽溺》等。

第三階段、衰退時期（1912～1920年）

這一階段，日本自然主義作家們逐漸失去了暴露現實、揭示社會的積極態度，轉向更多地暴露自我。自然主義小說的題材，從對廣闊的社會生活的描摹，完全轉到狹窄的自我內心隱私和醜惡的暴露，從而導致自然主義文學的「自我」顯露出極端的自我分裂、自我崩潰的消極傾向，自然主義作家們消極頹廢的態度使得自然主義作品流露出明顯的悲觀情調與濃厚的虛無意識，他們在作品中對官能享受、肉慾本能的過度渲染，更徹底暴露了自然主義文學的弱點，並最終導致自然主義隊伍的分流，許多自然主義作家開始轉向享樂主義、物慾主義、唯美主義、頹廢主義、現實主義、甚至現代主義等不同流派。作為一個集團的文學運動，自然主義文學無法挽救地一步步走向衰落。這一階段，代表性自然主義作品有島崎藤村《新生》，德田秋聲《黴》等。

自然主義在日本是一場聲勢浩大的文學運動，給日本文壇帶去很大衝擊，屬於這個流派或曾以自然主義方法進行創作的卓有成就的作家很多，連當時著名歌人伊藤左千夫等也寫下了一些自然主義作品，如短篇小說《野菊之墓》等。在自然主義文學思潮的影響下，日本文壇出現了獨特的「私小說」（自我小說）形態，它同其他文學形式相互影響、相互滲透，逐漸形成日本現代文學的獨特樣式。私小說與自然主義的傳承關係已為定論，正如日本著名文學理論家小林秀雄於1935發表的《私小說論》中所說：「在日本自然主義成熟時，私小說才被人人說及。」田山花袋《棉被》、島崎藤村《家》、德田秋聲《黴》和岩野泡鳴五部曲，不僅是自然主義小說的扛鼎之作，也是日本私小說之典範。私小說支撐著日本自然主義文學的存在，當時幾乎所有的日本自然主義作家都寫私小說，它是對西方自然主義的發展和變異，所遵循的主要還是自然主義創作原則，同時又帶有日本本土化特徵：脫離時代背景與社會生活，孤立地描寫個人身邊瑣事和內心世界，把自我直截了當、赤裸裸地暴露出來。

自然主義文學思潮不僅是日本近代文壇聲勢最大、活動時間最長的一個文學思潮，而且對之後其他文學思潮也產生了深遠影響。因此，被視為日本

近代文學達到頂點的標誌。

二、日本自然主義對法國自然主義的傳承與變異

日本自然主義運動是在法國自然主義文學思潮的影響和引導下發生的，其理論建構和創作實踐都直接承傳法國自然主義文學，在原則和體系上同法國自然主義並無很大差別。

首先，日本自然主義文學奉行左拉崇尚真實的美學原則，認為文學創作就是「迫近自然」，強調窮盡自然的逼真描寫，主張作家「將從眼睛映入頭腦裏的活生生的情景，原原本本地再現在文學上。」〔註83〕日本自然主義文學秉承「真實」「自然」的自然主義創作觀，拓寬了作品的生活視野，將筆觸擴展到社會生活各個領域，真實描繪社會上不同階層各色人物，創作出一批具有嚴肅意義、社會價值較高的作品。這些作品在題材的現實性、反映社會生活的廣度和暴露黑暗的深度上，超越了之前的文學流派，大大提高了日本近代文學的品位。

其次，日本自然主義文學同法國自然主義文學一樣要求客觀、冷靜、科學的創作態度和方法，強調「大膽而露骨」地描寫真實。日本自然主義文學家也像左拉那樣，主張作家是生活的記錄員，應該遵循靜觀寫實的創作態度和客觀冷靜的創作方法。他們摒棄了日本傳統的功利主義文學觀，崇尚文學的非功利性。

再次，日本自然主義文學接受了法國自然主義文學關於「自然人」「生物人」的觀點，從生理學、遺傳學角度觀察、描寫人。日本自然主義作家在創作上著力渲染人的生物屬性，突出人性的「肉」欲，大膽地、赤裸裸地描寫生理遺傳和生物本能驅動下的人性的騷動。比如《棉被》描寫厭倦家庭夫妻生活的中年作家時雄受性慾衝動的支配，暗戀自己年輕貌美的學生芳子的陰暗心理和情緒；《家》則表現了一個家族在遺傳基因的巨大影響與制約下，走向毀滅、墮落的命運。

此外，基於文學的真實觀，日本自然主義文學同法國自然主義文學一樣，從傳統文學只宣揚美與善，迴避醜與惡的束縛中解放出來，強調既然生活既有美與善的一面，也有惡與醜的一面，文學就應該如實描寫，不該迴避醜惡，

〔註83〕田山花袋：《描寫論》，《近代文學評論大系：3》，角川書店，1971 年，第 370 頁。

正如小杉天外所說:「無論對善美惡醜都可以描寫,不應該受到哪個應該描寫,哪個不應該描寫的限制。」〔註 84〕從而使得日本自然主義文學具有了審醜溢惡傾向。

但是在文學實踐中,日本自然主義是不同於西方文化傳統的東方民族文學思潮,不可避免地帶有明顯的民族化特徵。在日本當時的時代背景、現實要求及審美文化傳統所形成的接受視域影響下,法國自然主義在日本的傳播過程中產生了巨大變異,形成了鮮明的本土化傾向。正如田山花袋所說:「自然主義的文學必須是接觸時代的作品,它必須是描寫這個國家和這個時代的。……今天的文藝應該是尋根究底的探求真相,因此在不同的國家裏對自然的主張當然也有所不同了。在日本的文學裏,沒有像西方文學中那樣的反抗性和積極性,但值得一看的是,日本怎樣的把自然主義變成了日本式的自然主義。」〔註 85〕可以看出,日本自然主義並不是對法國自然主義的全盤照搬或被動模仿,而是按照日本自身的思維方式,在承傳日本傳統文學和文化、適應日本本土的時代特點和社會特徵的基礎上進行的主動吸收、消化、變革和創新。

首先,日本文學傳統作為一種心理積澱不可能完全被剔除。文化是一個民族長期積累形成的深層的心理積澱,滲透到生活的方方面面並世代傳承,成為所謂的民族心理,根深蒂固,即便經歷外部嚴重的碰撞、挫折,也不可能被輕易摧毀,更不會被完全剔除,而是會在適當的時候從被壓抑的底層噴發,為文學藝術提供源源不斷的養分、發揮潛移默化的影響。

其次,日本自然主義作家和文論家也在自覺、主動地提倡日本的自然主義要走自己的路。田山花袋早在著手宣揚歐洲自然主義之初,就提出「如何實現自然主義日本化的問題」,夏目漱石在《戰後文學之趨勢》(《新小說》明治 38 年 8 月)中則希冀:在學習西方文論的過程中,「不以西洋為標準,而以日本為標準創造出新東西來。」在論文《Naturalism 的功過》(1910)中具體論及自然主義的引進時,他還說:「自然主義也是一個主義。人生、藝術上,都是由一種因果,在西洋發展的歷史斷面,作為一個輪廓而入的舶來品,我們決非是為給輪廓充填內容而生活的吧。」〔註 86〕

〔註 84〕小杉天外:《流行歌:序》,《文學的思想》,東京築摩書房,1965 年,第 157 頁。

〔註 85〕吉田精一:《現代日本文學史》,上海人民出版社,1976 年,第 53 頁。

〔註 86〕見千葉俊二ら編《日本近代文學評論集(明治・大正篇)》,岩波店,2003 年,第 148 頁。

　　第三，日本文壇在吸收西歐自然主義的同時，也受到了俄國現實主義的深刻影響。日俄戰爭後，俄國著名的現實主義作家托爾斯泰、屠格涅夫、高爾基、契訶夫等人的作品大量傳入日本，這些現實主義作品高度的寫實性、對現實的批判精神以及對生存意義的探求，極大地影響了日本作家，日本自然主義文學作品中也彰顯了俄國現實主義的影響。一方面，現實主義與自然主義對文學寫實性、批判性的共同追求，深化了日本自然主義文學對追求真實和暴露醜惡的強調，另一方面，「俄國作品中經常出現的那種多餘的人，以及帶有虛無主義性格而在人生中遭到失敗的人，還有那種在高壓制度束縛下過著陰鬱日子的人，所有這些人的心情及生活方式，都引起了日俄戰爭以後在生活上幾乎遭到毀滅的日本小市民知識分子的同感。」〔註87〕這不僅促成了日本自然主義文學中「零餘者」形象的產生，而且加劇了它的感傷、陰鬱、悲觀、頹廢情調，使之與法國自然主義區別開來。

　　第四，由於明治維新的不徹底，明治政府專制獨權，在意識形態上強化專制統治，極力遏制西方自由、平等、民主、個性解放等先進思想的傳入。日俄戰爭後，這一專制的政治氛圍愈發加劇，終於將剛剛興起的浪漫主義扼殺在搖籃狀態，使其未能完成自己的歷史使命——確立自我主體意識，隨後出現的自然主義只得沿著浪漫主義的道路繼續前行以完成這一使命，因此有研究者稱日本自然主義是「浪漫主義」的延伸，甚至認為二者處於同一座標。而在歐洲文學傳統中，自然主義同現實主義一樣，是對浪漫主義的反撥，與浪漫主義是完全逆向的兩個階段。這一巨大差異導致日本自然主義與法國自然主義最重要的區別：前者呈現出明顯的浪漫主義色彩。

　　第五，以家族為核心的封建家族主義傳統對日本的影響根深蒂固，「日本自我的近代性以某種社會紐帶聯結的場所首先是家庭，這種家庭保留著相當多的日本封建道德制的殘餘，成為在新時代裏壓抑自我覺醒的最大障礙」〔註88〕，日俄戰爭後，國家主義和家族主義的結合對個人的壓制愈發嚴重，不斷激化家庭和個人、家族主義與個人主義之間的對立和衝突。這使得日本自然主義作家將解放個性、確立自我放置到了文學追求的首要地位。另一方面，在殘酷的高度集權的政治管制和軍事鎮壓之下，日本自然主義作家也無法像歐洲的自然主義先驅那樣直接披露社會問題，而只能將創作題材轉向描

〔註87〕吉田精一：《現代日本文學史》，上海人民出版社，1976年，第55頁。
〔註88〕長谷川泉：《近代日本文學思潮史》，譯林出版社，1992年，第29頁。

寫自身的私生活。

第六，日本自然主義作家大多出身中產士族家庭，接受過良好的漢學教育，一方面深受封建道德的影響，另一方面又強烈感悟到追求個性自由與個體解放的時代呼籲，於是借助文學作品，反映生活在封建道德與自由思想的對立衝突中努力掙扎的小市民知識分子的無力、陰鬱、矛盾、彷徨。

最後，西歐自然主義文學產生於自然科學和社會科學已經十分發達時期，十分重視並充分利用了自然科學及社會科學的研究成果，而在當時的日本，科學尚不發達，作家們還沒有足夠能力運用科學的手法仔細觀察宏大廣闊的社會生活並將之全方位地呈現在文學作品中，所以只得將筆鋒由社會問題轉向個人問題，而一味重視個人問題的創作又進一步導致作家視野狹窄，在披露社會問題方面欠缺力度，日本自然主義文學題材大多侷限於瑣碎片面的「小家」生活，致力描繪作家身處的家族或者家庭內的瑣屑家事與作家個人的情感糾葛與私生活。而法國自然主義文學著力描述的是廣闊而宏大的社會各階層各色人物的生活，是「世紀末社會生態的鏡子」〔註89〕，雖然也不可避免地描寫家庭生活，但這是一種「大家」生活，與外面的社會緊密聯繫在一起，具有明顯而直接的時代色彩、社會特徵。

島村抱月曾從描寫方法、創作態度的角度將日本文壇上的自然主義分為兩類：一是「純客觀的——寫實的——本來自然主義」；二是「主觀插入的——解釋的——印象派自然主義」〔註90〕。在他看來，前者是由西方輸入的左拉式自然主義，是消極的自然主義；後者則是經由日本文學革新而成的日本化的、積極的自然主義。島村的劃分表明了法國與日本自然主義之間的最大區別：前者客觀，後者主觀；同時也顯示了二者在真實觀上的區別：日本自然主義者雖然也要求在作品中達到藝術的「真」，但他們所謂的「真」是「內面的真」、主張挖掘個人內心情感真實的「真」，正如島村抱月所言：「作為真正的自然派的精神，就是要作內面的寫實」，他還進一步解釋：之所以強調描寫個人的內面的真實生活，要求文學表現絕對忠實的自我，是因為「藝術和現實生活的關係，實際上就是從局部的我擺脫出來，爾後體味到全部的我的存在意義，即存在價值。它們之間就是通過這樣一條

〔註89〕丁子春：《法國小說與思潮流派》，團結出版社，1991年，第287頁。
〔註90〕島村抱月著，曉風譯：《文藝上的自然主義》，《小說月報》，1921年12月第12期。

線來劃界的」〔註91〕。

　　所以，在日本自然主義作品中，被集中描寫的不是外在的歷史事件與客觀事物，不是社會各階層群體的真實生活，而是個人內心的情緒與自我的告白，這與歐洲自然主義強調排除自我、追求絕對客觀的真實觀大相徑庭，就是個人「內在的真」與社會「外在的真」的區別──「外在的真」所強調的是真實地再現外在事物、社會生活的真相。凡此種種，決定了日本自然主義不可能全盤照搬或簡單模仿法國自然主義文學，而只能是在繼承其精神主旨的同時，體現出非常明顯的複雜性，有評論者因此稱之為「高度發達的折衷主義」〔註92〕。也正如此，日本自然主義文學才得以呈現出獨具魅力的美學特質。

三、日本自然主義文學的美學特徵

　　雖然當時日本文壇關於自然主義的理論十分龐雜，但是日本化的自然主義還是顯現了非常鮮明的美學特質，概括起來，大致有以下四點：

　　第一，強調「破理顯實」，宣揚「無理想、無解決」的「平面描寫」。

　　這一特徵是對法國自然主義的借鑒和擴展。長谷川天溪說：「文藝上的自然主義的立足點，正是在於達到破除理想的境界，即『破理顯實』」，而所謂「無理想」「無解決」，就是指「不要對任何理想下判斷，不要作任何解決，如實地凝視現實就夠了。這就是自然主義。這就是藝術……。」〔註93〕日本自然主義作家認為文藝與理想無關，「理想妨礙了對生活現實真實的把握」，探索人生的最終目的和理想都是沒有必要和毫無意義的，所以主張文學創作應該放棄一切目的和理想追求。田山花袋說：「自然派無論如何解釋都一樣，是無目的、無理想……在我們看來，目的和理想都是不必要的」〔註94〕，作家只需要像自然科學家一樣，將生活中的人和事原原本本地記錄下來，如實地表現生活現象就夠了。這實質上等同於左拉所提倡的不做結論，不表態的作

〔註91〕島川抱月：《藝術和現實之間劃一條線》，《近代文學評論大系：3》，東京角川書店，1982年，第223頁。

〔註92〕伊爾梅拉・日地谷：《私小說──自我暴露的儀式》，平凡社，1992年，第46頁。

〔註93〕長谷川天溪：《排除邏輯的遊戲》，見《近代文學評論大系：3》，角川書店，1982年，第79～80頁。

〔註94〕後藤宙外：《自然主義比較論》，見《近代文學評論大系：3》，角川書店，1982年，第156頁。

品的非傾向性：所謂「平面描寫」，實質上就是左拉等提出並付諸實踐的客觀化、原生態描寫的創作原則。堅持「無理想、無解決」的「平面描寫」，就是要求作家對人生要始終採取靜觀的態度，避免對人生問題做出解釋或進行評判，不摻雜絲毫主觀，不解決任何人生問題，只需將所見所聞的日常生活細節原原本本地記錄下來。1885 年 8 月，坪內逍遙於《自由燈》上發表《論小說及〈書生氣質〉之主意》一文，再次強調：「小說之主髓在寫人情世態。若以勸懲為主髓，或以政治上之寓意為眼目，則違背真小說之旨。小說者，美術也。誠可暗寓有禪風教之意，然若誤解寓意之寓字，以寓意為主意，則大謬。」明確指出雖然描寫人情世態是小說的主要內容和精要所在，但必須保證小說的純藝術性，作家必須避免人為賦予小說政治目的與社會功能的做法。

　　同法國自然主義一樣，日本自然主義「無理想、無解決」的「平面描寫」的文學主張也遭到了詰責，有人因此稱日本自然主義文學的特質是「脫政治性」。事實上，日本自然主義文學同樣不可能不與社會、政治有著難以割捨的聯繫。

　　先看日本自然主義陣營內部。正宗白鳥在《自然主義感悟史》中說：「自然主義是時代的聲音」，「包括藤村，也是在這一感化下的。對以前茫然的文學觀給予了生氣。對過去暗中摸索的東西好像看得清楚了」，自然主義作家「受盡貧窮之苦，對人生倦怠求舒展的同時，產生了把這樣的人與自然主義產生共鳴的動機」。他們最為關心的，「乃是文學青年，他們是支撐文學根底的人群」，所以文學青年在田山花袋等自然主義作家的作品中，「更容易有一體感，看到『平常人』的樣子」〔註 95〕，從而產生共鳴。田山花袋在《近代小說》中寫到：至明治 42～43 年間，迅猛發展的自然主義運動「不是以前的僅僅是小說運動了，變成了與社會運動相連接的形式歷然可見。為此，這就引起了政府的注意，被認為是不健康、不道德、危險的思想。甚至把幸德秋水等人的社會運動聯繫起來考慮了。」〔註 96〕

　　再看評論界。在日本自然主義盛行時期，就有評論家從社會學和階級屬性的角度對之進行分析評論。比如魚住折蘆在《作為自我主張思想的自然主義》一文中寫到：自然主義乃「科學的決定論與命運論結合的產物」，反映了

〔註 95〕伊爾梅拉·日地谷：《私小說——自我暴露的儀式》，平凡社，1992 年，第 112 頁。
〔註 96〕臼井吉見：《近代文學論爭：上》，築摩房，1956 年，第 69 頁。

作家對封建國家、家族壓抑自我的反抗及對個性解放的追求。小林秀雄對此表示贊同，認為這種觀點「乍看似乎矛盾，但是這是自我擴充的精神結合。結合起來共同對抗『共同的怨敵——巨型怪物』。魚住在這裡指的是國家，在日本亦是家族。」〔註 97〕石川啄木《閉塞時代之現狀——強權、純粹自然主義的最後及明日之考察》一文，則「從明治末期青年的生存狀態入手，剖析了日本自然主義中隱含的明治末期青年一代與家族制國家主義抗爭的一面」〔註 98〕，認為日本自然主義表現出了「在日俄戰爭之後社會蔓延的矛盾，在政治、社會思想上已形成『閉塞的時代』」，但他同時也指出「自然主義退向『觀照』與行為脫離，作了與之劃開界限的決定，已表現了自然主義不具有打破閉塞時代的力量。」〔註 99〕小田切秀雄在《現代文學史》中寫到：自然主義文學使得「日本近代文學的基礎從都會中心向住在農村的地方知識分子擴展開去。」〔註 100〕加藤周一則指出：「確實從『自然主義』作家們方面來說，他們沒有與明治國家認同的意識，而且對於社會整體的發展趨勢也不是抱有非常強烈的關心。但是，他們所選取的主題，好像是身邊瑣事，卻是同時代社會變化的要點之一。」〔註 101〕

　　日本自然主義之所以宣揚「無解決」也是不得已而為之。傳統日本文學同中國的做法一樣，總是在作品結尾處添加「光明的尾巴」，勉強給出解決問題的答案，而讀者也因之獲得了滿足。事實上，這不是真實。在沒有找到正確答案時，最好的辦法是不要虛造，而是遵從事實，「讓這困惑就作為困惑存在於自己心中，首先把導致這困惑的各種事項找到，表現出來，不求胡亂解決，而是聽取從靈魂傳出的隱約可以聽見的沉痛嗟歎」〔註 102〕。所以，日本自然主義的「無解決」不應該被簡單地理解為「脫離人生，逃避現實」，它實質上反映了作家面對黑暗的現實、灰暗的人生卻無能為力的苦悶和無奈，同時，它也在客觀上達到了暴露病症，引起療效的注意的目的。

〔註 97〕小林秀雄：《私小說論》，作品社，1976 年，第 93～94 頁。

〔註 98〕孟慶樞：《日本自然主義文學、私小說再探討》，《南京師範大學文學院學報》，2009 年第 1 期。

〔註 99〕見千葉俊二ら：《日本近代文学評論集（明治·大正篇）》，岩波店，2003 年，第 159 頁。

〔註 100〕小田切秀雄：《現代文學史：上》，集英社，1975 年，第 128 頁。

〔註 101〕加藤周一：《日本文學史序說：下》，築摩房，1980 年，第 332～333 頁。

〔註 102〕參見孟慶樞：《二十世紀日本文學批評》，吉林人民出版社，2009 年，第 128 頁。

　　第二，通過「自我告白」「自我懺悔」等行文方式，大膽暴露「內面的真實」。

　　正如前文所言，日本自然主義文學同時也受到浪漫主義的影響，歐洲浪漫主義文學思潮對遭到資本主義社會戕害的人的自我與個性的捍衛、對人的感情的肯定，對日本自然主義文學產生了一定影響，促成其對自我的充分關注，正如中村光夫宣稱：「個人主義時代到來了」〔註103〕。另一方面，在當時高度集權的政治高壓下，日本作家無法過多地通過作品反映、干涉社會政治生活，只能無奈地轉向自我，「只傾注於感覺、感情的解放，而且陶醉於此。」〔註104〕這就使得以「真實」「露骨描寫」為宗旨的自然主義文學與個性的張揚和解放的訴求、個人情感的暴露和宣洩的願望緊密結合起來，既不違背法國自然主義文學最根本的原則——真實性原則，又折衷地將法國自然主義文學對外在客觀世界的真實性追求轉化為日本式對內在情感的真實性的追求。日本自然主義文學作品大多將「我」置於首要位置，通過自我告白、自我懺悔等行文方式，真實表達內心的孤獨感、個性自覺意識以及個人與家族、社會的對立衝突、無情暴露自我內心深處的隱私，袒露「對自我的深入廣泛的反省」，以謀求「自己作為一個人生存方式的疑問，個人主義精神的更加深入探求」。高橋源一郎曾評價說：「藤村《破戒》裏貫徹到底的就是『真實的自白』。人有內面，真實只存在於此。小說就是表白內面真實的手段。」〔註105〕而《棉被》也被稱作「完全以自己的目光限於自我的優勢」〔註106〕。

　　另一方面，在日本，個人與社會、自己與他人之間的界限不是很清晰。河合隼雄曾指出：「在日本，自他的區別不像西洋那樣明確，說『我』時甚至也是與說『世界』一樣。」〔註107〕所以日本自然主義「自我告白」並非僅限於狹隘的「個人」「自我」，而是「窺一斑而見全豹」，推己及人，由一而眾，通過對個人內心世界的真實描摹，揭示人性相通之處，表現普通人的精神世界，進而呼籲整個人類的精神解放。因此，佐藤春夫會說：「日本自然主義的

〔註103〕中村光夫：《近代文学と文学者》，朝日新聞社，1977年，第78頁。
〔註104〕丸山真男：《明治国家的思想》，吉田精一《自然主义の研究》，上東京堂，1958年，第7頁。
〔註105〕高橋源一郎：《日本文學盛衰史》，講談社，2004年，第232頁。
〔註106〕伊爾梅拉‧日地谷：《私小說——自我暴露的儀式》，平凡社，1992年，第60頁。
〔註107〕村上春樹：《村上春樹全作品1990～2000》，講談社，2003年，第322頁。

主要作家，除德田秋聲外，都是詩人出身。……為什麼這些詩人標榜自然主義呢？在於他們從那裡發現了將自己『普遍化』之路。」〔註108〕這也是後來日本私小說作家關注與追問的中心。

第三，提倡「迫近自然」的「真」和「露骨描寫」。

日本自然主義者認為文學的價值完全在一個「真」字上，「露骨描寫」的目的就是要達到真實。《露骨的描寫》是具有日本自然主義宣言性質的論文，促使該論文產生的直接原因應該是明治36年10月30日硯友社的領導人物尾崎紅葉（1867～1903）的去世，「文壇上一塊重石去掉一樣的感覺，使身處硯友社末席而十分不滿的花袋，在紅葉死後旋即操筆，對硯友社關注於技巧的『過分裝飾』的徒有其表的『鍍金文學』進行直面批判」〔註109〕，於是他在左拉等自然主義作家的影響下寫下此文，宣稱「一切必須露骨，一切必須大膽，一切必須自然」「要大膽而又大膽，露骨而又露骨，甚至要讀者感到戰慄」〔註110〕。而《棉被》的成功，也全在於「真」和「露骨的描寫」上：「作者以寫他的實際生活和體驗保證確實的真實性，這就避免由虛構想像而製造的真實性的多方向的危險性，這是在重視真實的時代從而確定的方法。」〔註111〕只要真實、自然，就可以打破禁忌、無所顧忌地、「露骨地描寫」，無情地把醜惡的東西和陰暗面披露到光天化日之下，正如島崎藤村所說：「為了達到『露骨的描寫』，最隱秘的東西也有讓它曝光之必要呀。我已經無所畏懼了。」〔註112〕作家要把「普通人不敢講、不敢說、不敢寫的陋劣卑怯的狀態，人生陰暗的狀態，殘酷悲慘的狀態」，全部都進行赤裸裸的「無所畏懼的描寫」。〔註113〕島村抱月在評論《棉被》時也主張「對美醜無所矯飾的描寫，進而專致力於對醜的描寫」〔註114〕。這種「平面描寫」實際上就是對當時日本文壇過分注重「粉飾」「技巧」做法的挑戰，顯示了

〔註108〕中村光夫：《近代文学と文学者》，朝日新聞社，1977年，第69頁。

〔註109〕千葉俊二ら編：《日本近代文学評論集（明治・大正篇）》，岩波店，2003年，第91頁。

〔註110〕田山花代：《露骨的描寫》，柳鳴九《自然主義》，中國社會科學出版社，1988年，第544頁。

〔註111〕小田切秀雄：《現代文學史：上》，集英社，1975年，第133頁。

〔註112〕高橋源一郎：《日本文學盛衰史》，講談社，2004年，第240頁。

〔註113〕臼井吉見：《近代文學論爭：上》，築摩房，1956年，第99～100頁。

〔註114〕葉渭渠：《日本自然主義文學思潮述評》，柳鳴九《自然主義》，中國社會科學出版社，1988年，第281頁。

與社會抗爭的勇氣。但另一方面，這種「迫近自然」「露骨描寫」的「真」，不是表現的真，而是再現的真，同法國自然主義一樣，作家往往只重視細節、現象的真，不同點在於，這是內心情感的真，而不是外在事物的真，作家只對自己感受到、接觸到的個體情感、個別現象作照相式機械的描寫和反映，而忽視客觀事實的「真」。

第四，從自己的親身經歷中選取題材，致力於描摹身邊瑣事。

為了達到高度的內面真實，日本自然主義作家大多從自己的親身經歷、身邊人和身邊事中取材，大膽暴露自己或親近的人的隱私，從而使得作品具有鮮明的自敘傳性質。確切地說，《棉被》就是田山花袋的自傳體小說，文中的男主人公，作家竹中時雄即為作者的化身，女主人公橫山芳子，則以田山花袋女弟子岡田美知代為原型，橫山芳子的遭遇正是岡田美知代的親身經歷，岡田美知代曾經就讀於神戶女子學校，因為愛好文學，來到東京，拜田山花袋為師。在一次來東京的路途中，認識意中人，兩情相悅，私定終身。她的做法遭到家人反對，這與橫山芳子的故事別無二致。1958 年，岡田美知代發表《花袋〈棉被〉偲私》，解密自己與田山花袋和《棉被》的故事。即便是文中的田中秀夫，也在現實生活中有著活生生的原型——永代靜雄，他的經歷與《棉被》中的描述相似，曾在牧師學校關西學院和神戶教會所屬的同志社學習。島崎藤村《千曲川風情》就是自己在千曲川生活的「寫生集」，作者追求的正是一種寫生般再現的效果，將自己在千曲川的生活原封不動「搬」到紙上。〔註 115〕

作為日本自然主義的發展，日本私小說更是專事個人經歷和情感的描摹，具有鮮明的自我小說特色。

第五，渲染人的動物性和肉慾的本能。

法國自然主義文學的性愛描寫因為契合日本文學傳統中好色的一面，而為日本自然主義文學全盤接受並大肆渲染。日本自然主義作家認為對人性「靈」的一面的過分強調與追求，有理想化傾向，且過於無趣，只能增加人生的痛苦並導向死亡，而只有注重人性「肉」的一面的挖掘，才能獲得生之快樂和繼續生存的勇氣。所以他們極力張揚人的「自然性」，即人的動物屬性、人的本能衝動與生理欲求、人性中非理性部分。他們強調文學創作通過肉慾

〔註 115〕鄭一萌:《從島崎藤村的千曲川風情看日本自然主義文學風格》,《美與時代》,2020 年第 5 期。

的描寫，揭示人的深層心理，直接暴露人類自身的醜惡，然後大膽地「自我告白」「自我懺悔」，這樣才能發現真實的自我。

　　長谷川天溪在《排除理想的遊戲者》中說：「我們直接瞭解的現實，就是靈與肉。理性派重靈輕肉，以征服肉體來作為其最終理想。所以，我們自然派無論如何也必須以肉征服靈。」據此，岩野泡鳴提出了著名的「神秘的半獸主義」理論並運用到文學創作中，在其《耽溺》和自傳體「五部曲」，以及其他自然主義作家的作品中，都充斥著大量赤裸裸的肉慾場面。這種不作任何價值判斷的肉慾描寫，不僅招致了政府的查禁和評論家的詬病，也大大削弱了日本自然主義文學的歷史和社會價值，使得文學本來該有的反抗性、批判性被降低，轉向萎靡頹廢的一面，到了自然主義文學運動後期，這種消極因素愈發增大，導致虛無主義的膨脹以及自我的分裂。這種頹廢的肉慾走到極端，就形成了日本近代的頹廢主義文學傳統，並最終誘發唯美主義的產生。

　　第六，凸顯綿綿不絕的感傷情緒。在傳承大和民族傳統審美情趣「物之哀」的基礎上，日本自然主義文學家接受了歐洲世紀末思想，沾染了歐洲作家身上的感傷情緒。憂鬱悲哀的情緒構成了日本自然主義文學的總體氛圍，並以之與西方自然主義區別開來。正如長谷川天溪所說：「暴露現實的悲哀，終於使他們發狂而死。那些自然主義派的作家，並不是對醜惡、鄙陋、非理想、非藝術、反道德以及肉的方面、性慾方面有所偏好才加以描寫的，而是因為能從其中找到毫無虛設的現實才加以描寫的，其背後則是深刻的悲哀的苦海。……這種有增無減的背後的悲哀，才是真正現代文藝的生命，離開這一背景，就不可以出現有血有肉的文藝」〔註116〕。片上天弦也說：「謀求解決人生而不能達到，就勢必產生悲哀。這種悲哀精神，不久就成為愛憐精神。」〔註117〕

　　日本自然主義作家本著一味求「真」的原則，單純而消極地暴露醜惡，並因此而愈發悲哀感傷，頹廢墮落，最終導致自我分裂和虛無主義。而為了迴避分裂和虛無的痛苦，作家只好更加依賴官能享受，從而進一步將作品主

〔註116〕長谷川天溪：《暴露現實的悲哀》，葉渭渠、唐月梅《日本文學史·近代卷》，經濟日報出版社，2000年，第236頁。

〔註117〕片上天虹：《未解決的人生和自然主義》，《近代文學評論大系：3》，角川書店，1982年，第120頁。

題侷限於獸性、猥褻和墮落。「作為一種流派，自然主義雖然在日本近代文壇不過存在了十幾年，但作為一種哀怨傷感、自我暴露的美學風尚卻綿延始終。在它前後的流派，作家身上都流動著它的血脈，即使是階級意識最鮮明的普羅文學也有私小說的味道。」〔註118〕

此外，同法國自然主義一樣，日本自然主義文學也非常注重細節描寫。止菴在《日本文學與我》一文中，曾如是評價日本自然主義文學代表作《棉被》：「整篇作品都可以看作是對結尾處一個細節的鋪墊。……本來是日常生活中最普通的東西，卻被發現具有特別意味。最普通的東西也就變成了最不普通的東西。人物之間全部情感關係，都被濃縮在這一細節之中。」

1912 年以後，日本文壇自然主義作品漸趨減少，許多自然主義作家的作品中自然主義色彩也逐漸淡薄，他們或者對自然主義產生了動搖，或者完全失去暴露社會的積極態度，轉向更多地自我暴露，自我分裂，自我崩潰和散佈虛無，自然主義文學的弱點愈發明顯地顯露出來，受到了外部更加嚴厲的批判。自然主義作為一個集團的文學運動已經衰落。但是，自然主義創作方法對日本文壇的影響是深遠而彌久的，一直延續至今。

〔註118〕 張福貴、靳叢林：《中日近現代文學關係比較研究》，吉林大學出版社，1999年，第 313 頁。

第二章　自然主義文學思潮在中國的引進與傳播

第一節　自然主義文學思潮的傳入與早期倡導

一、對外開放的氛圍及科學主義的語境

　　發端於「五四」文學革命時期的中國現代文學，「別求新聲於異邦」「是在外國文學潮流的推動下發生的」〔註1〕，受到了世界各國近現代文藝思潮的顯著影響。作為新文化運動的重要組成部分，「五四」文學革命從「文學是人學」的根本觀點出發，積極投入世界性文學交流，廣泛借鑒和汲取外國文學特別是西方文學的經驗，以探索和開拓中國文學的未來。在全球化的時代氛圍、科學主義的文化語境中，「五四」文學受到西方的深刻影響，開始了對現代性的熱烈鼓吹，對科學、民主的大力宣揚。「正是由於當時的時代是推崇『科學萬能的時代』，在這一科學主義語境中，各種文學流派競爭的結果，只能是與科學精神內質相一致的寫實主義（包括自然主義）佔據了主潮的地位，這是時代的必然。」〔註2〕

　　「五四」時期對自然主義的接受和宣揚，首先是基於文學革命的啟蒙性質和思想革命任務的考慮。為了爭取現代性，推動中國文學現代化進程，「五四」文學革命以科學主義批判中國傳統文學奉行的道德主義思想，以強調個

〔註1〕魯迅：《集外集拾遺補編·〈中國傑作小說〉小引》，《魯迅全集：8》，人民文學出版社，1981年，第399頁。
〔註2〕俞兆平：《寫實與浪漫》，上海三聯書店，2002年，第81頁。

體的文學觀取代傳統的集體理性觀。這些均和自然主義的文學主張有相通之處。自然主義文學思潮因為強調作品的科學性和真實性，要求作家以科學的精神和態度進行創作，直面人間的陰暗與醜陋，客觀、大膽、冷靜、真實地描寫社會生活，尤其是社會下層人們的悲慘遭遇而引起了當時中國啟蒙文學家們的注意，他們強調文學要正視人生現實，暴露社會黑暗的真相，揭示落後的國民性，將國民從封建主義思想禁錮中喚醒，在考察文學功能與方法時，他們偏重「寫實」與「暴露」，特別提出「實寫今日社會之情狀」，以摒除那種「與吾阿諛誇張虛偽迂闊之國民性互為因果」〔註3〕的舊文學，主張描寫「病態社會的不幸的人們」〔註4〕，「寫出全民族的普遍的深潛的黑暗，使酣睡不願醒的大眾也會跳將起來」〔註5〕。正是基於這種「為人生」的目的，梁啟超、陳獨秀、胡適、胡愈之、周作人、茅盾等都曾經對自然主義文學予以不同程度的介紹和提倡。從功利角度看，法國自然主義的文學觀點十分契合當時中國學者的啟蒙思想和文學革命觀，能夠滿足他們運用文學濟世救民的需要。在他們眼裏，自然主義（寫實主義）是一種反叛傳統的精神力量，一份療救中國文學的有效藥方。陳獨秀把自然主義（寫實主義）看作打倒舊文學、建立新文學的重要戰略武器，他之所以提倡自然主義，正是看中了其中蘊涵的中國文學所欠缺的諸多革命性因素，因為自然主義時代，正是一個「所謂赤裸裸時代，所謂揭假面具時代」〔註6〕。

「五四」啟蒙運動的主體是新生的城市平民知識分子，他們提倡民主——政治上的平民主義，所以「五四」文學主張平民文學，自然主義文學的平民化傾向正好符合文學革命的這一要求，成為「五四」文學接受自然主義的主要因素之一。

中國對於自然主義的接受，也是以茅盾為首的「人生派」作家們出於拯救當時一度陷入困境的文學創作狀況而引發的。當時支撐中國文壇格局的主要是兩種文學：其一，以「問題文學」等為代表的新小說；其二，舊派文學，主要是鴛鴦蝴蝶派作品。「問題文學」主要興起於 1919～1921 年間，面對著因時代急劇變化而出現的各種嚴峻的社會和生活問題，新文學作家們如饑似

〔註3〕陳獨秀：《文學革命論》，《新青年》，1917 年 3 月第 6 期。
〔註4〕魯迅：《我怎樣做起小說來》，《魯迅全集：4》，人民文學出版社，1981 年，第 512 頁。
〔註5〕葉紹鈞：《創作的要素》，《小說月報》，1921 年 12 月第 7 期。
〔註6〕李澤厚：《中國思想史》，安徽文藝出版社，1999 年，第 828 頁。

渴地吸收各種外國思想，還未能好好消化就生搬硬套來思索和解說中國的「社會人生問題」。很多作者缺乏社會閱歷、生活經驗，只能套用所讀到的某個哲學、社會或人生命題，以一些簡單的故事或單薄的形象生硬地說明「問題」。他們不僅熱衷提出問題、討論問題，而且急於為問題「開藥方」。雖然這些「問題文學」作品有助於引發青年讀者對人生、社會問題的探索，但大部分作家都把文學作為傳播思想觀念的手段和工具，且很多創作都很幼稚，作家們既缺乏社會、生活經驗，創作之前又沒有認真進行實地觀察，對要寫的生活狀況不熟悉，在創作過程中也不重視客觀描寫，摻雜不少作者主觀臆想，導致作品流露出失真的傾向，「不真實」的毛病非常明顯。

鴛鴦蝴蝶派興起於清末民初，1915 年前後達到鼎盛，小市民階層是其主要讀者群，在當時佔據著文藝消費的主要市場。他們的作品有些確實具有可讀性，對於 20 世紀中國通俗文學的發展也不無作用，但從整體上看，缺陷甚多。首先他們缺乏嚴肅的創作態度，唯一的創作宗旨是單純的「消閒」「遊戲」，以博取讀者一笑為己任。其次，作品粗製濫造，缺乏藝術性。很多人都是閉門造車，憑空想像捏造出一些人和事或在舊書上抄襲加杜撰而成，不真實性非常明顯，「滿紙是虛偽做作的氣味」〔註7〕。面對鴛鴦蝴蝶派所代表的舊派文學逐漸失去現實性、日趨流向庸俗文學的創作現狀，「人生派」作家們將求救的目光投向了西方文學。他們發現自然主義文學按照自然科學的態度與方法，原汁原味地描寫生活，把寫實方法發展到了「極致」的做法，正是醫治中國當時創作中存在毛病的良藥，因此開始不遺餘力地大肆宣揚自然主義文學。在《自然主義與現代中國小說》中，茅盾明確指出：「我們的實際問題是怎樣補救我們的弱點，自然主義能適應這要求，就可以提倡自然主義。」由此可知，在中國，自然主義是作為糾正啟蒙主義文學缺陷的手段，其命運當然只能成為後者的補充，這也是自然主義在中國始終未能發展成為一個獨立的文學流派的主要原因之一。

二、關於自然主義的早期介紹

（一）無名氏掀開介紹第一頁

1904 年 1 月 12 日，《大陸》第二年第 2 號上，刊登一篇無署名的論文《文

〔註7〕茅盾：《自然主義與中國現代小說》，《茅盾全集：18》，人民文學出版社，1989年，第 232 頁。

學勇將阿密昭拉傳》〔註8〕，是為中國學界紹介、宣揚自然主義作家第一篇。該文對左拉及其作品持完全讚揚肯定的態度，稱其為「奇偉魁傑」的「文學大家」，「翻文海之波瀾，改學界之簡陋」，「僉曰為文藝世界放一大光彩者」。文中指出左拉主張「自然實際說」，率領「呼洛培康克」「克拔周蘭鐵多鳥鐵諸氏」，「主自然實際派，而黜理想派」。作者認為當時的小說家大多「想像偏僻，作者與實際之間，儼若對鏡寫真，未免失其顏色」，閉門造車，遠離真實，而自左拉一派出現，「真相始得」，該派作家「以小說、以圖畫擴充其主義、伸張勢力於新聞」，「以一擊而芥粉文學上之假裝偽飾」，「實寫人民之生涯，描社會之狀態」，實為「正當之小說家」。

　　為了達到高度讚揚左拉的目的，作者毫不吝惜讚美之辭，論及左拉作品問世後曰：「博非常之好評，儼有洛陽紙貴之勢」，左拉「縱橫筆陣，壓倒一時。烈焰烘烘，無有敢敵之者。」不過作者也沒有迴避其被攻擊批判的真實情形：「世人多謂昭拉氏為卑褻猥瑣之作者」，但他認為「公平之批評家，則謂其不但非卑褻猥瑣之作者，於意味上觀之，且為法國小說家中最有德之作者」，並援引多亞美西的話為左拉辯護：「昭拉氏之寫人真相，不啻裸體形骸，在於解剖臺上，使人見之不生不德之心。故其著作暴露人之秘事，深刻而不虛飾，招人嫌惡，招人嘲弄，而見其記事之人，必生潔白堅固之心。起嫌惡卑陋之念，而不至於墮落於惡途。要之彼之寫人罪惡，而其自身之與罪惡，則望望然去之。」

　　作者還援引左拉自述以描述其創作之道：為了準確真實地描寫人物，左拉「必熟考其生於何等之家族，受如何之刺激，在於社會何等之階級，素接觸者為何等之人，其棲息之地方，其呼吸之空氣，其職業，其習俗，以及日常細微之事，無不就實際觀察之。」「故余之小說，欲附以實地世界之色澤真香，其實際之情形，必親嘗之、目擊之，而領會入微。且余嘗與下等社會相周旋，察其人民之態，聞其實際之言，知其實在之事，並習其通用之語言，其狀態、其情趣、其談論皆一一貯於我之記憶範圍中。」

（二）陳獨秀對自然主義的率先倡導

　　伴隨著「五四」新文化運動的興起，自然主義開始引起一些革命先驅的

〔註8〕佚名：《文學勇將阿密昭拉（左拉）傳》，賈植芳、陳思和《中外文學關係史資料彙編（1897～1937）》，廣西師範大學出版社，2004年，第269～273頁。

注意。率先推崇自然主義的是「五四」文學革命發難者陳獨秀。在 1915 年
剛創刊的《青年雜誌》（後改名為《新青年》）第一卷第三、四期上，連載了
陳獨秀的長文《現代歐洲文藝史譚》，在論及歐洲文藝思潮流變時，云：「十
九世紀之末，宇宙人生之真相，日益暴露，……文學藝術，亦順此潮流，由
理想主義，再變而為寫實主義（Realism），更進而為自然主義（Naturalism）。」
〔註9〕首次在中國提及了自然主義文學，並用了比其他文學流派更多的篇幅
介紹歐洲自然主義文藝思潮。陳獨秀認為自然主義文學思潮是當時歐洲最有
勢力的文學潮流，是對寫實主義的發展。對於自然主義的歷史地位，他拔得
很高：「現代歐洲文藝，無論何派，悉受自然主義感化。作者之先後輩出，
亦遠過前代。世所稱代表者，或舉俄羅斯之托爾斯泰、法蘭西之左喇（今譯
左拉）、挪威之易卜生三大文豪。」並且預言：「自然派文學藝術之旗幟，且
被於世界。」〔註10〕值得稱道的是陳獨秀不僅注意到了自然主義小說，也關
注了戲劇，將挪威易卜生、俄國屠格涅夫、英國王爾德、比利時梅特爾林克
並稱為自然主義戲劇的四大代表作家。

　　陳獨秀對於寫實主義與自然主義的論述，在概念應用上顯得有些隨意與
混亂：其列舉的自然主義作家中，明顯包含著歷來被視為現實主義作家的托
爾斯泰、屠格涅夫等。另外，他從進化論與科學主義角度出發，把自然主義
看作是現實主義的高級階段，並在這一意義上接受自然主義概念。這種隨意
與混亂，一方面緣自當時譯介資料的欠缺和中國文壇對西方文藝理論的誤讀，
另一方面也是陳獨秀等啟蒙文學革命家根據當時中國文學現狀所做的一種嘗
試，是對現實主義批評話語中國化的一種努力。

　　陳獨秀採用法國文學史家喬治·貝利西埃《當代文學運動》一書的材料
和觀點，用進化學說解釋文學從古典主義、浪漫主義到現實主義、自然主義
依次演進的過程，在他看來，既然西方先進，而那裡的文學發展經歷了由古
典主義到理想主義（浪漫主義），再由寫實主義（現實主義）到自然主義的過
程，那麼越是後出現的文學就應該越優秀，就越值得落後的中國學習。可見
陳獨秀正是站在文學進化論的立場上把自然主義作為首選對象介紹進來的。
但是，他並不是機械地遵從「進化論」的「物競天擇」演進流程，而是更為尊
重文學藝術流派演變的自身規律，按照其特定的因果律進行論述的。他一方

〔註9〕陳獨秀：《陳獨秀著作選》，人民出版社，1993 年，第 136 頁。
〔註10〕陳獨秀：《現代歐洲文藝史譚（續）》，《青年雜誌》，1915 年 1 月第 4 期。

面分析了西方自然主義與現實主義的差異，一方面結合中國文學革命的使命，才形成了「僕之私意，固贊同自然主義者」〔註11〕的信念。他認為中國當時文學尚處於歐洲文學史上的古典主義、浪漫主義階段，應先將其推翻，然後才能走自己的寫實主義道路：「吾國文藝，猶在古典主義理想主義時代，今後當趨向寫實主義。」〔註12〕

陳獨秀把自然主義看作打倒舊文學、建立新文學的重要戰略武器。在1917年發表的《文學革命論》中，他提出文學革命「三大主義」：「曰，推倒雕琢的阿諛的貴族文學，建設平易的抒情的國民文學；推倒陳腐的鋪張的古典文學，建設新鮮的立誠的寫實文學；推倒迂晦的艱澀的山林文學，建設明瞭的通俗的社會文學」，這裡所謂的「國民文學」「寫實文學」「社會文學」，相對應的顯然是他想從西方引進的現實主義和自然主義。〔註13〕在該文結尾陳獨秀更加明確地表示：「予愛盧梭、巴士特（今譯巴斯德）之法蘭西，予更愛虞哥（今譯雨果）、左喇之法蘭西」，把雨果、左拉奉為典範，呼籲文學界有識之士向他們學習。

陳獨秀把現實主義和自然主義文學看得如此重要，固然是出於宣揚啟蒙文學革命的需要，但也說明其價值指向在於這兩種文學所具有的科學精神、用科學方法分析現實人生的社會功能。在明確倡導學習自然主義文學之前，陳獨秀就在《今日之教育方針》一文中標舉寫實主義、自然主義為「近世歐洲之時代精神」，認為「此精神磅礴無所不至：見之倫理道德者，為樂利主義；見之政治者，為最大多數幸福主義；見之哲學者，曰經驗論，曰唯物論；見之宗教者，曰無神論；見之文學美術者，曰寫實主義，曰自然主義。一切思想行為，莫不植基於現實生活之上。」〔註14〕指明寫實主義、自然主義是科學「見之文學美術」而引生的，帶有明顯的崇尚科學主義的時代特徵。1916年2月，陳獨秀在《答張永言》信中還談到：「寫實主義自然主義乃與自然科學實證哲學同時進步。此乃人類思想由虛入實之一貫精神也。」〔註15〕明確指出是自

〔註11〕陳獨秀：《答曾毅》，《新青年》，1917年3月第2期。

〔註12〕陳獨秀：《答張永言》，水如編《陳獨秀書信集》，新華出版社，1987年，第16頁。

〔註13〕何仲生：《自然主義和中國「五四」文學》，《紹興文理學院學報》，2000年第2期。

〔註14〕陳獨秀：《陳獨秀文選》，上海遠東出版社，1994年，第15頁。

〔註15〕陳獨秀：《陳獨秀著作選》，上海人民出版社，1993年，第180頁。

然科學以及實證哲學促成了寫實主義、自然主義。可見，陳獨秀始終是在科學話語意義上理解寫實主義與自然主義，並運用科學主義為其搖旗吶喊。他不僅把文學進化論作為一種普遍性客觀規律，同時也以一種「現實」的實用主義目的看待寫實主義和自然主義，以探求一種以當下的現實生活為主要取向的文學創作道路。陳獨秀分析當時中國的創作，認為要麼承襲古代文學堆砌辭藻、矯揉造作之陋習，「以眩瞻富，堆砌成篇了無真意」；要麼跟隨理想主義極盡誇張之能事，「或懸擬人格，或描寫神聖，脫離現實，夢入想像之黃金世界」，都具有缺乏科學精神、不真實的毛病，而自然主義、寫實主義正有助於克服這些毛病。就文學的科學精神而言，則自然主義比現實主義更鮮明強烈。陳獨秀曾兩次撰文闡釋自然主義優於現實主義之處：其一，在《答張永言》中：「自然主義尤趨現實，始於左喇時代，最近數十年事耳。雖極淫鄙，亦所不諱，意在徹底暴露人生之真相，視寫實主義更進一步。」〔註16〕其二，在《答胡適之〈文學革命〉》中：「自然派文學，義在如實描寫社會，不許別有寄託，自墮理障。蓋寫實主義之與理想主義不仍也以此。」〔註17〕陳獨秀之所以鍾愛左拉，也正是出於對左拉那種強調科學精神的文學觀的認同和嚮往。他在《現代歐洲文藝史譚》裏的一段專論可以解釋他對左拉及其自然主義文學的種愛：「左氏的畢生事業，惟執筆聳立文壇，篤誠所信，以與理想派文學家勇戰苦鬥，稱為自然主義之拿破崙。此派文藝家所信之真理，凡屬自然現象，莫不有藝術之價值。夢想理想之人生，不若取夫世事人情，誠實描寫之有以發揮真美也。故左氏之所造作，欲發揮宇宙人生之真精神真現象，於世間猥褻之心意，不德之行為，誠實臚列。」陳獨秀的介紹和提倡，對自然主義文學思潮在中國的傳播具有重大的啟蒙意義。

（三）周作人對日本自然主義的介紹

據現有資料，中國最先涉及介紹日本自然主義文學的當推周作人。1918年7月，《新青年》第五卷第一號發表了周作人《日本近三十年小說之發達》一文，對日本自然主義的創作特點進行了概括：「總而言之，日本自然派小說直接從法國左拉與莫泊桑一派而來，所以這幾種特色一重客觀不重主觀，二

〔註16〕陳獨秀：《答張永言》，水如編《陳獨秀書信集》，新華出版社，1987年，第20頁。
〔註17〕陳獨秀：《答胡適之〈文學革命〉》，水如編《陳獨秀書信集》，新華出版社，1987年，第40頁。

尚真不尚美，三主平凡不主奇異，也都相同。」作者認為日本自然主義的特色是「唯物主義的決定論，帶有厭世的傾向往往引人入於絕望；所以有人感著不滿，有一種反動起來。」

周作人也持文學進化論觀點，在分析日本明治維新以後小說的發展歷史之後得出結論：只有「差不多將歐洲文藝復興以來的思想，逐層通過，中國文學才能最終趕上「現代世界的思潮」，而當時中國文壇「彷彿明治十七、八年時的樣子」，因此有必要按日本小說進化過程，首先「提倡寫實主義」〔註18〕。他比較了莫泊桑的《一生》和中國的《肉蒲團》之類的作品，指出自然主義作品中的性描寫是嚴肅客觀的，完全不同於中國傳統的肉慾小說。他將《一生》判定為「寫人間獸欲的人的文學」，而將《肉蒲團》劃歸「非人的文學」行列，原因就在於前者「態度嚴肅」「希望人的生活，所以對於非人的生活，懷著悲哀與憤怒」，而後者卻是「遊戲的態度」「安於非人的生活，所以對於非人的生活感著滿足，又多舉些玩弄與挑撥的形跡」〔註19〕。在茅盾開始宣揚自然主義時，周作人是持贊成態度的：「這個時期，茅盾積極提倡自然主義，周作人是重要的支持者。」〔註20〕

（四）胡愈之對自然主義的系統介紹

以上諸多論文、專著對自然主義作家、作品、理論的介紹相對比較零散，而最早專門、系統地介紹自然主義文學的是胡愈之。他於 1920 年 1 月發表《近代文學上的寫實主義》〔註21〕一文，系統分析了寫實主義文學的特點和缺陷，並強調了在中國推行寫實主義的必要。文中的寫實主義包括自然主義和現實主義，其中自然主義所佔比重更大，他所提及的寫實主義作家基本都是自然主義作家。該文分析了近二百年歐洲文藝思潮的變遷，將之分為古典主義、浪漫主義、寫實主義、新浪漫主義四個時期，並且認為：「近代的——近幾十年內的——歐洲文藝思潮，總要算是寫實主義最佔優勢了。」然後結合中國文藝界的現狀，認為「我們中國現在科學思想已漸漸萌芽，將來的文藝思想也必得經過寫實主義的時期，才可望正規的發展。」

〔註18〕周作人：《日本近三十年小說之發達》，《新青年》，1918 年 5 月第 1 期。
〔註19〕周作人：《人的文學》，《周作人集》，花城出版社，2003 年，第 7 頁。
〔註20〕梁敏兒：《零度的描寫與自然主義——茅盾小說中的女性描寫》，《文學評論》，2002 年第 5 期。
〔註21〕本小節所引用文字皆出自《近代文學上的寫實主義》，《東方雜誌》，1920 年 1 月 10 日第 17 期。

胡愈之首先將寫實主義與浪漫主義作了比較，並得出寫實主義的幾個特點：

首先，客觀、科學的態度和方法。「寫實文學既然是科學的產物，所以最注重的也是這種客觀的態度」，真實客觀的科學態度是寫實主義創作的基本前提，作家創作時的態度和方法，正如生物學家在顯微鏡下檢視黴菌時一樣，「胸中全沒有一點的成見，只用著客觀的冷靜的態度，細心觀察事物的真象」。他們不將自己的主觀意見、個人感情攙雜到作品中：「不管悲的、喜的、好的、歹的、美的、醜的，他只把真相切切實實的寫來，好像作者是一個鐵鑄的人，全沒有感覺似的。法國的莫泊三的小說，最能代表這種客觀的態度」。他認為寫實文學同科學一樣注重科學的觀察手段，注重來自生活的直接經驗，作家動筆之前，「必須把所描寫的人物和環境，一一的實地考查；若不是自己經歷過的，便不算得真切。法國的曹拉要算寫實主義的渠魁」；創作過程中，同樣還是使用科學方法進行描寫和剖析：「對於個人和社會的病的現象，都用著分析法解剖法細細的描寫；彷彿同礦物學者分析礦石，解剖學者解剖人體一樣，全然是一種科學的方法。」

其次，對醜惡現象平淡而直接的描寫。「寫實作家的人生觀，完全是機械的唯物的；他把人世一切的事情，都看作必然的結果，所以都是平平淡淡，並沒一點奇異的地方。」為了真實地再現生活，他們大膽而無所顧忌地描寫生活的醜惡：「能把生活上一切穢污惡濁可憎可怕的現象，放膽寫出來，沒有什忌諱；這也是從來文學上所沒有的」。

第三，對肉慾的客觀描寫。他們通過客觀真實的再現式描寫，赤裸裸地揭示人類的獸性：「把人類看作和獸類一樣，所以描寫人類的獸性，絕不顧忌」。但是因為其描寫真實客觀，其態度嚴肅冷靜，所以顯得神聖而不猥褻，高尚而不淫蕩，具有強烈的震撼力：「曹拉、莫泊三、托爾斯泰的小說，描寫肉慾的地方，這是一種嚴肅態度，彷彿和高僧講經一樣」，不同於「我國向來描寫肉慾的下等小說」，非但不會誤導讀者想入非非，反而讓讀者加倍地感受到黑暗的壓抑，現實的可怕，人性的醜惡。

此外，寫實主義文學還注重人生的描寫：「近代的寫實文學最注重所描寫的，總不脫人生的問題。……所以可稱他作『為人生之藝術』」。

隨後，胡愈之也列舉了寫實主義文學的缺點：「第一，寫實文學太偏於客觀方面，缺乏慰藉的作用」；「第二，寫實主義的——機械的，物質的，定命的

──人生觀，和可怕的醜惡描寫，很容易使人陷於悲觀，因此減少奮鬥的精神」；第三，寫實文學難以和新思潮互相調和。雖然寫實主義文學有這些明顯缺陷，但胡愈之認為當時中國依然需要經過寫實主義階段，因為中國的文藝界「直到如今，總不脫古典主義的時代。比起西洋近代文學來，既缺少狂放的情緒，又沒有寫實的手段，始終被形式束縛著，沒一點振作的氣象。」所以「要走向新文藝的路上去，這寫實主義的擺渡船，卻不能不坐。」胡愈之對寫實文學的分析比較系統、全面，有助於當時中國文壇更加清楚地瞭解、認識自然主義，進一步加快了宣揚自然主義的步伐。

1921 年初，胡愈之又發表《近代法國文學概觀》一文。文中單獨設立「自然主義的文學」一節，系統評述左拉、莫泊桑、小仲馬等自然派作家的小說和戲劇。不過這裡仍然沒有將「現實主義」和「自然主義」區別開來：「一八三○年以後，是法國浪漫文學的全盛時代，到了後來，理想派逐漸的衰退了，現實主義盛起來了，文學上對於浪漫主義發生一種反動，從感情的傾向，回到理智的傾向，從空想的傾向，回到直接經驗的傾向。這便是自然主義的運動。」〔註22〕

（五）茅盾早期對自然主義的宣揚

1920 年《學生雜誌》第 7 卷 1～6 期上，刊登了沈雁冰（茅盾）翻譯的托爾斯泰《活屍》，這部作品被稱為「托爾斯泰的自然主義的作品」〔註23〕，是為茅盾介紹、宣揚自然主義文學之開始。

1921 年 12 月 10 日，《小說月報》發表沈雁冰《紀念佛羅貝爾的百年生日》〔註24〕一文，開篇說明紀念福樓拜的意義：法國自然主義文學在近代文學中佔有重要的地位，對於世界文學給予了重大的影響，而福樓拜「即使不能算是自然主義之母，至少也該算是先驅者」，所以福樓拜的紀念日，對世界文學，「對中國新文學的將來都有更重大的意義」。

文中評價《包法利夫人》「全書的真實的人生寫照」，是「完全根據一件那時人人皆知的『實事』做成的」，作者「用了極公正的態度描寫。對於書中

〔註22〕胡愈之：《胡愈之文集：第 1 卷》，三聯書店，1996 年，第 157 頁。

〔註23〕馬立安·高利克：《中西文學關係的里程碑（1898～1979）》，北京大學出版社，2008 年，第 72 頁。

〔註24〕沈雁冰：紀念佛羅貝爾的百年生日》，賈植芳、陳思和《中外文學關係史資料彙編（1897～1937）》，廣西師範大學出版社，2004 年，第 295～298 頁。

各人物，都不加一些主觀的褒貶」。但茅盾認為福樓拜雖然「想極力做出不偏不倚的樣子，到底流露出一些憐憫的意思」，因此認為《包法利夫人》「不得算是純粹的自然主義作品。」

此外，沈雁冰還在 1921 年《小說月報》第 12 卷第 8 號上發表了《最後一頁》和同年 12 月的《一年來的感想與明年的計劃》等文章，不同程度地提倡自然主義，但效果似乎不太顯著。

（六）其他學者對自然主義的介紹

在陳獨秀的大力倡導下，譯介自然主義的論文和著作慢慢增多了起來。1917 年 2 月《新青年》第二卷第六號發表陳嘏翻譯的法國龔古爾兄弟的長篇小說《基爾米里》及「譯者識」和「作者自序」，這是中國最早翻譯的自然主義文學作品。在「譯者識」中，陳嘏簡單介紹了龔古爾兄弟生平及創作，讚揚他們以《基爾米里》為代表的作品對「人生之最大欺騙，於以暴露，蓋直揭出人生無意義之問題。」並援引左拉對該書的評價「Germinie Lacerteus 在吾法近代文學，區劃一時代之作物也」，極力讚揚龔古爾兄弟作品之價值，認為「蓋以描寫下級社會之書，實以此為嚆矢，更兼作者之描寫，與從來作家，取徑迴殊。」該文還指出雖然龔古爾兄弟屬於自然派作家，「然其描寫事實，非絕對的客觀描寫，尤注重一切事象所與之主觀印象焉。」〔註25〕

自然主義戲劇作品的最早譯介是在 1918 年 6 月，《新青年》第四卷第六號隆重推出「易卜生專號」，刊載了數篇易卜生劇作及相關評論，其中包括羅家倫、胡適翻譯的《娜拉》、陶履恭翻譯的《國民之敵》、吳弱勇翻譯的《小愛友夫》，評述性文章有袁振英的《易卜生傳》和胡適的《易卜生主義》等。

胡適曾在論著中論及自然主義。他依據「世界歷史進化的眼光」，斷言「一時代有一時代的文學」〔註26〕，認為「唯實寫今日之情狀」，才能「成真正文學」〔註27〕。他從強調真實出發，主張寫實主義，所追求的是文學的審美現代性。他倡導「易卜生主義」，也是因為在他看來，易卜生的文學和人生觀「只是一個寫實主義」。胡適對易卜生的作品持肯定態度：「易卜生把家庭社會的

〔註25〕陳嘏：《〈基爾米里〉譯者識》，賈植芳、陳思和《中外文學關係史資料彙編（1897
　　　～1937）》，廣西師範大學出版社，2004 年，第 274～276 頁。
〔註26〕胡適：《歷史的文學觀念論》，《新青年》，1919 年 6 月第 5 期。
〔註27〕胡適：《文學改良芻議》，歐陽哲生《胡適文集：第 2 冊》，北京大學出版社，
　　　1998 年，第 8 頁。

實在情形都寫了出來叫人看了動心，叫人看了覺得我們的家庭社會原來是如此黑暗腐敗，叫人看了家庭社會真正不得不維新革命：——這就是易卜生主義。」〔註28〕

1921年胡適在滬任商務編譯所企劃事務，當時文藝界出現了為「新浪漫主義」鼓吹吶喊的苗頭，胡適在7月22日的日記中有這樣的記述：「……我又勸雁冰不可濫唱什麼『新浪漫主義』。現代西洋的新浪漫主義的文學所以能立腳，全靠經過一番寫實主義的洗禮。有寫實主義作手段，故不致墮落到空虛的壞處。」〔註29〕胡適認為中國文學沒有經過寫實主義這一階段，所以不宜急於求成，直接倡導新浪漫主義。他的這一觀點對茅盾影響很大，是促成其轉向堅決宣揚自然主義立場的一個重要因素。胡適還通過英文翻譯莫泊桑的短篇小說《二漁夫》《梅呂哀》（1916年）等自然主義作品，著眼於文學層面上對自然主義的接納與宣揚。

朱希祖在翻譯廚川白村《文藝的進化》時指出：「吾國文藝若求進化，必先經過自然派的寫實主義，注重科學的製做法，方可超到新浪漫派的境界。」〔註30〕

梁啟超巡視歐洲後，於1920年發表《歐遊心影錄》一文，首先分析了自然派文學產生的背景和原因，認為是對浪漫派的反動，是文學迎合歐洲社會現狀和思想哲學發展需求的產物，更是科學與文學的聯姻：「科學的研究法既已無論何種學問都廣行應用，文學家自然也捲入這潮流，專用客觀分析的方法來做基礎。要而言之，自然派當科學萬能時代，純然成為一種科學的文學。」接著分析了自然派文學的特質：求真，採用科學實驗的方法，將社會實相、人類心理客觀地、冷靜地、逼真地描寫出來，為此，不惜描寫醜惡：「他們有一個最重要的信條，說道『即真即美』。他們把社會當作一個理科實驗室，把人類動作行為當作一瓶一瓶的藥料，他們就拿他分析化合起來，那些名著，就是極翔實極明瞭的試驗成績報告，又像在解剖室，將人類心理層層解剖，純用極嚴格極冷靜的客觀分析，不含分毫的感情作用。」〔註31〕當然，梁啟

〔註28〕 胡適：《易卜生主義》，歐陽哲生《胡適文集：第2冊》，北京大學出版社，1998年，第475頁。

〔註29〕 胡適：《胡適的日記》，中華書局香港分局，1985年，第156頁。

〔註30〕 朱希祖：《〈文藝的進化〉譯者案》，《新青年》，1919年11月1日第6卷第6號。

〔註31〕 梁啟超：《國性與民德》，《梁啟超文選》，上海遠東出版社，1995年，第200頁。

超也明確質疑自然派文學科學的立場，批判自然派文學對人的醜惡、獸性方面赤裸裸的描寫，認為這樣「真固然真，但照這樣看來，人類的價值差不多到了零度了」。雖然梁啟超對自然派文學主要持否定態度，但他關於自然主義文學的論述客觀上對自然主義在中國的傳播起到了一定作用。

第二節　譯介熱潮及自然主義論戰

一、譯介自然主義理論的熱潮

在眾多文學革命家的倡導下，隨著「五四」新文化運動高潮的到來，文壇上掀起了譯介自然主義理論的高潮。《少年中國》繼《新青年》之後，刊登了一系列文章，成為宣揚自然主義的重要平臺，周無、田漢等人先後發表文章，較為系統地評介法國和日本的自然主義文學，他們把客觀和科學視為自然主義最可貴的品質、最先進的標誌，對左拉更是不勝仰慕。周無在《法蘭西近世文學的趨勢》中寫到：「左拿能一棄從前文人冥想意繪種種不確切的方法，專從事於實驗觀察，以為寫實的材料，而兼收唯物主義（Materialsme）的精神，又帶有性惡主義（Pessimisme）臭味，專能揭出人世的裏面，使自來人生的粉飾行為頓然失其效力」。田漢在《詩人與勞動問題》一文中則詳細介紹了島村抱月的「自然主義構成論」、廚川白村的「自然主義論」，「盧梭的自然主義」「左拿的自然主義」。對於自然主義所表現出的文藝上的科學主義傾向，田漢明確指出這是其與後來的社會主義現實主義精神上的深層關聯：「自然主義的大成者是法國的左拿，所以叫左拿主義，社會主義的大成者是德國的馬爾克思（即馬克思），又叫作馬爾克思主義。它們共通的色彩，便是『科學的』（Scientific）、『唯物的』（Materialistis）；他們共通的目的，便是改革人類的境遇，不過左拿的手段在探出社會的原因，馬爾克思的手段在移動社會經濟的基礎」〔註32〕，他把自然主義和社會主義放在一起比較，為的是要顯示自然主義的進步性。

對自然主義的宣揚貢獻最大的是以「文藝為人生」為宗旨的文學研究會的機關刊物《小說月報》。該報改革後的第一任主編沈雁冰，作為「文學研究會」的領軍人物，本著「為人生」的文學宗旨，對自然主義文學的宣傳抱有很

〔註32〕田漢：《詩人與勞動問題》，《少年中國》，1920 年 1 月第 9 期。

高熱情，成為「以最大努力宣揚在文學上被稱為現實主義或自然主義或自然現實主義的作家」〔註33〕。1920年他在《小說月報》上專闢「小說新潮」欄，大力介紹西方、日本的新派小說，其宗旨是「要使東西洋文學行個結婚禮，產出一種東洋的新文藝來」。在「宣言」欄中，沈雁冰明確指出：「中國現在要介紹的新派小說，應該先從寫實派、自然派介紹起」〔註34〕，他將自然主義文學的譯介放到了首位，在他開列的首批引進計劃中，就有左拉的《崩潰》和莫泊桑的《一生》等作品。在1921年1月《小說月報》第12卷第1號的「改革宣言」中，他明確提出：「就國內文學界情形言之，則寫實主義之真精神與寫實主義之真傑作未嘗有其一二，故同人以為寫實主義在今尚有切實介紹之必要。」這裡的寫實主義，主要還是指自然主義及其文學理論。

為了加大宣揚力度，《小說月報》不僅登載了大量自然主義作品的譯著，而且開始刊登專文詳細介紹自然主義文學及其理論，旨在通過「努力的介紹」，促進中國的作家們「漸漸的去創作」。這些文章歸納起來大致有以下幾類：一、西歐自然主義作家專論，如沈雁冰撰寫的《腦威寫實主義前驅般生》《波蘭近代文學泰斗顯克微支》《西班牙寫實文學的代表者伊木訥茲》等；二、自然主義文藝理論的譯介，如《小說月報》編輯曉風翻譯的島村抱月《文藝上的自然主義》，宮島新三《日本文壇之現狀》等；三、涉及自然主義文學的譯著，如海鏡翻譯的日本山岸光宣《近代德國文學主潮》等；四、由中國留學生撰寫的介紹自然主義文學理論及代表作家作品的文章，如謝六逸《自然派小說》《西洋小說發達史》、汪馥泉《法國的自然主義文藝》等；五、自然主義文學作品的翻譯，如國木田獨步的《女難》《湯原通信》、左拉的《磨坊之役》等。

謝六逸對自然主義的介紹與宣揚頗值得關注。從1917年開始，他先後發表了《文藝漫談——浪漫主義同自然主義的比較觀》（1917年7月30日～8月3日《晨報》第7版）、《自然派小說》（1920年11月25日《小說月報》第十一卷十一號）、《西洋小說史》（1922年5月至7月《小說月報》第十三卷第五～七卷）等文章介紹自然主義。在《自然派小說》〔註35〕一文中，謝六逸

〔註33〕馬立安·高利克：《中西文學關係的里程碑（1998～1979）》，北京大學出版社，1990年，第70頁。

〔註34〕沈雁冰：《「小說新潮」欄宣言》，《茅盾全集：18》，人民文學出版社，1989年，第12頁。

〔註35〕謝六逸：《自然派小說》，賈植芳、陳思和《中外文學關係史資料彙編（1897～1937）》，廣西師範大學出版社，2004年，第287～294頁。

採用美國文學家瑪休氏（Brander Matthews）的說法，將文學史分為四個時期：
第一、二期為古典派，第三期為浪漫派（Romanticism），第四期為寫實派
（Realism）自然派（Naturalism）。該文認為「古典派已是古物，姑不論列」，
浪漫派「遠於實際，超乎自然，貴妖豔，愛幽渺」，作家就好比「透光鏡」，對
「材料隨意加減，或粉飾鋪張，創作全恃理智」，於 18 世紀末葉異常盛行，
到了 1860 年左右，因為時代「倡證實論，科學精神和物質文明並起」，且「生
活的壓力，一天高似一天，各人已沒有閑暇去追求空想，便看重了直接經驗
的現實生活」，遂促成浪漫派的衰微，寫實派自然派的崛起。作者認為寫實派
是「純客觀的文學」，作家就像「反光鏡」一樣，「有什麼寫什麼」，直接「將
材料反射出來，即成著作」。又指出：這樣固然真實，卻「太過於取客觀的態
度，於人生問題全無解決，當其描寫人類病的現象，及獸性時，極為深刻可
怖」，而「能夠補這點缺陷──既不過偏主觀，又不過偏客觀的──便是自然
派」。謝六逸在此解釋到：近代文學者因為寫實、自然二派之間相差甚微，每
被混為一談，事實上二者之間的差異就在於此。在這裡，我們必須承認實際
上謝氏自己將二者弄反了：他所批評的寫實派的錯誤正是自然派歷來為世人
詬病之所在。

　　該文將盧梭、左拉、巴爾扎克稱為自然派的鼻祖，但三者各有側重：盧
梭以為人類性本善，只是因為不自然的社會制度的馴染，才生出種種罪惡，
所以強調人類須「脫離惡社會的影響感化，返於人類自然的原始狀態」。盧梭
指出當時的宗教文藝，均遠離自然的狀態，而流於矯柔造作，所以他以《愛
彌爾》為代表的小說，「完全棄絕浪漫派所重的理想和準則，漠視因襲，傾重
個性。」左拉學說則「以純粹的唯物觀為主」，認為「一切物質的現象和社會
的境遇，完全可以由科學方面去測定」，「佐拉主義的精意是：小說家當以科
學方法，研究人生的自然現象。」巴爾扎克則「將社會中種種罪惡情慾道德
等情況，用小說藝術編成記錄，垂諸永遠。」但謝六逸認為巴爾扎克的作品，
處於「過渡時代，浪漫色彩尚不能完全脫棄」，因此與莫泊桑等作家的自然派
作品比較，「不免遜色」。

　　通過對自然派諸家作品的分析，謝六逸總結出自然派作品的特色：第一
是短篇。之所以採用短篇，是為了適合文學「由閑暇的產物變到適應的產物，
由消遣品變到必需品」的時代趨勢，其要點是「用經濟的方法，由空間描寫
人生的橫斷面，有簡潔的結構」，即「不由時間上去取極冗長的材料，只將日

常生活是平凡事實儘量寫出。」第二是科學的方法。受實證科學的影響，自然派用科學的方法著作。他們所採取的，「第一步驟是分解材料，和科學家用顯微鏡檢查黴菌相同」，「第二步驟是求真：實驗。因為求真，所以描寫沒有顧忌」，「盡將近代人類各方面的生活完全暴露。」第三是深印人心。自然派採用的「省筆法（Simplification）」，留給讀者推想和疑問的空間，「最能印象人腦」。第四是注重個性。自然派依從進化論學說，認為生物因為族別與遺傳的關係，各有個性，故擯棄以往小說創作以抽象概念作成類型、典型的做法，強調寫出具體的個性和環境。

最終的結論是：中國最需要自然派小說，要「努力的介紹，漸漸的去創作。」

二、關於自然主義文學思潮的論戰

為了進一步加大宣揚自然主義的力度，《小說月報》在第十三卷二至六號上，分別開闢了「文學作品有主義與無主義的討論」「自然主義的論戰」「自然主義的懷疑與解答」等一系列專欄，展開了一場大規模的關於自然主義文學思潮的論戰，對自然主義的理論、作家、創作方法和技巧進行了更加深入的探討。這場「自然主義論戰」主要集中於 1922～1923 年間，組織並主持這場論戰的是沈雁冰，他以《小說月報》為平臺，以科學為論述基石，採用書信應答、編者按和記者附志等多種方式，同時撰寫專論文章，組織發起了對自然主義文學理論及其代表作家的正面介紹和積極倡導，並通過討論，進一步擴大了自然主義的影響。

論戰過程中，當時中國文藝界對待自然主義的態度可以分為以下三種：一是反對，以周贊襄、胡先驌等為代表；二是贊同，如茅盾、周作人、沈澤民、夏丏尊、陳望道等。三是懷疑，如周志伊等。

1922 年《小說月報》第 13 卷第 2 號上，刊登了周贊襄致沈雁冰的信，指出：「現在的中國幼稚的創作界」，「定要拘泥於西洋的作風，標榜某種主義，未免見狹」，並認為「創作界任其自由發展」，「才有真正的善的創作出產！」關於文學「不宜拘泥於某種主義」的說法在當時文藝界是比較流行的，針對這種觀點，沈雁冰在同期刊載的答周贊襄信中鮮明地提出：「中國文學若要上前，則自然主義這一期是跨不過的」。首次交鋒，就引發了許多讀者來信，發表各自對自然主義的看法，從而拉開「自然主義論爭」序幕。

《小說月報》藉此於 1922 年第 13 卷第 5 號上專闢「自然主義的論戰」欄目，刊出 10 篇來信來稿，並由編者沈雁冰和謝六逸等一一作答，全面展開關於自然主義的討論。在一封周贊襄致沈雁冰的信中，作者連用幾個反問句表達對自然主義的質疑：「現在的青年誰不有時代的深沉悲哀在心頭呢？自然主義的作品，深刻地描寫了人間的悲哀，來換取人間的苦淚，是應當的嗎？自然主義者描寫了人間的悲哀，不會給人間解決悲哀，不會把人間悲哀化嗎？」「自然主義的作者以為能換得多數人的眼淚，就是藝術的成功，就是得了人類的甜蜜的同情，是嗎？」周贊襄的觀點代表了當時很多人的看法。1920 年 8 月，《解放與創造》雜誌上發表了胡先驌的文章《歐美新文學最近之趨勢》，激烈抨擊自然主義「醉心於男女性愛的描寫」的缺點：「我國小說戲劇，素喜描繪男女押裏之事，則崇拜毛柏桑搓拿之寫實主義自然主義文學家，恐亦有效法法人之趨向，此則甚宜引以為戒者也。」同樣對自然主義持反對態度的還有創造社的王獨清，他在 1922 年《創造》季刊第一卷第 2 期給鄭伯奇的信中說：自然主義「只知道寫人間底痛苦，但是這些痛苦該怎樣解決呢？」「這算盡了責任麼？」郁達夫在 1923 年《創造週報》第 3 號上發表的《文學上的階級鬥爭》一文，也表明了對自然主義的不滿，認為自然主義「沒有進取的態度，不能令人痛快的發揚個性。」

針對這些反對的聲音，沈雁冰以回信的方式表明了自己的觀點。在答覆周贊襄的信中，他分析有些人之所以反對自然主義作品描寫醜惡，原因有二，一是怙惡，二是怕痛，並明確指出「掩惡」等於「長過」，所以面對自然主義作品所描寫的醜惡，建議大家應該先分析：「人世間是不是真有這些醜惡存在著？」接著他說：「既存在著，而不肯自己直說，是否等於自欺？再者，人世間既有這些醜惡存在著，那便是人性的缺點；缺點該不該改正？要改正缺點，是否先該睜開眼睛把這個缺點認識清楚？」指出現實社會中既然確實存在著醜惡，作家就應該勇敢直面，並通過文學創作把它們客觀呈現出來，這正是自然主義作家的勇敢之處。他說：「須知最使人心痛苦的，不是醜惡的可怖，而是理想的失敗」，「人看過醜惡而不失望而不頹廢的，方是大勇者，方是真能奮鬥的人。」

針對胡先驌的觀點，沈雁冰在《東方雜誌》上發表了題為《〈歐美文學最近之趨勢〉書後》的批評文章進行駁斥。他認為「男女的情事」不是不可以描寫的，關鍵看作者的態度是否嚴肅認真，依據這個標準，沈雁冰指出自然主

義的性描寫不同於中國的《金瓶梅》，前者是嚴肅的文學，值得提倡，後者為情色小說，純粹為了迎合讀者的低級趣味，應該批判。

針對另一些人對是否該採用自然主義持懷疑觀望的態度，沈雁冰在1922年《小說月報》第十三卷第6號答周志伊的信中說，現在是採用自然主義的創作技術醫治中國創作界的毛病，是有選擇地吸收，「並不一定就是處處照他；從自然派所含的人生觀而言，誠或不宜於中國青年人，但我們現在所注意的，並不是人生觀的自然主義，而是文學的自然主義。我們所要採取的，是自然派技術上的長處。」表明自己對西方自然主義文學有選擇的借鑒態度，並以此來消解一部分人對宣揚自然主義所持的懷疑態度，號召更多人進行宣揚、借鑒。

《小說月報》12卷4號刊登了李達翻譯的宮島新三《日本文壇之現狀》，文中評價田山花袋、島崎藤村等人的自然主義作品：「現在所發表的作品，多缺乏往年抑壓主觀尊重客觀的精神，多不過是感傷主義的連續罷了。但花袋氏卻發揮出本來的花袋氏來了。現實的花袋是真的花袋，主張自然主義的花袋，……還復了本來面目的花袋氏所發出真情流露的呼聲，很可以感動我們。島崎藤村氏抱著苦悶游歷法國歸來發表兩卷《新生》，刺激了文壇……」。表明了對日本自然主義文學的讚賞，並指出它是對法國自然主義的傳承，強調日本自然主義的核心概念──真。

為了配合論戰，《小說月報》分別於該年第13卷第5、6、7號上連續刊登了謝六逸的《西洋小說發達史》中詳盡評述歐洲自然主義的部分，「自然主義時代」（上、中、下）。該文總結了自然主義的三個特徵；一、科學精神，如遺傳觀點；二、真實的描寫，如醜和惡；三、人生的而非消遣的創作態度。在自然主義與寫實主義的關係上，該文認為自然主義涵蓋了寫實主義，是個大自然主義概念。另外，《小說月報》第13卷第7號上還刊登了瞿世英《小說的研究》中專門介紹自然主義的第四部分，瞿世英很推重左拉的理論，非常認可自然主義「科學的研究法」，及其對文學真實性的高度追求。受其影響，瞿世英很注重材料的真實性：「小說的材料是最重要的」，「須要材料好，才有好作品出來，好材料是好作品的基礎」，「材料不可靠，布局不會好的」。此外，《小說月報》還刊登了日本自然主義作家國木田獨步的作品《湯原通信》、研究德國自然主義作家的專題論文《霍普特曼的自然主義作品》、沈雁冰所著的介紹紀念意大利自然派的文章《紀念意大利的自然派作家浮爾加》

《西洋文學史通論》等。在《西洋文學通論》的「自然主義」一章中，沈雁冰以大量篇幅逐卷提要介紹左拉《盧貢－馬卡爾家族》系列共二十部小說，介紹巴爾扎克《人間喜劇》、福樓拜《包法利夫人》等法國自然主義、寫實主義名家、名作。

　　1922 年 6 月，《小說月報》第十三卷第六號刊載了希真的《霍普德曼傳》和《霍普德曼的自然主義作品》，介紹自然主義戲劇。在《霍普德曼的自然主義作品》一文中，作者認為易卜生開創了戲劇新紀元，歸納了其作品的三個特點：「（1）題材的平凡的與現代的，（2）對話的如實，（3）社會化，這三點後來就成為自然主義戲劇的骨幹了」。作者將俄國托爾斯泰、契訶夫、高爾基，瑞典斯德林堡，德國霍普德曼等都歸於自然主義劇作家，並認為自然主義戲劇深受自然主義小說的影響，以霍普德曼作品為代表的德國自然主義戲劇遵循自然主義文學的基本原則：真實、客觀，採用方言組織對話，「劇中的人物語言，總是說那本鄉土音。那裡的人就說那裡的方言，絲毫不爽，始終如一。」

　　在討論中，以茅盾為首的自然主義倡導者們系統分析了當時中國小說的病根並提出解決辦法。在 1922 年《小說月報》第十三卷第七號上，茅盾發表了關於這場自然主義論爭的總結性長文《自然主義與中國現代小說》，首先指出以鴛鴦蝴蝶派為代表的舊派小說的三個弊端：不會描寫，只知記帳式的敘述；不知客觀觀察，而是向壁虛構；以遊戲的消遣的金錢主義的文學觀指導創作。作者認為舊派小說中的不真實的弊病，已經造成一種傳統的寫作心理，也固定了讀者的審美期待視野，致使新派小說作家也很難摒棄，當時的新派小說與舊派小說一樣，也存在著寫作前缺乏生活經驗的積累、不知客觀觀察，寫作時不會客觀描寫、過分渲染小說的「載道」功能等寫作態度和方法中不正確的毛病。總之，「不論新派舊派小說，就描寫方法而言，他們缺了客觀的態度；就採取題材而言，他們缺了目的性」。這種現象到 1921 年不僅不見好轉，反而「愈蹈入空想和教訓」。茅盾接著分析：若要去除中國小說的這些弊病，必須提倡文學上的自然主義，因為「自然主義的目標是『真』」，「自然主義是經過近代科學的洗禮的；他的描寫法，題材，以及思想，都和近代科學有關係」，高度科學精神，極其真實客觀，正是糾正中國小說創作弊端的對症良藥：「我們應該學習自然派作家，把科學上發現的原理應用到小說裏，並該研究社會問題，男女問題，進化論種種學說。否則，恐怕沒法免去內容單薄

與用意淺顯兩個毛病。」〔註 36〕他認為自然主義客觀真實冷靜的科學性創作方法，可以「校正國內幾千年來文人的『想當然』描寫的積習」和「玩視文學的心理」，同時「對於浸在舊文學觀念裏而不能自拔的讀者，也是絕妙的興奮劑」〔註 37〕，可以打破讀者固有的閱讀心理和思維模式，形成新的審美期待視野。

當然，茅盾等倡導者十分清楚左拉自然主義是不完善的，其主要缺點在於對社會一味抨擊而未能解決問題，缺乏健全的人生觀指導，所以儘管他們提倡在中國推行自然主義，但對西方自然主義並不是盲目推崇，全盤照搬，而是按照中國文藝界現狀的需要進行取捨。「自然主義是一事，自然派作品所包含的思想又是一事，不能相混」，強調要採用「自然主義的描寫方法」，而不是「物質的機械的命運論。」〔註 38〕

在茅盾等人的積極倡導下，文藝界多數人認識到在中國提倡自然主義的必要性，紛紛參與論戰，為自然主義搖旗吶喊。除茅盾外，文學研究會成員尚有鄭振鐸、夏丏尊、謝六逸、周作人、梁宗岱、金滿成、徐蔚南、李青崖、李健吾、黎烈文等從建設「為人生」的新文學出發，注重法國自然主義文學的翻譯、介紹和研究。鄭振鐸在 1921 年 9 月致周作人的信中說：「提倡修改的自然主義，實在必要。」〔註 39〕1921 年 12 月 8 號《小說月報》上刊登了夏丏尊翻譯的日本自然主義作家國木田獨步的小說《女難》，在其後短評中，譯者明確表示：「在中國，我覺得還須經過一次自然主義的洗禮。」在 1922 發表的長篇論文《法國自然主義之後的小說》一文中，李劼人對自然主義文學的發展過程和衰落原因進行了比較公正、客觀的分析和評價。

此外，文學研究會還組織發行了《世界文學名著叢書》，僅一年時間就出版了《莫泊桑短篇小說集》《佛羅倍爾短篇小說集》《佛朗士短篇小說集》《法國短篇小說集》《莫里哀戲劇集》《法國文學史》等以法國自然主義文學為主的系列作品集，擴大了自然主義文學在中國的傳播，為中國「人生派」的現

〔註 36〕茅盾：《自然主義與中國現代小說》，《茅盾全集：18》，人民文學出版社，1989 年，第 238 頁。

〔註 37〕茅盾：《紀念佛羅貝爾的百年生日》，《茅盾全集：18》，人民文學出版社，1989 年，第 444 頁。

〔註 38〕茅盾：《自然主義與中國現代小說》，《茅盾全集：18》，人民文學出版社，1989 年，第 242 頁。

〔註 39〕《中國現代文藝資料叢刊：第 5 輯》，上海文藝出版社，1980 年，第 120 頁。

實主義文學建立和發展作出了彌足珍貴的貢獻。

　　此後，自然主義理論引起作家們越來越多的注意，許多進步報刊例如《晨報副刊》《時事新報》等紛紛刊登譯介或述評自然主義的專文。周野葂在1922年4月24日《晨報副刊》上發表《劇本創作的要素》一文，把那些具備「精密的觀察」「深刻的描寫」「切實的理想」「好的藝術」等四種要素的劇本稱為「確有自然主義，而兼有浪漫主義」的作品；王統照在《晨報副刊》之《文學旬刊》第十一號上發表《文學觀念的進化及文學創作的要點》一文，強調「自然主義對文學的貢獻」；署名西諦的鄭振鐸在《文學旬刊》第二十五號發表《聖皮韋（今譯聖勃夫）的自然主義批評論》；李之常在《文學旬刊》第三十五期上發表《支配社會底文學論》一文，提出若欲挽救中國文學的現狀，「不可不提倡文學有主義，不可不毅然決然高標自然主義底旗幟」，該文在宣揚自然主義的基礎上，更進一步提倡「革命的自然主義的文學」：「提倡革命底，自然主義底文學，一面自然是多多介紹自然主義底理論和歷史，一面尤其應當移植各國，尤其曾受侵害的國底自然主義作品，站在歧路上的中國非有大批底自然主義作品底介紹，很難以轉換目前的空氣，使全國文學走上正當的路。」1922年《文學旬刊》第46、47兩期連載李之常《自然主義的中國文學論》一文，深化了茅盾的自然主義思想，不僅強調客觀描寫、實地觀察，還提出要「滲溶作者底理想於事實之中」，「描寫現實而超現實」的自然主義，使文學與人生緊密結合，充分體現了「為人生派」倡導者們「為人生」的革命立場和文學使命。文章在介紹自然主義的理論特色並分析當時中國文壇的狀況之後，指出：「以社會問題作材料的自然主義，不止可以化除一切不合時宜的濫污作品，而且無異乎是革命文學的建設論了」。這一時期，對自然主義理論論著的翻譯也相繼出現，如陳望道譯加藤朝鳥《文學上的各種主義》、島村抱月《文藝上的自然主義》，金滿城譯莫泊桑《小說之評論》等。

　　經過這場論戰，以茅盾為代表的「人生派」詳細論證了自然主義於中國的可取之處：第一，自然主義將科學精神和原理大舉引入文學，借用近代自然科學的研究方法來進行文學創作和批評，符合中國當時昌明科學的時代背景和科學主義的價值信奉。第二，自然主義重視實地觀察，自然主義文學家「以自己的眼觀察人生的姿態，以自己的耳聽人生之聲，以自己的觸覺觸人

生之體」，他們作品中「所描寫的至少是經歷過的」，這種「事事必先實地觀察的精神是我們所當引為『指南針』的」〔註 40〕。自然主義科學的創作態度和方法，正是糾正當時中國文學作品的失真和虛偽的描寫傾向的良藥。第三，自然主義強調客觀真實，不憚暴露醜惡與黑暗。「『真』是自然主義底生命，把人類外表的遮飾剝去，以極嚴肅、極真實的態度去描寫內部之真，就是人類底醜惡，社會的病狀。」〔註 41〕「人生派」認為中國文學要學習自然主義的做法，敢於表現「中國現在社會的背景」，例如，「經濟困難，內政腐敗，兵禍，天災」〔註 42〕等；他們認為「中國的黑暗現狀，亟待謀經濟組織底更變，非用科學的精密觀察描寫中國底多方面的病的現象之真況，以培養國人革命底感情不可，非採用自然主義作今日底文學主義不可」〔註 43〕。自然主義研究社會問題，男女問題，進化論等問題，對社會現實的黑暗和醜惡有著深刻的揭露意義，這正好可以解決當時中國舊小說的遊戲消遣態度，粉飾現實及內容單薄、用意淺顯等毛病。給習慣於瞞和騙的舊文學以狠狠的打擊。第四，雖然自然主義也描寫男女的情愛生活和性愛場面，但是作家們是本著「真實」的宗旨，將性慾當作人生的生理真實描寫的，他們「以宗教的虔誠嚴肅的態度描寫人的生理要求」〔註 44〕，其間不攙雜遊戲的成分，沒有討好讀者、迎合低級趣味的目的。正如茅盾所言，自然主義「對於性慾的看法，簡直和孝悌義行一樣看待，不以為穢褻，亦不涉輕薄，使讀者只見一件悲哀的人生，忘了他描寫的情慾。」〔註 45〕這同鴛鴦蝴蝶派之類的庸俗小說形成鮮明對比，也是值得中國新文學學習之處。

　　總之，自然主義文學遵循科學的精確性原則，客觀、冷靜地觀察人生，忠實地描寫現實生活，關注下層民眾的疾苦，揭露時政弊端，張揚個性解放，這是其作為一個流派得以獨立自存的原因，也是它符合中國國情，為「五四」革命文學接受之所在。從方法上說，為了揭露時政黑暗，反對虛偽、公式化、

〔註 40〕謝六逸：《西洋小說發達史》，《小說月報》，1922 年第 13 卷第 7 號。

〔註 41〕李之常：《自然主義底中國文學論》，《小說月報》，1922 年第 13 卷第 5 號。

〔註 42〕茅盾：《創作的前途》，《茅盾全集：18》，人民文學出版社，1989 年，第 118 頁。

〔註 43〕李之常：《支配社會底文學論》，《文學旬刊》，1922 年第 35 期。

〔註 44〕牛水蓮：《自然主義在中國的早期傳播》，《中州學刊》，2000 年第 4 期。

〔註 45〕茅盾：《自然主義與中國現代小說》，《茅盾全集：18》，人民文學出版社，1989 年，第 237 頁。

概念化的舊文學粉飾太平的傾向，為了根治中國舊文學及當時新小說所存在的消遣的文學觀、不忠實的描寫方法等橫梗在中國文學進化道路上的弊病，以茅盾為代表的新文學革新者們倡導借鑒自然主義文學的實證性方法、科學精神和客觀態度。「真實」「實地觀察」「客觀描寫」成為「五四」文學創作最基本的要求；從藝術上說，以左拉為代表的自然主義作家的開創性成分——平民文學傾向，如工人題材、平民生活等同樣為「五四」文學所直接借鑒。受西方實業主義思潮勞動價值論的影響，中國派生出「勞工神聖」觀念，空想的或科學的社會主義成為中國三十年代的時代思潮；左拉等自然主義作家在作品中通過對黑暗現實、統治階級腐爛糜亂生活的冷靜客觀的描寫來達到暴露黑暗、罪惡的做法也為茅盾等文學革命者所借鑒，以完成他們「為人生」的文學創作任務。

這場關於自然主義的論戰，是 20 世紀中國關於自然主義文學的惟一一次討論，也是中國文學史上第一次嚴格意義上的關於創作方法的論爭。這場論戰使新文學家們認清了自然主義文學的利與弊，認識到自然主義在中國新文學現實主義流變中的重要作用，大大推動了自然主義文學思潮在中國的傳播。這場論爭「給鴛鴦蝴蝶派的遊戲文學以致命的打擊，對清除它在青年中的惡劣影響起過重要的作用。」〔註46〕

這場論爭同時對茅盾早期文藝思想的形成產生了很大影響，正是通過對自然主義的介紹和提倡，茅盾形成了自己早期左拉式文藝觀；這場論爭之後，郁達夫、沈從文、張資平、巴金等作家也在各自的創作中自覺或不自覺地接受了自然主義創作方法的一些影響。此外，這場論爭還比較正確地區分了現實主義與自然主義的異同處，「是眾多人生派作家走向現實主義的重要一步」〔註47〕，為今後現實主義文學的健康發展奠定了基礎，所以它是中國現代文學由初創階段的多元時代走向整一格局的一個信號。此後，作家們對自然主義贊同也罷，懷疑或者反對也罷，一概面臨著民族救亡的重大歷史使命，嚴峻的時代要求他們集中力量去積極把握人生的社會本質，於是文學革命開始轉型，革命文學日益興起，關於自然主義的探討則漸趨冷卻，大家基本上統一了步伐，一道踏上了現實主義道路。

〔註46〕葉子銘：《論茅盾四十年的文學道路》，上海文藝出版社，1978 年，第 36頁。
〔註47〕溫儒敏：《新文學現實主義流變》，北京大學出版社，1988 年，第 44 頁。

第三節 「五四」語境中的「寫實主義」「自然主義」「現實主義」

「五四」時期，各個領域全面對外開放的時代氛圍，促成了中西文化的交匯碰撞，短短幾年的時間裏，西方文藝復興以來數百年積澱的各種文學思潮大量而雜亂地湧入中國，在促進中國文藝思想大解放、推動中國現代文學發生發展的同時，也導致了中國新文學從發生之時起就具有多元性、複雜性，存在著諸多對由外國傳入的文藝理論、文學概念誤讀、誤用現象。對寫實主義、自然主義、現實主義三個概念的運用就是如此。我們有必要對這個時期中國文學界關於這幾個概念的理解和使用情形做個簡單回顧。

一、概念溯源

目前學界基本認同的看法是寫實主義、現實主義為英、法文 Realism 一詞的不同譯法。瞿秋白曾說：「現實主義（Realism），中國向來一般的譯作『寫實主義』」〔註48〕。《現代漢語詞典》亦認為「寫實主義」為「現實主義」的舊稱，其實具體情形並非如此簡單。

先進行以「寫實主義」為主軸的梳理。

從現有史料來看，在中國文學界起先使用的是「寫實派」一詞。最早用及的是梁啟超，他在 1902 年《小說與群治之關係》一文中，把小說分為「理想派小說」和「寫實派小說」。1906 年王國維在《人間詞話》中則有「有造境，有寫境，此理想與寫實二派之所由分」之說。這一時期，中國文學界雖然提出了「寫實派」「理想派」兩個概念，但還是比較初級，「對理想與寫實二種文學流派雖有朦朧的意識，但在理論上尚未達到完全自覺的程度。」〔註49〕

在中國最早使用「寫實主義」一詞的，當推成之。他於 1914 年在長篇論文《小說叢話》中寫道：「小說自其所載事蹟之虛實，可別為寫實主義及理想主義二者」，並對寫實主義小說作出基本界定：「寫實主義者，事本實有，不籍虛構，筆之於書，以傳其真，或略加潤飾考訂，遂成絕妙之小說者也。」此處的「寫實主義」雖然和現實主義在美學特質上已經比較接近，但並不等同，注重的僅僅是小說「寫實」的特點。

〔註48〕瞿秋白：《馬克斯、恩格斯和文學上的現實主義》，《瞿秋白文集：文學編第 4 卷》，人民文學出版社，1996 年，第 19 頁。
〔註49〕俞兆平：《現代性與五四文學思潮》，廈門大學出版社，2002 年，第 42 頁。

正式將「寫實主義」（Realism）一詞引入中國學界並引起廣泛影響的是陳獨秀。他在 1915 年《今日教育之方針》一文中，首次使用作為文學思潮概念的「寫實主義」（Realism）、「自然主義」（Naturalism）等術語，標舉寫實主義、自然主義為「近世歐洲之時代精神」「見之文學美術者」，隨後陳獨秀在《現代歐洲文藝史譚》一文中，大張旗鼓地宣揚寫實主義、自然主義文學，促成了這兩個文學思潮概念開始在中國文學界受到關注。

1921 年初胡愈之發表《近代法國文學概觀》，文中既有「近代文藝思想的發展，不論浪漫派，寫實派，神秘派，象徵派，多是法國做先鋒派」等將現實主義、自然主義混同為「寫實派」的說法，又有區分明確之處：論及巴爾扎克：「他的藝術有些和後來的自然派相近」，並單獨設「自然主義的文學」一節，系統評述左拉、莫泊桑、小仲馬等自然主義作家的小說和戲劇。在該節中，胡愈之放棄當時慣用的「寫實主義」，改稱「現實主義」，在於作者，這也許是無心之舉，他也並未將「現實主義」和「自然主義」區別開來。1923 年，在商務印書館出版的《寫實主義與浪漫主義》一書中，「現實主義」一詞再次出場。但這兩次「現實主義」的出現，都沒有形成很大的影響。

1926 年郭沫若在《文藝家的覺悟》一文中寫到：「我們現在所需要的文藝是站在第四階級說話的文藝，這種文藝在形式上是現實主義的，在內容上是社會主義的。」按照作者的理解，此處的「現實主義」指的就是 19 世紀西方批判現實主義，但實際上二者並不完全等同，郭沫若所強調的還是文學的寫實性，而且更側重於形式。

「寫實主義」徹底被「現實主義」取代，是 1930 年代引進蘇聯文藝政策的一個結果。彼時瞿秋白在研究高爾基現實主義文學的基礎上，發現了「寫實主義」一詞的侷限性，認為其帶有自然主義色彩，他指出：「寫實——這彷彿是只要把現實的事情寫下來，後者『純客觀地』分析事實的原因結果——就夠了。這其實至多也不過是自欺欺人的『客觀主義』，或者還是明知故犯的假裝的客觀主義。天下的事實多得很，你究竟為什麼只描寫這一些現實，而不描寫那一些現實？描寫的現實每天都在變動著，你究竟贊助著或是反對著現實變動的哪一個方向？」並得出結論：像高爾基這樣「最偉大的現實主義的藝術家」，決不會贊同把 Realism 一詞翻譯成「寫實主義」〔註50〕。因此，

〔註50〕瞿秋白：《高爾基論文選集：寫在前面》，《海上述林：上》，四川文藝出版社，1983 年，第 44 頁。

他把 Realism 由「寫實主義」改譯為「現實主義」，並於 1933 年 4 月在《現代》雜誌上發表《馬克斯、恩格斯和文學上的現實主義》一文（該文收在《「現實」》論文集之首），以「現實主義」取代帶有自然主義色彩的「寫實主義」，文中瞿秋白還對蘇汶將「現實主義」解釋為「客觀主義」的做法提出批評，「希望通過對蘇汶的批判為『現實主義』正名，打擊標榜科學、客觀的『自然主義』」〔註51〕。此後瞿秋白又撰寫了《普羅大眾文藝的現實問題》等文，強調「普羅大眾文藝必須用普羅現實主義的方法來寫。」

1933 年《現代》一卷四號上刊登了周揚《關於「社會主義的現實主義與革命的浪漫主義」》一文，明確提出用蘇式「社會主義現實主義」取代原有的「寫實主義」。此後，「寫實主義」一詞在中國基本被棄用，「現實主義」取而代之，成為 Realism 在中國的通譯詞語。而對「現實主義」的明確規定，則緣自 1942 年毛澤東《在延安文藝座談會上的講話》這篇政策文獻，該文對諸多文藝概念作出了本質規定和具體解釋，為以後許多文藝問題定下基調，成為此後整個中國文藝創作和批評的指導方針和政策源泉。此後，「寫實主義」銷聲匿跡，「現實主義」逐漸被廣泛認同和使用，最終成為評判文藝優劣的唯一標準、一統中國文壇的霸主。

再看看「自然派」「自然主義」二術語的應用。

「自然派」一詞最早於 1904 年出現在中國文壇。即前文提及的《文學勇將阿密昭拉傳》，是為中國學界介紹自然主義作家作品的第一篇。該文指出左拉主張「自然實際說」，「主自然實際派，而黜理想派」。

如前文所論述，陳獨秀在《今日教育之方針》一文中，首次使用作為文學思潮概念的「寫實主義」（Realism）、「自然主義」（Naturalism）等術語，這當是「自然主義」一詞在中國的最早亮相。此後在謝六逸、周無、李劼人、李之常、周作人、胡適、茅盾等人譯介自然主義文學的論文或著作中，「自然派」「自然主義」等術語被廣泛使用。

二、運用情形述評

「五四」時期，文學革命先驅們大多從意識形態角度出發，著眼於文學的政治性，賦予新文學以「救國」「安邦」的政治使命和啟蒙任務，文學界對

〔註51〕楊慧：《瞿秋白對現實主義的正名和對自然主義的批評——從〈「現實」〉的中俄文文本對勘說起》，《中國現代文學研究叢刊》，2009 年第 2 期。

許多文學概念、理論的研究、應用多帶有急切的政治目的，較少有人肯花時間、下工夫認真研究、仔細梳理其確切含義。當時對「寫實主義」「自然主義」二詞的概念定性含混不一，運用比較混亂隨意，即便同一個作家，在不同時期對二者的理解和使用也不盡相同，前後常有矛盾之處。歸納起來大體有以下幾個方面的情形：

首先，在多數學者的思維中，寫實主義就是現實主義，與自然主義同為文學史上不同階段的文學思潮。明確承認自己在「五四」時期「是一個自然主義和寫實主義傾向者」〔註52〕的茅盾，在 1920 年《小說月報》之「小說新潮」欄「宣言」欄中曾明確指出：「中國現在要介紹的新派小說，應該先從寫實派、自然派介紹起」；陳獨秀在《今日之教育方針》一文中指明寫實主義、自然主義是科學「見之文學美術」而引生的，在《答張永言》信中則說：「寫實主義自然主義乃與自然科學實證哲學同時進步。此乃人類思想由虛入實之一貫精神也」，明確點明了二者是時間上前後承接的兩種文學思潮。

從文學史角度可以得出：茅盾、陳獨秀等所說的「寫實主義」即為「現實主義」。胡適也曾說：「現代西洋的新浪漫主義的文學所以能立腳，全靠經過一番寫實主義的洗禮。有寫實主義作手段，故不致墮落到空虛的壞處。如梅特林克，如辛兀（Meterlinck，Synge），都是極能運用寫實主義的方法的人。不過他們的意境高，故能免去自然主義的病境」〔註53〕，同樣對寫實主義與自然主義進行了明確區分。在《小說月報》1921 年推出的《俄國文學研究》專號上，登載有沈澤民翻譯的克魯泡特金《俄國文學的批評》一文，譯者認為「俄國人早已知道最好形式是寫實主義，所以不會墮落與法蘭西自然主義『同調』的地步，因而法國自然主義衰竭了，而俄國寫實主義文學仍舊繁榮」〔註54〕。此處的「寫實主義」，很顯然就是「現實主義」，並且與「自然主義」區分顯著。茅盾在該專號的第 203 條「海外文壇消息」中的「新寫實主義及其他」條目裏，則更進一步，把俄國文學特別稱為「新寫實主義」，以區別於西歐寫實主義（即自然主義）。此處的「新寫實主義」，顯然指代「社會主義現實主義」。

〔註52〕茅盾：《茅盾全集：20》，人民文學出版社，1989 年，第 43 頁。
〔註53〕胡適：《胡適的日記》，中華書局香港分局，1985 年，第 156 頁。
〔註54〕見林精華：《寫實主義潮流在現代中國如何可能——關於俄國文化對現代中國文學影響問題的研究》，《外國文學研究》，2005 年第 1 期。

其次，寫實主義是一個泛概念，泛指具有寫實性的文學，主要包括現實主義和自然主義。胡愈之在《近代文學上的寫實主義》中指出：「從 19 世紀中葉起，文藝思潮受了科學的影響，便成為寫實主義（Realism）或自然主義（Naturalism）的時代」，認為「寫實主義與自然主義，在文藝上雖各有分別，但甚細微，……概稱作『寫實主義』」。這裡的寫實主義包括自然主義和現實主義，其中自然主義所佔比重更大：他把左拉視為「寫實主義的巨魁」，文中提及的寫實主義作家主要是自然主義作家，如左拉、莫泊桑，但也包含一些現實主義大師，如托爾斯泰。

1917 年陳獨秀在《文學革命論》一文中提出文學革命的「三大主義」之一是「建設新鮮的立誠的寫實文學；推倒迂晦的艱澀的山林文學」，這裡的「寫實文學」，顯然是泛化的寫實主義文學，包括自然主義在內，因為作者在論文結尾明確宣稱：「予更愛虞哥、左喇之法蘭西」。而陳獨秀這著名的「三大主義」，在自然主義文學全部都有顯現：自然主義文學的平民化傾向，與陳獨秀對國民文學的強調是一致的，而且可以滿足其對文學作品「通俗」「明瞭」的要求；自然主義文學最根本、最主要的原則——真實，要求文學創作在觀念、精神、方法上堅持客觀、真實，這正好符合陳獨秀對文學寫實性的強調；自然主義文學對社會問題的關注與對黑暗現實的暴露，與陳獨秀以「社會文學」取代「山林文學」的主張相吻合。因此，陳獨秀才會對自然主義文學充滿好感並大力宣揚。

沈雁冰在《文學上的古典主義浪漫主義和寫實主義》中寫道：「寫實主義發端於法國，在福祿特爾尚不是一種趨向，到曹拉手裏才確立起來，到莫泊桑手裏，才光大而至于大成，同時也受到自然派的名號。」〔註55〕

曉風在翻譯島村抱月《文藝上的自然主義》時說：「寫實主義所包含卻比自然主義更廣，自然主義不妨看作寫實主義底一部分。」

在當時大力提倡寫實主義的情形下，也有人極力反對寫實主義。吳宓就是一個代表。他曾在日記中坦陳對寫實主義的厭惡：「近頃國中各報，大倡『寫實主義』。其實『寫實主義』即吾國之《金瓶梅》及《上海……之黑幕》，且其醜惡流毒，較《金瓶梅》等為尤甚。」〔註56〕在刊登於 1912 年 10 月 22 日

〔註55〕沈雁冰：《文學上的古典主義浪漫主義和寫實主義》，《學生雜誌》，1920 年 7 月第 9 期。

〔註56〕吳宓：《吳宓日記：2》，生活・讀書・新知三聯書店，1998 年，第 152 頁。

《中華新報》上的《寫實小說之流弊》一文中，吳宓認為「吾國今日所最盛行者，寫實小說也」，將之細分為三派：（一）是翻譯的俄國短篇小說，（二）為當時上海風行的黑幕小說，（三）是「惟敘男女戀愛之事」的禮拜六派小說，並對當時的新文學家「常以寫實為小說中之上乘、之極軌，而不分別優劣，並言利弊。惟尊寫實小說而壓倒一切」的做法表示不滿。吳宓所言的寫實主義，很顯然是一個泛概念，涵括了現實主義和自然主義。正如茅盾針對這篇論文所作的反駁文章所言，吳宓「以坊間『新小說』上的作品比西洋寫實小說，而把俄國寫實小說混捉在一處」，將「俄國的寫實小說」（即現實主義），與「西洋寫實小說」（即自然主義）混同起來。茅盾反駁說：「俄國自果戈里以下的寫實文學是『新』寫實主義，和法國的是不同的。」〔註57〕

　　第三，寫實主義等同於自然主義。當時學界不少人因為自然主義和寫實主義（實為現實主義）都具有寫實性，而將二者混為一談，認為寫實主義與自然主義是一體的，無分的，縱使有差別，也是可以忽略不計的。正如茅盾所說：「彼時中國文壇未嘗有人能把自然主義、寫實主義之界限劃分清楚」〔註58〕，茅盾自己也曾認為：「文學上的自然主義與寫實主義實為一物，自來批評家也有說寫實主義與自然主義之區別即在於描寫法上客觀化的多少，他們以為客觀化較少的是寫實主義，較多的是自然主義。」他在為寫實主義定義時說：「把人生照真實的原樣寫出來，而且為的要更注力於科學的精確性，（將這一點作為表現人生的最主要的條件）也有另一新名──自然主義──被提出來。」〔註59〕在《文學上的古典主義浪漫主義和寫實主義》中，茅盾寫道：「寫實主義發端於法國，在福祿特爾尚不是一種趨向，到曹拉手裏才確立起來，到莫泊桑手裏，才光大而至于大成，同時也受到自然派的名號。」〔註60〕為此，他將一些批判現實主義作家與自然主義作家劃歸一處，認為福樓拜、左拉、契訶夫、德萊塞等作家，都是「可以拉在一起的，請他們同住在自然主義──或者寫實主義，但只能有一，不能有二的大廳裏。」〔註61〕他將俄國的現實主義誤當作「自然主

〔註57〕茅盾：《茅盾全集：18》，人民文學出版社，1989年，第306頁。
〔註58〕茅盾：《致曾廣燦的信》，《中國現代文學研究叢刊》，1981年第3期。
〔註59〕茅盾：《什麼是寫實主義》，《文學百題》，生活書店，1935年，第99頁。
〔註60〕沈雁冰：《文學上的古典主義浪漫主義和寫實主義》，《學生雜誌》，1920年第7卷第9期。
〔註61〕沈雁冰：《「左拉主義」的危險性》，《茅盾全集：18》，人民文學出版社，1989年，第285～286頁。

義」：「俄國自法國自然主義傳進以後，有乞呵甫高爾該的文學，造出俄國的自然派文學」，把現實主義大師巴爾扎克看作自然主義的「先驅」，又把左拉和莫泊桑當作「寫實主義的重鎮」〔註62〕，正是緣於對二者的混同，他將蘇聯高爾基、契訶夫等現實主義大師的作品歸入自然主義陣營。正如後來的評論家所言：「茅盾的現實主義，早期很少與他同樣信奉的自然主義區別開來」。〔註63〕

《小說月報》12卷3號，鄭振鐸發表文章談論寫實主義，指出它的特質就在於：「科學的描寫方法……法國的寫實主義文學家作拉，……寫實主義雖然是忠實地寫社會和人生的斷片的，而其裁取此斷片時，至少必融化有作者的最高理想在中間。」

很明顯，以上的寫實主義實指自然主義。

此外，李劼人的《法蘭西自然主義以後的小說及其作家》，把自然主義分為三個派別：一是寫實派，如左拉、莫泊桑等；二是理想派，如費葉、舍爾毗烈等；三是印象派，如龔古爾兄弟、多德等。他認為：「三派之中，以寫實派為最有力量，最富於特殊色彩。許多人往往稱自然主義為寫實主義，兩個名詞現在簡直不能分論了」；胡先驌的《歐美新文學最近之趨勢》認為：「我國小說戲劇，素喜描繪男女押裏之事，則崇拜毛柏桑搓拿之寫實主義自然主義文學家，恐亦有效法法人之趨向，此則甚宜引以為戒者也」，諸如此等，也都是將寫實主義與自然主義等同混用的例子。

1924年4月《小說月報》第15卷號外《法國文學研究》上刊登署名「佩蘅」的論文《巴爾扎克底作風》〔註64〕，稱巴爾扎克為「半獸主義者」，認為他「所擅長的是人性中下等的情感，情慾和利勢奸詐」，其喜劇「雖是一首史詩，卻是一個一切都只從生理方面去解釋而除開物質底洪醉以外沒有靈思的自然主義者的史詩」。並認為他作品所具有的「濃厚的地方色彩」「個性」「詳細的環境和動作底描寫」三個特點，「開後來自然主義底端緒」。

這是當時中國學界將自然主義與現實主義混為一談的又一個明證。

直到《小說月報》20卷8號，李青崖的《現代法國文壇的鳥瞰》還將兩者看成一回事：「寫實主義是客觀的，非個人的，……寫實主義所重視的，卻

〔註62〕茅盾：《文學上的古典主義浪漫主義和寫實主義》，《學生雜誌》，1920年第7卷第9號。

〔註63〕楊義、陳聖生：《中國比較文學史綱》，業強出版社，1998年，第278頁。

〔註64〕佩蘅：《巴爾扎克底作風》，賈植芳、陳思和《中外文學關係史資料彙編（1897～1937）》，廣西師範大學出版社，2004年，第316頁。

在觀察整個的——或內或外——自然現象，照著它固有的情形描寫出來，決不加以變動。寫實主義非美學的，是科學的；它決不提及任何理論；要點全在是道德格言以外的 Amoral 和冷靜旁觀。」

第四，自然主義包含並優於寫實主義。謝六逸《西洋小說發達史》寫到：「將寫實主義看作浪漫主義與自然主義之間的過渡，其實自然主義與寫實主義，在實質上並沒有什麼區別」，「所謂寫實主義，不過是與理想主義對待的名稱，……寫實主義其範圍比自然主義狹窄些，我以為在自然主義裏面，已包括寫實主義」。在此他將屠格涅夫、托爾斯泰、狄更斯等傳統觀念中的現實主義大師都當作自然派文學家。

持此觀點的還有陳獨秀。在《歐洲現代文藝史譚》一文中，他從文學進化論觀點出發，認為晚出現的自然主義比寫實主義更進步，是對寫實主義的發展，是當時歐洲最有勢力、影響最大的文學流派：「現代歐洲文藝，無論何派，悉受自然主義感化。作者之先後輩出，亦遠過前代。世所稱代表者，或舉俄羅斯之托爾斯泰、法蘭西之左喇、挪威之易卜生三大文豪」，並且預言：「自然派文學藝術之旗幟，且被於世界。」

認為自然主義優於寫實主義的還有張資平。他分別於 1925 年和 1929 年編著了《文藝史概要》《歐洲文藝史綱》兩部作品，極力推崇自然主義，認為「理想主義的文藝偏重主觀」「寫實派文藝則過於客觀」，而「自然主義是為補救寫實主義的缺點而興起的」「自然主義除去兩派的弱點，求主觀和客觀的統一」。從中我們可以看出，張資平對自然主義很是推崇，但其理解帶有一定程度的誤讀：事實上，自然主義不但較寫實派（現實主義）更注重客觀，而且近乎極端地追求精確。

總的來說，「五四」時期對自然主義、寫實主義的理解和使用存在著不少誤讀現象，但其中也不乏真知灼見：陳獨秀關於寫實主義與自然主義的論述，基本上把握到了自然科學以及實證哲學對這兩個流派的促成，也清楚指明了在科學精神上，自然主義優於現實主義之處，大體上比較恰當、準確，但他對這兩個概念的應用，有時也同樣顯得隨意與混亂：其所列舉的自然主義的作者中，明顯包含著歷來被視為現實主義的作家，如被其稱為「世界三大文豪」之一的托爾斯泰。茅盾對自然主義本質、內涵的把握也是比較確切的：「當時，茅盾對自然主義的理解之正確真是很驚人的，他不但論述了自然主

義的優點，也指出它的缺點。」〔註65〕，所以他能組織發動關於自然主義的論戰，明確地說：「自然主義自左拉起」。但如上文列舉的那樣，茅盾對兩個詞語同樣存在著誤讀混用之處：他認為「文學上的自然主義與寫實主義實為一物」，把巴爾扎克看作自然主義的「先驅」，把左拉和莫泊桑當作「寫實主義的重鎮」；他既在《腦威寫實主義前驅般生》《西班牙寫實文學的代表者伊木訥茲》等文中用「寫實主義」指代「自然主義」，又在《俄國近代文學雜譚》等文中將現實主義稱為「寫實主義」：「俄國在 19 世紀末，浪漫派雖還有，然而勢力已經大衰，推求這原因，不得不推果戈理提倡寫實主義的功勞，他的《外套》是寫實主義的開端，也就是人道主義文學的開端。」

三、造成混用原因之簡析

造成自然主義、寫實主義、現實主義在「五四」時期使用混亂的原因，除了本文第一章所論及的自然主義與現實主義之間的複雜淵源之外，還包括其他一些因素。首先是客觀因素：

第一，當時譯介資料方面的欠缺，跨文化交流中語言、文化差異的影響等客觀因素導致當時中國學界對西方文藝理論的誤讀。

第二，在現代中國攝取西方先進思想與文化的過程中，日本充當了中介與橋樑的角色，正是通過日本之橋，中國實現了與世界的對話，汲取了來自西方乃至全球的思想與文化。日本的自然主義理論是當時中國文壇學習自然主義的主要來源，《小說月報》所接觸到的自然主義大都是通過日本渠道得來的。明治二十年代（1880 年代）日本學者接觸到西方的「Real」「Realism」二詞，並將之翻譯為「寫實」「寫實主義」兩個漢字詞彙，於 20 世紀初傳入中國，直接影響了中國學界對「寫實主義」「現實主義」等概念的理解和運用。當時日本理論界，自然主義的概念常與現實主義混為一談，彼時的日文中，流行的現實主義（Realism）和自然主義（Naturalism）都用同一個詞表示，均為「寫實主義」（しゃじつしゅぎ）。以尾崎紅葉、山田美妙為代表的「硯友社」，從一開始就混淆了自然主義與現實主義兩個概念而傾向於純客觀的暴露。當時很多日本學者、作家或認為現實主義就是自然主義，或認為現實主義文學從屬於自然主義文學的範疇之中。誠如石川啄木所說：「自然主義的定

〔註65〕高田昭二：《茅盾和自然主義》，李岫《茅盾研究在國外》，湖南人民出版社，1984 年，第 591 頁。

義，至少在日本是尚未決定下來的。因此，我們每個人都可以隨心所欲地自由使用這一名稱，而不必擔心會受到任何非議。」〔註66〕

另外，由於日本自然主義文學從誕生之日起，就同時受到了俄國現實主義和法國自然主義兩種思潮的影響，所以日本自然主義文學一直兼有二者的特徵，出現了同一位作家身上或同一部作品中現實主義和自然主義各半的現象，比如田山花袋，自稱「自然主義者」，其代表作《棉被》被視為自然主義小說的代表，同時又寫出了《鄉村教師》等帶有濃厚的批判現實主義色彩的作品。再如島崎藤村的《破戒》，雖然被稱為自然主義的開山之作，但作品中同時也呈現出很明顯的現實主義因素。這也誤導了日本評論家、作家對自然主義文學的正確理解。所有這些都對中國文學產生了深遠影響。曉風翻譯的是島村抱月的論文《文藝上的自然主義》，謝六逸撰寫的《西洋小說發達史》資料得自日本中村教授的講義——我們可以很清晰地看出這種誤讀產生的根源。

其次是主觀因素：

第一，「五四」文學革命的啟蒙作家們在向西方學習的過程中，發現了文學在西方各國社會變革中的作用，就像王無生在《劇場之教育》中所寫：「昔者法之敗於德也，法人設劇場於巴黎，演德兵入都時慘狀，觀者感泣，而法以復興。美之與英戰也，攝英人暴狀於影戲，隨到傳觀，而美以獨立」，因此賦予中國新文學以「救國」「興邦」的政治使命和啟蒙任務，希望中國文學也像現代西方文學那樣產生神奇的立竿見影的政治效果。他們進行文學批評、研究活動時，大都帶著政治目的，著眼於文學的功利性，期盼假道文學達到更迅捷、更有效地改造社會、啟蒙民眾的目的，因此文學界的各種活動多是急切的、實用的，附帶有一定程度的浮躁和主觀性，有時候為了某些政治需要，往往主觀地將西方文藝批評話語、理論概念中國化，以更好地適應中國國情對文學的需要。這是造成文學概念誤讀誤用的最主要原因。

第二，當時中國文藝界有些批評家，因為對自然主義的個人好惡，而把世界自然主義文學人為地劃分為「自然派」和「寫實派」，正如茅盾所說：「有幾位批評家把自然主義加個綽號叫做『左拉主義』，把左拉所做的自然主義的作品稱為『自然派』，卻把其他各國文學家的自然主義作品稱為『寫實派』」。

〔註66〕石川啄木：《時代閉塞的現狀》，見宋聚軒《論中國現代文學中的自然主義思潮》，《清華大學學報》，1999年第2期。

這些人為的主觀因素勢必影響人們對這些術語的正確理解。對此，茅盾建議：「法國的福樓拜、左拉等人和德國的霍普特曼，西班牙的柴瑪薩斯，意大利的塞拉哇，俄國的契訶夫，英國的華滋華斯，美國的德萊塞等人，究竟還是可以拉在一起的。請他們同住在『自然主義』——或者稱它是寫實主義也可以，但只能有一，不能同時有二——的大廳裏」。魯迅《譯文序跋集·〈現代新興文學的諸問題〉小引》中的幾句話也許可以為這種誤讀作個注解：「新潮之進中國，往往只有幾個名詞，主張者以為可以咒死敵人，敵對者也以為將被咒死，喧嚷一年半載，終於火滅煙消。如什麼羅曼主義、自然主義、表現主義、未來主義……彷彿都已過去了，其實又何嘗出現。」

「五四」時期科學主義盛行，進化論一度成為「五四」新文化運動的思想武器，「進化之語，幾成常言」，陳獨秀等啟蒙文學革命家正是從進化論與科學主義的角度出發，把在文學史上後出現的自然主義看作是先出現的現實主義的高級階段，並在這一意義上接受自然主義概念的，這樣的出發點本身就存在著不恰當之處，必然會導致應用上的隨意與混亂。

此外，「五四」時期的學界對19世紀西方現實主義、自然主義文學思潮的理解也存在著誤差，他們將其核心內涵理解為寫實性，而忽略了它們批判現代性的精神訴求，比如田漢在《俄羅斯文學思潮之一瞥》中認為：「俄國之有寫實主義自果戈理起。俄國文學之足重為近代文學，而近代文學則全為寫實主義所支配也」，將俄國文學徹底寫實主義化。同樣，當時許多人因為自然主義和現實主義都具有寫實性，而將二者混為一談。

第四節　「五四」之後對自然主義文學思潮的關注

自然主義論戰之後，學界對自然主義的關注仍在持續。1923年9月2號《創造週報》第17號上刊載了郭沫若《未來派的詩約及其批評》〔註67〕一文。文中提及了未來派與自然主義之間的關係：「未來派之所謂『表現』只是『再現』，所謂『創作』只是『描寫』」，認為是「絕對的客觀描寫，無意識的反射運動」，「沒有精神的照相機，留音器，極端的物質主義的畸形兒」，因此未來派和象徵派同為「自然主義的嫡系」，是「一種徹底的自然主義」。郭沫

〔註67〕郭沫若：《未來派的詩約及其批評》，賈植芳、陳思和《中外文學關係史資料彙編（1897～1937）》，廣西師範大學出版社，2004年，第419～425頁。

若認為自然主義最興盛之時，其「勢力也只能在比較以客觀描寫為生命的繪畫及小說中佔優勢」，而「詩歌幾乎破了產，音樂只是異端」，並因此斷定未來派的音樂和詩歌因為缺乏創造能力而「莫有長久的生命」。郭沫若認為自然主義「半熱不冷，不著我相，只徒看病不開方」，「已經老早過去了」，並斷言「未來派和它死了的老祖母自然主義一樣，屬於過去的了」。

1924年以後，隨著文學革命的深入發展和革命文學的逐漸興起，對於自然主義理論和作品的介紹和宣揚慢慢冷卻下來。但在沈寂之中，依然有一些文學家注意探討「新興文學理論與自然主義文學理論的聯繫」，他們在各種報刊雜誌上發表有關自然主義的論文，以供「文學理論建設者參考」〔註68〕，其中包括謝位鼎的《莫泊三研究》（1924年2月10日《小說月報》第15卷第2號）、趙少侯的《左拉的自然主義》（1926年10月4日《晨報副刊》）等。

《莫泊三研究》〔註69〕一文，開篇第一句就是：法蘭西自然派作家中，可稱達到了極致的，怕只有莫泊三。」該文作者認為莫泊桑「把從先生弗諾白爾傳來的自然派的作風，完全做成了」，認為如果將左拉稱為「自然主義的理論方面的大頭腦」，莫泊桑則可被稱作「自然主義的作家的大頭腦」。莫泊桑作品「把現實如實的看，又如實地表現著」，所寫的就是「人生之片段」，都是「再現他於實生活中觀察的記錄」，「絕沒有做假東西」。該文認為福樓拜「還沒有完全脫離出把現實的印象翻譯成計劃而看的隨向」，但莫泊桑「卻是再現不變形的印象」，這正是他被稱為「自然主義的完成者」原因之所在。作者認為莫泊桑《小說論》極力排斥「腳色」，並稱之為「腳色排斥論」，認為這是「自然主義者的大特色」，所強調的是「以細心的精確」，「捉了一人物或數人物的生活的一個時期」，「逐著自然的行程」，「把自己眼前所見的事」，「再現於我們的眼前」，「把人性的確實的描寫」真切地展示給讀者看。但作者同時也指出：莫泊桑雖然「立在和寫實家同樣的見地上」，卻又反對所謂的「須全然真實不可容一點『真』以外的東西」流派：「若想把發在我們生活的，無限的煩瑣事件，都列舉時，每日至少必成一冊書。所以就生出選擇之必要了，這就是標榜『全然真實』的主義的第一打擊。」

〔註68〕陳望道：《自然主義的理論的體系・譯後附言》，《文藝研究》，1930年第1期第1號。

〔註69〕謝位鼎：《莫泊三研究》，賈植芳、陳思和《中外文學關係史資料彙編（1897～1937）》，廣西師範大學出版社，2004年，第304～315頁。

《左拉的自然主義》〔註70〕一文，開篇則闡述了左拉及其自然主義作品的「可憐」處境：左拉「抱了一腔熱血想以小說救世，結果，大家都說他的小說是垃圾堆，陷人類於污泥」；左拉鄭重聲明自己是「以科學家的態度誠實地描寫人生，讀者卻認為他是有意描寫淫穢」，「凡知自愛者不讀左拉的小說」；在中國「國人譯毛巴桑，譯福祿貝爾，譯杜德而獨不及左拉」。作者接著為左拉喊冤：「他的自然主義（Natualisme）是最馴服決不會害人的一件小東西」，但同時也指出：雖然左拉的自然主義「對於世道人心固決不至於為害」，但也未如左拉自詡的那樣「能挽狂瀾於既倒」，而是像動物園裏「四耳貓」「六腿牛」，因為非常態，所以為世人不容。作者對左拉《戴蕾絲·拉甘》等自然主義作品基本持否定態度，認為「不值讀者一笑」，他之所以介紹左拉，是因為其「藝術上的奇才及魄力」：二十冊的《盧貢－馬卡爾家族》「包含經濟、政治、藝術，工，商，軍，學，平民，教士，鄉間，城市以至於妓女乞丐各種深切生動的描寫」，其強大的描寫力，使得「火車頭、大酒壺等死的東西」變成「活的，有生命」，能讓讀者「對它們產生同情或憎惡」；使得「工人罷工，革命軍起義等等群眾活動」，「有活潑生氣不至於成為記帳式的文章。」該文並不避諱左拉自然主義受到很多人反對的事實，並指出左拉因此在《戴蕾絲·拉甘》再版的序言中詳細闡釋他的自然主義並予以反駁。作者將該序言通篇譯出，並全文呈列在自己的論文中，也可以看作是其為左拉及其自然主義學說所作的辯護。

1927年，郁達夫寫作《文學概說》一文，從科學主義的角度詳盡論述了寫實主義、自然主義文學的產生，認為當「唯物的人生觀」運用於文學創作時，寫實主義、自然主義文學流派就產生了。文中他揭示了自然主義的「兩大壞處」：「第一，自然主義所主張的純客觀的態度，是絕對不可能的。我們研究自然科學的時候，例如岩石、天體之類，當然可以持客觀的態度，去試驗觀察。但這一個辦法，想同樣用到有靈性有感情的人心上面去，卻怎麼也辦不到。……第二，自然主義把人生斷作宿命的。把人生斷定為一種自然現象，完全和其他的現象一樣，須受自然律的支配這一個斷案，是錯了的。人類內部有一種強有力的要求在那裡，因這要求的結果，人類可以破壞環境，創造自我。」〔註71〕郁達夫認為，自然主義文學拋卻主體價值判斷，對表現

〔註70〕趙少侯：《左拉的自然主義》，賈植芳、陳思和《中外文學關係史資料彙編（1897～1937）》廣西師範大學出版社，2004年，第327～332頁。
〔註71〕郁達夫：《達夫文集：第5卷》，花城出版社，1982年，第93頁。

對象採取純客觀的態度，只是將醜惡、黑暗的現象無法選擇地、赤裸裸地展示在讀者面前，不僅造成人的靈性、人的自由意志「零度」的欠缺，同時也是在實際的文學創作中無法辦到的。

1927 年 8 月，商務印書館出版周全平著作《文藝批評淺說》，其中有專門介紹法國美學家泰納的章節《騰（丹納）底科學的批評》〔註 72〕，該文認為泰納完全持科學的態度進行藝術批評，「騰把藝術學作為一個純粹科學」，「把藝術底批評也認為一種科學」，因此把他的批評法稱為「科學的批評」（scientific criticism）。1928 年 4 月 10 日《小說月報》第 19 卷第 4 號上，刊載了陳鴻翻譯的布輪退耳所著《批評家泰納》〔註 73〕一文。在譯文後，譯者介紹說因為該年是泰納的百年生日紀念，所以翻譯了該文以代介紹。譯者還指出：作者布輪退耳「是反對自然派的文學批評的」。可見，譯者是把泰納的文學批評稱為「自然派的文學批評」。

魯迅對自然主義文學也給予了一定關注。1929 年 4 月出版的魯迅譯文集《壁下譯叢》中，就將片山孤村《自然主義之理論及技巧》包含在內。此外，尚有一些關於自然主義理論的譯著：發表於《朝花旬刊》1929 年一卷一期上馮雪峰（署名畫室）翻譯的德國 Mehring《自然主義與新浪漫主義》，發表於《文藝研究》1930 年一卷一期上陳望道翻譯的日本平林初之輔《自然主義文學底理論的體系》，發表於《譯文》1935 年二卷二期的孟十還翻譯的盧卡契《左拉與寫實主義》及周揚翻譯的俄國白林斯基《論自然派》等文章。

1923～1928 年間，茅盾較少談到自然主義，僅在與鄭振鐸合作的《法國文學對於歐洲的影響》（1924 年）一文中，對左拉及其自然主義文學進行了論述〔註 74〕，以及在《小說月報》1927 年 18 卷上《柴瑪薩斯評傳》中論及自然主義，將柴瑪薩斯與「左拉主義者」巴洛伽相提並論，認為他們是兩個傑出的「自然主義者」。柴瑪薩斯對茅盾的創作產生過一定影響：「茅盾恰好在開始他的創作之前，武漢政府倒臺之後，譯了柴瑪薩斯的短篇小說《他們的兒

〔註 72〕周全平：《騰（丹納）底科學的批評》，賈植芳，陳忠和《中外文學關係史資料彙編（1897～1937）》，廣西師範大學出版社，2004 年，第 645～653 頁。

〔註 73〕陳鴻譯：《批評家泰納》，賈植芳，陳忠和《中外文學關係史資料彙編（1897～1937）》，廣西師範大學出版社，2004 年，第 654～664 頁。

〔註 74〕沈雁冰、鄭振鐸：《法國文學研究》，《小說月報》，1924 年 4 月，第 11～14 頁。

子》，用了『沈余』的筆名。」〔註75〕1930 年，茅盾又開始談論自然主義，是年他以「方璧」為筆名發表了《西洋文學通論》，該文是「關於外國文學的最為包羅萬象的著作」〔註76〕，表達了作者對歐洲文學發展趨勢的思索，文中有大量篇幅論述自然主義，所涉及的所有作家中，左拉所佔篇幅最大，16 篇，其次是弗羅貝爾（福樓拜），14 篇。該文高度評價左拉作品，稱《盧貢·馬卡爾家族》是「左拉這巨人所推的金字塔」，「在 19 世紀後半葉的歐洲文壇上，沒有第二部書更惹起廣大的注意和嘈雜的批評」，「即使是反對自然主義的批評家也不能不承認盧貢·馬卡爾這二十卷巨著是文學史上空前的傑作，直到現在還沒有可與並論的作品問世。」〔註77〕

　　據研究者劉翌統計，在整個 20 年代，《小說月報》所登載自然主義（包括被誤當作自然主義的）文學作品共 33 篇，其中戲劇 2 篇、小說 31 篇，日本小說 2 篇；自然主義文學理論 15 篇，專門介紹自然主義的 5 篇，其中 4 篇的材料都來自日本；自然主義作家介紹（不包括在文學史中提到的）共 12 篇，日本作家 0 篇；自然主義作品研究共 4 篇，日本作品 0 篇；其餘文壇雜話等閒話性質的文章共 7 篇，介紹日本的也是 0 篇。〔註78〕從中，我們可以發現一個比較矛盾的現象：彼時中國學界主要關注的是以法國為代表的西方自然主義，而對日本自然主義作家作品研究、介紹得非常少，但另一方面，這些介紹自然主義理論的文章，卻又主要都從日本得來。《小說月報》是「文學研究會」的機關刊物，其對自然主義的譯介和宣揚，很能代表「文學研究會」對待自然主義的態度：所認可的是以法國為代表的西方自然主義文學，但學習、借鑒法國自然主義理論與作品的途徑不是直接的，而是取道日本，所以不可避免地沾染上日本的影響。

　　此後，關於自然主義的評論逐漸轉向否定和批評。

　　瞿秋白首先發起對自然主義的全面否定和批判。在學習、推廣蘇聯文學的過程中，他很自然地堅持蘇聯文學的立場和觀點。為了給「現實主義」正名、

〔註75〕馬立安·高利克:《中西文學關係的里程碑（1898～1979）》，北京大學出版社，2008 年，第 102 頁。

〔註76〕馬立安·高利克:《中西文學關係的里程碑（1898～1979）》，北京大學出版社，2008 年，第 72 頁。

〔註77〕茅盾:《西洋文學通論·自然主義》，復旦大學出版社，2004 年，第 132 頁。

〔註78〕劉翌:《20 世紀 20 年代〈小說月報〉與日本自然主義》，《唐都學刊》，2006 年第 2 期。

宣揚馬克思主義文藝學，1932 年，瞿秋白編譯了《現實——馬克思主義文藝論文集》一書，譯文中涉及自然主義的有普列漢諾夫的《論易卜生的成功》《法國的戲劇文學和法國的繪畫》，拉法格的《左拉的「金錢」》。而瞿秋白寫的六篇評介文章中，論及自然主義的有：《拉法格和他的文藝批評》《關於左拉》兩篇。

　　《關於左拉》是瞿秋白綜合蘇聯文學評論家科列曼《愛彌兒・左拉在俄羅斯》和愛亨霍爾茨《愛彌兒・左拉的文學遺產》兩篇論文，對俄文原文大幅度增刪、編輯、改寫、注解而成的。在文中，瞿秋白加注了很多自己的主觀見解，對左拉「號稱科學」的自然主義文學進行了全面批判。在《愛彌兒・左拉在俄羅斯》的俄文原文中，科列曼對俄國「左拉熱」的分析非常簡略，不過區區 50 字，而瞿秋白卻將之發揮到 500 字，原文的態度是客觀平實的敘述，並未作出價值判斷，瞿秋白卻通過分析得出：「在最初一時期，左拉的觀點在俄國是被『誤解』的」，並主觀認為這「誤解」導致左拉及其自然主義在俄國的受歡迎，而事實上，「左拉自己的所謂『科學性』其實是聯結著非道德主義，非政治主義的」，所以一當俄國讀者認清了左拉的「真面目」，「發現左拉的『科學主義』客觀上是反動的方法論和理論」，他們就感覺「左拉不是自己營壘之中的人」，而「左拉的超然旁觀的態度，使得俄國革命青年對於他逐漸的冷淡下來。」瞿秋白還批評中國支持自然主義的那班人，「事實上是藉口『科學』，『客觀』，『真實』等等，來否認革命傾向的必要，來譏笑『主觀的』改革主義的『急色兒』」〔註 79〕。

　　在《愛彌兒・左拉的文學遺產》原文中，愛亨霍爾茨認為左拉的思想「代表著小資產階級的某些階層，這些階層在大工業和金融資產階級統治的時代，竭力想用改良的方法來避免資產階級和無產階級之間的革命戰鬥，事實上這就成了資本主義掌握之中的反對無產階級革命的一種武器。」〔註 80〕瞿秋白對此進行發揮並作出斷定：雖然「左拉在主觀上自然不是反動派，當然並不願意幫助反動」，但「客觀上，在一定的條件之下，這種文學家也會走到並非同路的方向那邊去的」〔註 81〕，從而淪為反動階級的幫兇，藉此批評中國那

〔註 79〕瞿秋白：《關於左拉》，《瞿秋白文集：文學編第 4 卷》，人民文學出版社，1986
　　　　年，第 201～202 頁。
〔註 80〕愛亨霍爾茨：《愛彌兒・左拉的文學遺產》，《文學遺產》（蘇聯），1932 年第 2
　　　　期，第 222 頁。
〔註 81〕瞿秋白：《關於左拉》，《瞿秋白文集：文學編第 4 卷》，人民文學出版社，1986
　　　　年，第 213～214 頁。

些支持左拉「客觀主義」，主張文藝遠離政治的觀點。在原文結尾，愛亨霍爾茨花了較大篇幅對左拉的正義感和作品實質上帶來的政治意義公允地進行評價，表明了自己的肯定態度，可是瞿秋白在《關於左拉》一文中，卻將之完全拋開，隻字不提，充分反映了他褒現實主義貶自然主義的態度。

在《世界的社會改造與共產國際》中，瞿秋白批評自然主義文藝理論是「自欺欺人」：「對於自然主義之類的自命為『科學的』文藝理論，必須指出他們的自欺欺人」，接著還說：「自然，中國連這種自欺欺人的人也少到極點」〔註82〕。

在《拉法格和他的文藝批評》中，瞿秋白採納拉法格的觀點，批評左拉自然主義為「機械的照相機主義」：「像左拉那樣，他自以為是『客觀的』，他故意要避免一切議論，主張，然而實際上他的文藝作品所反映的現實，往往是不完全的，殘缺的，停滯的；同時，他實際上的政治主張──小資產階級的改良主義，仍舊滲入了他的文藝作品，這是違背著他自己的心願和自己的理論的；而且他這種態度在一定的條件之下，仍舊會在客觀上達到了反動派的某種政治目的（例如《小酒店》），雖然他的本心並非反動，雖然他在政治上比巴勒扎克進步，比他同時的泰納等等都要更激進些。」〔註83〕

瞿秋白將左拉與巴爾扎克和高爾基放在一起進行比較：雖然巴爾扎克和高爾基分屬不同的階級陣營，前者是保王黨，後者則是無產階級作家，但因為他們都擁有主觀上的「一定的政治立場」，所以他們的作品都能「表現真實的人生」，都是成功的；而左拉，因為缺乏「主觀上的一定的政治立場」、堅持「客觀主義」，「故意要避免一切議論，主張」，所以「實際上他的文藝作品所反映的現實，往往是不完全的，殘缺的，停滯的」，並且「在客觀上達到了反動派的某種政治目的」。而左拉與他們的不同正是現實主義和自然主義的區別：有無「主觀上的一定的政治立場」，對此，瞿秋白明確指出：不存在超越政治立場、沒有階級屬性的「科學」，明確批判自然主義客觀中立的立場，強調文學必須具有政治功利性。

當然，瞿秋白對自然主義也沒有全盤否定。他對左拉自然主義文學所擁有

〔註82〕瞿秋白：《世界的社會改造與共產國際》，《瞿秋白文集：政治理論編第1卷》，人民出版社，1987年，第432頁。
〔註83〕瞿秋白：《拉法格和他的文藝批評》，《瞿秋白文集：文學編第4卷》，人民文學出版社，1986年，第136頁。

的題材的廣闊性和描寫的精確性等特點還是比較認可的，這點體現在他對《子夜》的熱情評價上。眾所周知，《子夜》是茅盾作品中受自然主義影響最大的一部，瞿秋白本人在該小說發表後不久，就撰文指出其與左拉《金錢》之間有著很多相似之處，認為其「帶著很明顯的左拉的影響」，但他並沒有因此降低對《子夜》的高度讚揚：「《子夜》大規模的描寫中國都市生活，我們看見社會辯證法的發展，同時卻回答了唯心論者的論調」，他還賦予了《子夜》幾個第一：「在中國，從文學革命後，就沒有產生過表現社會的長篇小說，《子夜》可算是第一部」〔註84〕，「這是中國第一部寫實主義的成功的長篇小說」〔註85〕。

　　在 1937 年《文學》雜誌上，刊登了王任叔《醜惡的描寫》一文，對自然主義暴露醜惡的態度進行批評。作者認為：「自然主義者的態度，將醜惡的現象看作是一種自然發生的現象，既沒有掘發它的本質的原因，也沒有用藝術的概括的手段，使它成為典型的現象。」然後作者把自然主義與革命現實主義關於醜惡的態度進行對比：自然主義、現實主義作者，對於醜惡的描寫存在根本不同，其一，便是前者將醜惡現象之社會的過程，僅予以表面說明，而後者則更注意於掘發其本質因素。其二，前者於人物僅作生物學層面的把握，執意於所謂獸性的暴露；後者於人物注重從社會學角度進行綜合的性格把握，把人類的獸性看作社會的某種結症，不欲過於強調。其三，前者缺乏藝術的概括，而隨著現象之自然蔓延；後者注重人生之綜合景狀，與典型形勢下典型人物、典型性格之創造。凡此三者為自然主義與現實主義本質的差異。

　　此外，陳瘦竹於 1940 年代大力譯介、研究自然主義戲劇。他不僅譯介了易卜生的名劇《野鴨》《玩偶之家》、自然主義名劇《下層》等，還專門寫作了《自然主義戲劇論》〔註86〕一文，詳細介紹了自然主義戲劇發生、發展、衰落的過程，並呼籲中國戲劇界學習、借鑒自然主義戲劇。

〔註84〕瞿秋白：《讀子夜》，《瞿秋白文集：文學編第 2 卷》，人民文學出版社，1986年，第 88 頁。
〔註85〕瞿秋白：《子夜和國貨年》，《瞿秋白文集：文學編第 2 卷》，人民文學出版社，1986 年，第 71 頁。
〔註86〕陳瘦竹：《自然主義戲劇論》，朱棟霖、周安華編《陳瘦竹戲劇論集》，江蘇教育出版社，1999 年，第 31～34 頁。

第三章　自然主義對 20 世紀中國文學的影響

第一節　自然主義對「五四」啟蒙文學的影響

一、自然主義與「五四」啟蒙文學

　　誕生於「五四」新文化運動中的中國新文學陣營，主要是由新文化運動的先驅們組成的，他們既是文學評論者、研究者，同時又是積極的創作者，所以他們對西方文學思潮的介紹與研究，很自然地影響著其後的文學創作。茅盾是最典型的範例。以他為代表的文學革命先驅們對自然主義文學的大力倡導，對中國新文學的創作產生了深刻的影響。雖然「文學研究會的寫實主義始終接近著俄國的『人生派』而沒有發展到自然主義」〔註1〕，雖然在中國現代文學發展史上，自然主義並沒有像陳獨秀所期待的那樣成為新文學的主流——其主流是啟蒙主義〔註2〕，但是正如前文提及的那樣，「五四」文學受到了西方多種文藝思潮的影響，作為主流的啟蒙主義文學因此具有多元性和複雜性，與其他的文學流派之間產生了一定的相互影響與制約作用。一方面，啟蒙主義是主體，規定著「五四」文學的反封建性、宣揚現代性的核心內容

〔註1〕鄭伯奇：《中國新文學大系：小說三集·導言》，良友圖書公司，1935年，第4頁。

〔註2〕楊春時：《現實主義、浪漫主義還是啟蒙主義——現代性視野中的五四文學》，《廈門大學學報》，2003年第5期。

和本質特徵，主導著其創作方向；另一方面，自然主義等文學流派豐富了中國文壇，成為必不可少的補充，致使「五四」啟蒙主義文學在傳承歐洲啟蒙主義基本特徵的基礎上，形成了中國自己的特色。

首先，自然主義將科學精神引入文學領域，讓其成為文學的引導。自然主義對科學的高度重視，與「五四」啟蒙主義對科學的熱烈追求與鼓吹不謀而合，在一定程度上加快了「五四」文學追求工具理性、發揮啟蒙作用的步伐，這是自然主義文學在中國被接受的原因之一。「五四」時期是一個崇尚「科學萬能」的時代，科學救國是時代吶喊，科學精神和方法已經成為改變落後現狀的唯一希望，並且上升為一種形而上的價值形態，滲入到包括文學在內的各個領域，具有了意識形態的性質。在這種科學主義泛化的背景下，文學研究會同人自然對有著強烈科學基礎的自然主義情有獨鍾，開始不遺餘力地介紹、宣揚，旨在通過其科學因素，引導中國的新文藝把文學創作看作一種科學活動，用科學的眼光體察人生，用科學的態度收集素材，用科學的方法進行創作。

其次，自然主義對文學真實性的強烈重視，正是醫治當時中國舊文學不真實、不客觀等弊病的良藥，為「五四」文學創作提供了優秀範本，有助於「五四」啟蒙主義打倒舊文學，發展新文學。同時，自然主義高度強調科學的創作態度和方法，注重作品的非傾向性，主張絕對客觀冷靜的描寫與敘述，在一定程度上制約、規範了啟蒙主義文學中主觀因素的過分發揮，增強了其客觀性因素，有利於「五四」文學達到主觀與客觀的協調與統一。

第三，雖然自然主義抨擊的是資本主義，啟蒙主義反抗的是封建主義，但是自然主義對黑暗現實與醜陋人性進行冷酷無情、赤裸裸暴露的文學主張和創作經驗，還是有助於「五四」啟蒙主義文學更大程度地發揮文學的功利性，完成對封建制度、傳統文化和落後國民性的徹底批判，推動社會的進步。

第四，自然主義文學摒棄傳統文學的貴族化傾向，專事平民文學創作的特點，不但與啟蒙主義文學的平民化傾向吻合，而且鞏固了「五四」文學中平民文學的地位。一方面推動了「五四」民主精神的發揚，有助於文學的普及；另一方面又使「貴族精神本來就薄弱的中國文學更趨於極端平民化」，導致高雅文學被排斥，「五四以後，大半個世紀中國文學趨向於低俗化。」〔註3〕

〔註3〕楊春時：《百年文心——20世紀中國文學思想史》，黑龍江教育出版社，2000年，第22頁。

　　第五，自然主義主張從生理層面上描寫人，不迴避甚至強調性描寫的創作傾向，符合「五四」文學對於人性解放的呼喚，有助於其對傳統文學、封建禮教禁錮人性的批判，同時也從深度和廣度上豐富了「五四」文學中人物形象的塑造。此外，日本自然主義文學中強調自我的表現，對自我內心情感的揭示，對黑暗現實的揭露，對自由和性的呼喚等，都在一定程度上推動了「五四」啟蒙主義文學對封建制度、封建禮教的揭露和批判，對愚昧、專制的對抗，對非人道主義的抨擊，有助於文學完成自己在特定歷史時期的啟蒙任務。

　　可以說，20 世紀初的中國啟蒙主義文學，充分借鑒了自然主義文學中的科學因素，並將其與本國文學創作有機結合起來，試圖運用自然科學式的文學創作精神和方法，革除舊文學的弊病，推動新文學的發展，以達到針砭社會時弊、揭示人的本性的目的，更好地發揮了文學的啟蒙作用，並使之成為當時社會發生深刻變革的誘因之一。

　　自然主義對「五四」文學的影響，更顯著地表現在它與當時最具規模與影響力的兩大文學社團——文學研究會與創造社的淵源關係上。

二、自然主義與文學研究會

　　長期以來，以茅盾為代表的文學研究會的創作一直被定性為現實主義文學。文學研究會的文學主張是「為人生」的文學及文學作品的寫實風格，這兩點主張確實與西方 19 世紀現實主義、自然主義的某些創作特徵，比如突出文學的批評性，強調客觀寫實的描寫風格等相似，早在 1930 年代，王豐園《中國新文學運動述評》（1935），吳文祺《新文學概要》（1936）等著作中，就因為這些相似之處，將文學研究會作為自然主義、寫實派的代表。但僅僅是創作方式和風格上的相似而已，文學研究會的作品與現實主義文學在文學的本質特徵、文化內涵上還是存在距離的。

　　文學研究會通過文學這一有力的啟蒙武器，暴露封建制度和封建文化對人性的壓抑與扭曲，以批判落後的國民性，啟蒙國民告別蒙昧狀態，是對封建主義制度、封建傳統文化的徹底批判，在本質上屬於反封建主義的而不是反資本主義的文學思潮；文學研究會的作品對於現代性的積極鼓吹，對於近代科學、自由民主的熱切讚揚和執著追求，使得自身尚未完全具備現實主義批判現代性的本質特徵。這兩個方面足以說明文學研究會的文學在本質特徵

上更接近於啟蒙主義,而與現實主義存在一定距離。〔註4〕同時,文學研究會的文學在創作方法、風格上又受到了自然主義等其他文學流派的影響。文學研究會同自然主義文學有著深厚淵源,其核心刊物《小說月報》《文學旬刊》等是宣揚自然主義的主要平臺,其主要成員茅盾、胡愈之、鄭振鐸、謝六逸、李之常、周作人等都曾是宣揚自然主義文學的主力軍,為自然主義在中國的傳播發揮了極大作用,前文對此已有專門詳細的介紹,在此無需多言。而自然主義對文學研究會創作的影響,則突出體現在茅盾、盧隱等作家的創作中,對此,下文將專門論證。

正是在接受和倡導自然主義文學的過程中,文學研究會的領軍人物茅盾,形成了自己以「真實」為顯著特徵的早期文藝觀。在創作中,茅盾深受左拉代表的西方自然主義文學的影響,其作品中的自然主義因素是自然主義文學對中國文學產生影響的一個強有力證明。

三、自然主義與創造社

相較於文學研究會,創造社反對純粹的客觀寫實,更加強調文學應該表現自我,並強調表現的核心是心靈而非物質,他們將心靈情感,特別是自我內心深處的情感與情緒,而非知性理智作為表達的重點。另外,創造社作家將抒情主義文學主張運用至創作與批評實踐中,其對主觀情感的強調,對靈感直覺的倚重,以及對個性自由的肆意追求等理論主張與創作實踐,同 19 世紀西方浪漫主義的某些特徵確實有很多相似之處,這是導致人們常常將它當作浪漫主義文學在中國的代表的主要原因。實際上,前期創造社文學只不過和浪漫主義文學的某些創作手法、風格相吻合而已,並不具備浪漫主義文學思潮對現代性予以自我批判的美學內涵與精神氣質。〔註5〕

創造社與文學研究會一樣,將文學作為啟蒙的利器,希望通過文學達到變革現實的目的,二者對於時代和社會的熱切關注是一致的,在反封建與尋求現代性的歷史使命與奮鬥目標上也大體相同。差別在於文學研究會偏重民主的價值,將對普通民眾的文化啟蒙視為第一要義,而創造社則偏重自由的價值,將個體的自由解放看得高於一切。創造社作家對個體自我價值的發現

〔註4〕 參閱楊春時:《現實主義、浪漫主義還是啟蒙主義——現代性視野中的五四文學》,《廈門大學學報》,2003 年第 5 期。
〔註5〕 參見俞兆平:《中國現代三大文學思潮新論》,人民文學出版社,2006 年,第 32～72 頁。

與張揚，正是為了反抗封建集體理性對個體自由的桎梏、對自我價值的否定，體現了與封建禮教做鬥爭的反抗精神與叛逆心理。創造社作品同樣對科學、民主等理性精神推崇備至，具備啟蒙主義文學的內涵。另一方面，創造社文學也不可避免地受到自然主義等其他文學流派的影響，在早期作品中不自覺地流露出這些流派的痕跡。因為浪漫主義的主情傾向，與自然主義執著於客觀寫實的主張似乎相去甚遠，學界較少把二者聯繫在一起，實際上，創作社早期創作與自然主義之間存在著明顯關聯，最典型的是郁達夫、張資平等人的作品，與日本自然主義有著較為深刻的關聯。

如前文所述，在現代中國攝取西方先進思想與文化的過程中，日本充當了中介與橋樑的角色。對於中國現代文學的發生與發展，日本之橋更是發揮了舉足輕重的作用，正如郭沫若所言：「中國文藝是深受日本的洗禮的」，因為當時的「中國文壇大半是日本留學生建築成的」〔註 6〕。20 世紀初的留日學生，正是通過日本這個橋樑實現了與世界的對話，獲得了來自西方乃至整個世界的思想與文化的浸淫。同時，因為身處日本的文化環境之中，日本文壇的精神傾向也對這些青年文學者的創作產生了重要的指向性作用，他們不自覺地將日本文壇上已經浸染上西方思想與文化的文學文本作為模仿對象，「在文藝思想和創作方面，創造社所主張的和文學研究會及其他文學團體大不相同，這也和創造社作家的學習環境大有關係。他們都直接或間接地受了歐洲文學的影響，同時也受到了日本現代文學的一些影響」〔註 7〕。創造社的主要創始人郭沫若、郁達夫、張資平、成仿吾等，都在留日期間，大量吸收當時日本大正文壇的種種文學思潮、流派和作家的養分，形成了與日本近代文學有著明顯近緣關係的文藝思想和創作追求，正如日本著名中國現代文學研究專家伊藤虎丸所說：「當我們究創作社文學時，就不能不注意它和日本近代文學那種骨肉一般的密切關係。」

從 1913 年起，創造社同人陸續赴日留學，他們在日期間，先是自然主義文學盛行、把攬日本整個文壇，隨後，自然主義文學在日本本土化的產物——私小說接踵而上，繼續風靡日本。日本自然主義文學反對封建道德、因襲觀念、家族制度的思想特徵，很快引起了飽受封建淫威壓制的他們的共鳴。島崎藤村《家》，田山花袋《棉被》，正宗白鳥《向何處去》等日本自然主義作

〔註 6〕郭沫若：《沫若文集·卷十》，人民文學出版社，1959 年，第 333 頁。
〔註 7〕鄭伯奇：《略談創造社的文學活動》，《文藝報》，1959 年第 8 期，第 21 頁。

品,從個人主義立場出發,描寫了封建道德桎梏下的悲慘人生和家庭悲劇,抨擊了封建制度殘餘在自己家庭中的淫威,其中著重描繪了舊家庭與個人的種種矛盾,揭露深受封建禮教壓制的女性的痛苦,遭遇妻子、父母、家庭多重折磨的男性的憂鬱等。這些與中國流學生的生活經歷和情感遭遇極為相似,因此引起了他們的強烈共鳴,讓他們很快貼近了日本自然主義文學。促使創造社同人趨向日本自然主義文學的第二個因素是後者以自我主義和個人主義為出發點,極力彰顯個性,具有強烈的自我意識,這正與他們身處的「五四」時代的解放思想和自我的意識相吻合。「五四」是思想覺醒的時代,封建禮教受到了前所未有的衝擊,個性解放的呼聲極高,人們認識到要為自我而活。正如郁達夫所說:「從前的人,是為君而存在,為道而存在,為父母而存在的,現在的人,才曉得為自我而存在了」〔註8〕。於是有了在文學作品中表現自我的強烈需要,而強調「丟掉一切傳統,丟掉一切理想,如實地表現自己的感受」的日本自然主義文學正好適合這種需要,有助於把自己的苦悶、悲憤、控訴和盤托出,尋求理解、同情、共鳴,有助於表現自我,張揚個性。

　　創造社同人赴日時都是一些個性張揚,崇尚自由的熱血青年,他們胸懷大志,豪情萬丈,希望能救國救民,拯時濟世;但面對現實的黑暗與打擊,他們無法施展心中的理想和抱負,所以不免憤世嫉俗,或消極沉淪。面對自己反覆波動的情緒,他們站在反對舊傳統、舊道德的立場上,從自我的真誠告白出發,忠實地表現自己的情緒,積極伸張個性,以對個人絕對自由的張揚表示對封建專制社會的反抗,這些都與日本自然主義文學強烈的自我意識趨向一致。另外,他們留學期間所選的專業多是自然科學,在日本均受到了嚴格的自然科學研究精神和方法的訓練。同時,他們又都愛好文學,當以後由自然科學轉向文學領域時,往往喜愛用自然科學的精神和方法來觀察人生,觀察社會。而這一點,恰好是自然主義文學的基本創作方法。他們都在日本住得很久,對於日本資本主義的特點和中國半殖民地的病痛都看得很清楚,內心感受到兩重失望與痛苦,對現實社會厭倦憎惡;他們遠離祖國,對故國又常生起一種懷鄉病,同時大都存在著不同程度的性苦悶、性壓抑問題,為了排解空虛,他們要麼拋開國內包辦的妻子,和異國少女談情說愛,比如郭沫若;要麼沉溺酒色,與酒吧侍女調笑,到妓院過夜,比如張資平、郁達夫,

---

〔註8〕鄭伯奇:《中國新文學大系:散文二集·導言》,上海良友圖書印刷公司,1935年,第4頁。

這樣的生活經歷也是他們接受日本自然主義文學的一個因素。

創造社與自然主義之間的關聯並沒有引起足夠重視，主要原因在於前期創造社主要成員發表過對自然主義不滿的觀點〔註9〕。郭沫若 1923 年在《印象與表現》中寫道：「藝術的要求假如只是在求自然界的一片形似，藝術的精神只是在模仿自然的時候，那麼，藝術在根本上便不會產生了」，「一部分的藝術家直接把科學的精神輸入到藝術界來，提倡自然主義，提倡寫實主義，提倡印象主義，他們的目標在求客觀的真實，充到盡頭處，不過把藝術弄成科學的侍女罷了。並且客觀的真實，我們又何能求得呢」，批判自然主義文學倚重科學的做法，並且否定其所追求的「客觀的真實」的可行性，認為「近代的文藝在自然的桎梏中已經窒死了」〔註10〕。成仿吾 1924 年在評論魯迅作品時曾明確聲稱：「不能贊成自然派的主張」〔註11〕。前文提到郁達夫曾幾次撰文批評自然主義文學。1927 年他在《五六年來創作生活的回顧》中說：「客觀的態度，客觀的描寫，無論你客觀到怎麼樣一個地步，若真的純客觀的態度，純客觀的描寫是可能的話，那藝術家的才氣可以不要，藝術家存在的理由，也就消滅了。左拉的文章，若是純客觀的描寫的標本，那麼他著的小說上，何必要署左拉的名呢？」〔註12〕明確表達了對自然主義文學的否定態度。正是這些言論造成人們認為創造社是全面否定自然主義文學的，也導致關於前期創造社與日本自然主義文學之間沒有關聯甚至背道而馳的誤讀。

事實並非如此。日本學者中村光夫曾經對二者的關係做出過如下判斷：前期創造社雖然有一些反自然主義言談，但是實際上他們「和超越了文學的派別，作為大正文學的一種延長的『日本』自然主義文學（『在寫實主義偽裝下的浪漫主義』）的主張，有傳承關係」。〔註13〕中村光夫指出創造社傳承的是前文提及的島村抱月所言的日本化的「主觀插入的——解釋的——印象派自然主義」，而反對的則是西方左拉式的「純客觀的——寫實的——本來自然

〔註9〕 方長安：《前期創造社與日本自然主義文學》，《武漢大學學報》，2001 年第 4 期，第 473～478 頁。

〔註10〕 郭沫若：《印象與表現》，王訓昭等《郭沫若研究資料》，中國社會科學出版社，1986 年，第 178 頁。

〔註11〕 成仿吾：《〈吶喊〉的評論》，《魯迅研究學術論著資料彙編：1》，中國文聯出版公司，1985 年，第 46 頁。

〔註12〕 郁達夫：《郁達夫文集：第 7 卷》，花城出版社，1983 年，第 80 頁。

〔註13〕 伊藤虎丸：《魯迅‧創造社與日本文學》，北京大學出版社，1995 年，第 214 頁。

主義」。

先分析一下郭沫若的觀點。他在反對西方自然主義把文學「弄成科學的侍女」的同時，也一樣認為「真實」在藝術創作中是必須的：「『求真』在藝術家本是必要的事情」，接著他又說：「但是藝術家的求真不能在忠於自然上講，只能在忠於自我上講，藝術的精神決不是在模仿自然，藝術的要求也決不是在僅僅求得一片自然的形似，藝術是自我的表現，是藝術家的一種內在衝動的不得不爾的表現」〔註14〕。可見，他的「求真」不是忠於自然而是忠於自我——不是西方自然主義的，而是日本自然主義的真實觀。事實上，處於「五四」時期科學主義這一歷史語境中的郭沫若，以其激進的政治傾向和愛國情操，對科學理所當然地抱著崇奉的心態。在日本學習醫學專業的經歷，更使他時時以科學的態度和規律規範自我，行為處世，這無疑也影響到他對文學性質的判斷和文學主張的選擇等，他的文學創作和評論自然也注入了明顯的科學因素，他的詩歌「代表了『五四』期的科學觀」〔註15〕，他的文學評論也深受科學的影響：「科學的思維形式、思辯力度，科學的某些學科的屬於及內容（尤其是醫學），常常滲入他的有關文學論文的內理，或作為參照的體系，比喻的一向等，出現在他的論證的邏輯進程中。」〔註16〕

事實上，郭沫若對自然主義文學並不是一味的批判，也有過肯定的評價。在1923年1月19日致草堂社諸鄉友的信中，郭沫若曾專門論及自然主義：「近代文學的精神無論何國都係胚胎於自然主義。自然主義近雖衰夷，然而印象派中，立體派中、未來派中，乃至最近德意志的表現派中，都有自然主義的精神流貫著，這是不可磨滅的事實。自然派的精神在縝密的靜觀與峻嚴的分析。吾蜀既有絕好的山河可為背景，近十年來吾蜀人所受苦難恐亦足以冠冕中夏。諸先生常與鄉土親近，且目擊鄉人痛苦，望更為宏深的製作以號召於邦人。」〔註17〕他不僅對自然主義大加讚賞，認為自然主義精神是近代各國文學流派的源頭，而且呼籲草堂社諸人學習自然主義，通過文學揭示民間苦難，啟蒙國人覺醒。

長谷川天溪提出的「破理顯實」是日本自然主義文學的一大特點。「破理」

〔註14〕郭沫若：《印象與表現》，王訓昭等《郭沫若研究資料》，中國社會科學出版社，1986年，第200頁。

〔註15〕王瑤：《中國新文學史稿》，上海文藝出版社，1982年，第52頁。

〔註16〕俞兆平：《現代性與五四文學思潮》，廈門大學出版社，2002年，第220頁。

〔註17〕郭沫若：《郭沫若文集》，上海龍虎書店，1934年，第348頁。

就是反對藝術上的功利主義，「顯實」就是不帶主觀傾向性地記錄人生事實。這個觀點對前期創造社作家影響很大。郭沫若早期曾有過非功利的文藝觀的表述，提倡藝術家要「能夠置功名、富貴、成敗、利害於不顧」，這樣，「他的作品自然成了偉大的藝術」。他認為藝術家應該「把小我忘掉，融合於大宇宙之中——即是無我」，「藝術的精神就是這無我，我所說的『生活的藝術化』，就是說我們的生活要時常體驗著這種精神！」〔註 18〕郭沫若的這種非功利的文藝觀，正是「破理顯實」的另一種說法。他早期小說也基本上體現了這種文學觀，《漂流三部曲》《行路難》《三詩人之死》等，基本上都是他對發生在自己身邊的事實所做的單純而客觀的記錄，是非功利的藝術作品，帶有自然主義色彩。

再看郁達夫。與左拉一樣，郁達夫也追求作品的真實，他說：「小說在藝術上的價值，可以以真和美的兩條件來決定。」〔註 19〕同時他又主張作品中應該融入作家的個性特徵：「作家的個性，是無論如何，總須在他的作品裏頭保留著的」，並且聲稱：「文學作品都是作家的自敘傳」〔註 20〕。從中，我們可以看出郁達夫與左拉的分歧：他反對左拉的純客觀的真實，捨棄左拉的外在的客觀描寫的「真」，而以基於一己體驗的自我表現的真取而代之，這種「真」是通過個人告白、個人懺悔的方式而獲得的一種「靈魂的真」，所以他將小說當作自敘傳看待，追求內面的、心靈上的、思想上的寫實。郁達夫的這些觀念，與日本式的主觀浪漫化的自然主義，即島村抱月所言的「印象派自然主義」的主張十分吻合。郁達夫深諳日本文學，非常讚賞日本自然主義的代表作《棉被》，並將之翻譯為中文。郁達夫與日本自然主義文學之間如中村光夫所謂的「傳承關係」，可以從其作品中更加清晰地看出來，作為日本自然主義文學主要特徵的「露骨的描寫」，在郁達夫早期小說中隨處可見。《沉淪》《南遷》《銀灰色的死》等作品，效法日本私小說，毫無掩飾地、大膽地進行自我暴露，明確地表露了作者和那個時代青年人的性的苦悶和壓抑。尤其是《沉淪》中對主人公手淫，窺視老闆女兒洗澡，偷聽野外男女調情等情節的「露

〔註 18〕郭沫若：《生活的藝術化》，《郭沫若論創作》，上海文藝出社，1983 年，第 15 頁。

〔註 19〕郁達夫：《小說論》，《郁達夫文集：第 5 卷》，花城出版社，1982 年，第 17 頁。

〔註 20〕郁達夫：《五六年來創作生活的回顧》，《郁達夫文集：第 7 卷》，花城出版社，1982 年，第 80 頁。

骨的描寫」，均是受了日本自然主義文學的影響。

當然，前期創造社對日本自然主義文學並非全盤吸收，而是有選擇地借鑒、有背離地傳承，在某些方面甚至超越了後者。創作社小說效法日本自然主義文學崇尚自我的做法，極力表現作家真實的自我，但是又不像日本自然主義文學那樣，侷限於僅僅表現自我，而是以崇尚自我為主體，再加入社會意識成分，這便導致作品中充溢著強烈的反抗精神和時代感。郁達夫《沉淪》與田山花袋《棉被》都描寫了性的苦悶，但《棉被》僅是通過中年小說家對女學生愛欲而不能得的苦悶來展示知識分子孤寂的生活，而《沉淪》則通過留學生青春的苦悶來表現弱國子民的悲憤控訴。日本學者小田岳夫在《郁達夫傳──他的詩與愛之日本》一書中，曾把《沉淪》與佐藤春夫《田園的憂鬱》進行比較：「雖然《沉》顯示它頗受《田》的影響，但兩部作品就根本而言卻是不同的。後者的憂鬱是根植於人生的無聊。由於天下太平，它與『國家』等概念簡直無緣；相反，前者的憂鬱則是根植於祖國的孱弱，基於對國家振興的渴求，所以二者存在著本質差異。」中國學者也敏銳地捕捉到了二者之間差距產生的根源，那就是前期創造社小說中植入的政治因素，對此，張福貴等人有過明確的表述：「即使是受日本近代文學中極端個人化的私小說影響最大的中國創造社小說，其政治意識的強化也是明顯的。」〔註21〕

第二節　自然主義對「五四」作家的影響

「五四」文學革命所播撒的自然主義種子在一定程度上溶入了中國文學的主流，產生了一定影響。「五四」時期及之後的中國文壇，湧現了一批作家，「或者由於在日本留學時，正值日本盛行自然主義從而受到薰陶；或者由於在法國留學時，接觸到大量的自然主義作品，從而受到感染；或者由於閱讀當時文壇上譯介過來的自然主義理論和作品，從而有所感悟和啟發」〔註22〕，因此開始從不同角度、不同程度地借鑒自然主義創作經驗和方法，他們中間有的是主流文學的代表，例如魯迅、茅盾；有的是獨樹一幟的一代名流，例如郁達夫、沈從文、李劼人；也有的成了引起較多非議和爭論的對象，例如

〔註21〕張福貴、靳叢林：《中日近現代文學關係比較研究》，吉林大學出版社，1999年，第308頁。
〔註22〕張冠華：《西方自然主義對中國現代作家文學觀念的影響》，《焦作大學學報》，2005年第3期。

張資平；他們中有的對自然主義有選擇、有取捨地借鑒，有的則幾乎是全盤吸收；有的從以左拉為代表的西方自然主義中汲取養分，有的則對日本自然主義極盡模仿之能事，在文學觀念和文學創作兩個方面顯露出不同程度的自然主義印記。

一、「印象的自然主義」者〔註23〕郁達夫

郁達夫在《小說論》中曾明言：「五四文學實際上是西洋文學在中國的一個分支」，這樣的觀點或許失之偏頗，但卻道明了西洋文學對郁達夫的深刻影響，誠如加拿大學者米切爾·伊根所言：「郁達夫通常被認為是個深受西方文學影響的，迥異於中國傳統文學原型的現代作家。」〔註24〕事實上，對郁達夫文學創作產生影響的不僅有西洋文學，還有日本文學，他對外國文學、文化的學習和接受，也正是在留日時期完成的。而這段時期的日本，正值開放自由的階段，西方各種文藝思潮蜂擁而至，「歐洲的自由主義思想，以及 19 世紀文化的結晶，自然主義中的最堅實的作品，車載斗量地在那裡被介紹。」〔註25〕歐洲自然主義文學思潮對日本文學產生了重大影響，置身其中的郁達夫受到影響也就在情理之中了。

在郁達夫接受的外來文學的影響中，法國文學佔據了非常重要的地位，他在留日期間所閱讀的大量外國小說中，有相當一部分是法國的。郁達夫對法國文學有著相當全面的瞭解，常常在理論文章中對法國作家、作品作出評價。他曾稱巴爾扎克「確是近代寫實主義的偉大導師」，對左拉也給予了高度評價。在 1940 年左拉誕辰 100 週年之際，郁達夫專門撰寫《左拉誕生百年紀念》一文以示對左拉的紀念。文中，他稱左拉為「自然主義的開山始祖，法國大寫實家」，對之褒揚有加，稱讚其「是一位具有絕大毅力的理想家」，「左拉是偉大的，但他的偉大和一般文學家的偉大卻有點不同。偉大的，是他的理想，是他的一生的毅力。光憑這一種對未來光明的努力追求，和正義人道的拼死的主張上看來，我們就可以證實拉丁民族，是絕不會滅亡的民

〔註23〕郁達夫：《敝帚集：文藝鑒賞上之偏愛價值》，《郁達夫文集：第 5 卷》，花城
　　　　出版社，1982 年，第 158 頁。
〔註24〕米切爾·伊根：《郁達夫：傳統文學與現代文學的過渡》，賈植芳《中國現代
　　　　文學的主潮》，復旦大學出版社，1990 年，第 246 頁。
〔註25〕郁達夫：《戰後敵我的文藝比較》，《星洲日報半月刊》，1939 年 5 月 15 日第
　　　　22 期。

族。」〔註26〕明確表露出對左拉的讚賞。

　　如前所述，理論上郁達夫對法國自然主義在某些方面持有不同意見，但是他對在日本自然主義及「私小說」理論卻幾乎照單全收，他的小說也明顯地流露出自然主義傾向。日本、東歐的一些學者稱他是「中國的自我小說作家」，鄭伯奇認為：「他的那種自我分析的方法多少受了日本某些自然主義作家的影響」（《憶創造社》）。當代研究者也認為「郁達夫的小說在暴露病態心理方面以及作品中的自然主義描寫，明顯地受到盧梭、陀思妥耶夫斯基以及日本某些自然主義作家的影響。」〔註27〕的確，郁達夫自1920年代初《銀灰色的死》《沉淪》開局，到1932年《出奔》為止的所有的小說，幾乎無一例外地都從對個人情感的細緻描摹、對憂鬱情緒的肆意渲泄、對內心世界的深入解剖、對青年人性的心理和行為的大膽描繪等方面呈現出濃重的自然主義色彩〔註28〕。

　　郁達夫早期創作之所以受到日本自然主義，特別是私小說創作手法的影響，首先與他的個人經歷和獨特氣質相關。郁達夫三歲喪父，與寡母相依為命，經濟十分拮据，兒時記憶最深的乃是「對於飢餓的恐怖」，生活的困頓、社會地位的低下，使他嘗盡了人間悲苦與人情冷漠，也形成了孤僻內向的性格和多愁善感的氣質。早在14歲時，郁達夫就已經情竇初開，在日本留學期間，他甚至為了排解孤獨和寂寞而沉湎酒色，「每天於讀小說之暇，大半就在咖啡館裏找女孩子喝酒」〔註29〕。多情的郁達夫的感情之路同樣坎坷崎嶇，受傳統封建倫理道德的束縛，個性被壓抑，思想被禁錮，沒有婚姻自由，在愛情生活上陷入了極大苦悶，這更加深了他對生活悲劇性的認識。童年的悲慘遭遇及由此所形成的個性特徵，是郁達夫對日本「私小說」中的憂鬱和感傷產生共鳴的基礎。

　　特定的社會背景也是促成郁達夫接受日本自然主義影響的關鍵。1913～1922年，郁達夫在日本留學的十年間，中國剛經歷了甲午戰爭的失敗，經濟崩潰，政治腐敗，內憂外患，四面楚歌，這種狀況使得郁達夫等身在異邦的

〔註26〕郁達夫：《左拉誕生百年紀念》，新加坡《星洲日報‧晨星》，1940年5月21日。

〔註27〕《郁達夫的創作道路、藝術風格和特色》，http://www.dgtvu.org/xiandaiweun yuan/zhongguowenxue(2)/yudafuyanjiu1.htm。

〔註28〕許子東：《郁達夫新論》，浙江文藝出版社，1984年，第44頁。

〔註29〕郁達夫：《郁達夫文集》，花城出版社，1983年，第179頁。

學子屢遭民族岐視的凌辱，內心十分痛苦壓抑、憂傷失望：「敗戰的國民——尤其是初生的小國民，當然是畸形，是有恐怖的，是神經質的」，他們在「軍閥專權的島國裏，眼看到故國的陸沉，身受到異鄉的屈辱」，「沒有一點不是失望，沒有一處不是憂傷」。懷著滿腔的愛國熱情回國以後，卻發現國內同樣到處充滿醜惡與不公，等待他的命運更是「碰壁、碰壁、再碰壁」〔註 30〕，在現實生活中，他到處受排擠、時刻被侮辱，衣食無著，四方漂泊。生活的悲慘、社會的壓力加劇了原本就多愁善感的郁達夫內心的苦悶，他無力改變現實，只能轉向文學，希望通過文學發洩內心的壓抑和苦悶，藉創作拯救自己的命運。而包括「私小說」在內的日本自然主義文學，作為將「深感到社會脅迫的作家們，企圖『從生命之不安，生存的危機』中拯救出來」〔註 31〕的有用武器，因此為郁達夫借用來吐露感情，發洩苦悶，以示反抗。每當這個多愁善感、懦弱憂鬱的社會「零餘者」在現實生活中碰壁，陷入苦悶與悲哀之中時，便效法日本自然主義作家，拿起筆，藉作品中主人公之口訴說自己的哀怨和不幸，通過對自己的真實境遇和情感的真實表白，控訴社會的黑暗、命運的不公。由此，郁達夫的小說始終籠罩著感傷、陰鬱、壓抑的基調。

　　留學日本的十年，是郁達夫文學創作的準備期。他大量閱讀包括日本文學作品在內的各國小說，立下了終生從事文學活動的志向，並著手文學創作。其時正值日本自然主義文學及「私小說」盛行之際，相較於西歐自然主義，日本自然主義文學具有強烈的自我反省意識和個性自由的精神訴求，許多日本自然主義作家為著反舊傳統、舊道德、封建禮教的目的，不惜將自己的隱私坦露於世，採用自我真誠告白的方式，進行公開「懺悔」，這種反對封建道德的思想特徵和強烈的自我意識，與中國「五四」時期強烈的反封建主義的時代氛圍高度吻合，因此引起了郁達夫的強烈共鳴，「自然主義派文人醜惡暴露論，富於刺激性的社會主義兩性觀」，對「生性孤傲，感情脆弱，主意不堅」的他產生強烈的吸引，他不自覺地接受日本和西方自然主義文學的薰陶，並在創作實踐中有意識地模仿、借鑒。另外，正如上文所說，郁達夫同創造社其他同人一樣，在日本留學時所選的專業是經濟學，受到了嚴格的自然科學研究方法的訓練，致使他在從事文學創作時，不自覺地沿襲了科學的精神和

〔註 30〕郁達夫《懺餘獨白——《懺餘錄》代序》，《郁達夫文集：第 7 卷》，花城出版社，1982 年，第 250 頁。
〔註 31〕吉田精一：《現代日本文學史》，上海人民出版社，1976 年，第 154 頁。

態度，運用自然科學的方法，細緻地觀察人生和社會，進行客觀真實的文學描寫，這正是與自然科學聯繫密切的自然主義文學的基本創作原則和創作方法。

郁達夫很贊成法朗士的名言：「文學作品都是作家的自敘傳」，認為藝術作品應該和作者的真實生活緊密結合，作品就應該是作者生活經歷和內心情感的真實再現。日本私小說是「作者把自己的內心直接了當暴露出來」的心境小說，郁達夫同樣主張作家要「赤裸裸底把我的心境寫出來。」〔註32〕同時他認為這也是作品體現時代精神的正確途徑：「作家的自我通過了藝術作品這重門而衝入到了時代精神之內，時代精神同樣的也通過了作家的自我而淋漓盡致地滲入去混在藝術作品之中，兩相融化，各相為用，在這裡方才能夠發出燦爛的光輝，鑄成金字的高塔，偉大的文學之所以有永久性，原因也就在這裡」〔註33〕。郁達夫的這些見解和日本自然主義文學的創作理論非常相似。

郁達夫對日本自然主義文學非常傾心，他曾說：「《沉淪》《南遷》《銀灰色的死》是成於一個時期的，年代是一千九百二十一年。當時國內，雖則已有一班人在提倡文學革命，然而他們的目標，似乎專在思想方面，於純文學的討論創作，還是很少」（《雞肋集·題詞》）。這裡所說的「純文學」，就是指日本「私小說」這類作品。可見，郁達夫是想在中國文藝界提倡「私小說」的。佐藤春夫和葛西善藏是日本最具代表性的破滅式私小說作家，也是郁達夫最信服、最推崇的兩位日本作家。他在日記裏曾充滿讚賞地寫道：「葛西善藏的小說，實在做得很好。」（《日記九種》）至於佐藤春夫，更是郁達夫「最崇拜的」，在 1920 年代初，郁達夫去日本就幾次拜訪佐藤，1927 年佐藤到中國旅行，郁達夫與他又有密切交往。1936 年郁達夫到日本，又曾會見佐藤。郁達夫在《海上通信》中寫道：「在日本現代的小說家中，我所最崇拜的是佐藤春夫。……有一次何畏對我說：『達夫！你在中國的地位，同佐藤在日本的地位一樣』……慚愧慚愧，我何敢望佐藤春夫的肩背」。他還寫道：佐藤春夫的小說是「優美無比的作品」，書中的描寫「真是無微不至，我每想學到他的

〔註32〕郁達夫：《寫完〈蔦蘿集〉的最後一篇》，《郁達夫文集：第 7 卷》，花城出版社，1983 年，第 155～156 頁。

〔註33〕王瑤、樊駿、趙園：《中國現代文學研究》，中國社會科學出版社，1989 年，第 214 頁。

地步，但是終於畫虎不成……」(《日記九種》)他對兩位作家的信服和推崇之情可見一斑。不單崇拜，郁達夫在文學創作中也有意識地學習、借鑒這兩位日本作家，「他的『零餘者』小說無論從題材、情節、格調、方法上都受到葛西善藏小說的明顯影響」〔註 34〕，《蔦蘿行》與葛西善藏《可憐的父親》相比，在內容情節和情緒格調方面都十分相似，都是通過自我抒情來宣洩內心極度的痛苦，以求得心理上的平衡。而《沉淪》與佐藤春夫《田園的憂鬱》，更是常常被相提並論。日本郁達夫研究者小田岳夫認為「達夫不僅尊敬佐藤春夫，在創作上亦頗受其影響」。他曾將《沉淪》與《田園的憂鬱》作比較，認為兩部作品「相似之處很多」：「一，《沉淪》總體看來，也可以說是像《田園的憂鬱》一樣，是『敘情的心境小說』。二，《沉淪》的主人公與《田園的憂鬱》的主人公一樣有著憂鬱症。此外，就連小說中引用外國詩歌等細節亦很相像……」〔註 35〕。《沉淪》出版後，郁達夫自己曾說：「不曾在日本住過的人，未必能知這書的真價。」〔註 36〕這一表白雖說主要是出自對一些人指責《沉淪》「頹廢」「色情」「墮落」的反駁，但其中也含有他對日本經歷的強調，表明他對自己與日本文學、文化之間的密切關聯的認可。事實上，不只是《沉淪》，郁達夫的大部分小說，諸如《胃病》《風鈴》《懷鄉病者》《零餘者》等，都有意識地借鑒了日本自然主義和私小說的創作技巧，對內心世界的精準解剖、對個人感觸的細膩描繪，對鬱悶情緒的盡情宣洩，對性心理和性變態的大膽描述等，既是郁達夫的創作特色，又明顯符合日本自然主義文學的美學特質。郁達夫十分注重親身經驗，作品大都取材於自己親身體驗，以自我為中心人物，採用自敘的表現形式藝術地再現自我，這些都充分體現了日本「私小說」的特點，難怪會有一些東歐、日本的研究者將郁達夫稱為「中國的私小說作家」，而他的這些具有濃厚的自我表現意識和「自敘傳」色彩的小說也被稱為「自我小說」。

　　郁達夫極為推崇作品頗具自然主義色彩的英國小說家勞倫斯。因為二人的作品存在著很大的相似性，郁達夫被稱為「中國的勞倫斯」。1934 年，郁達夫為勞倫斯的長篇小說《查泰萊夫人的情人》寫下一篇專論。該文不僅詳細介紹

〔註 34〕張富貴、靳叢林：《中日近現代文學關係比較研究》，吉林大學出版社，1999
　　　　年，第 182 頁。
〔註 35〕許子東：《郁達夫新論》，浙江文藝出版社，1984 年，第 42 頁。
〔註 36〕見周作人：《「沉淪」》，《自己的園地·雨天的書》，人民文學出版社，1988 年，
　　　　第 58 頁。

了《查泰萊夫人的情人》的出版經過，概括了小說的主要內容，而且還總結了小說的藝術特點。他首先指出了作品極度的寫實性：「本來是以極端寫實著名的勞倫斯，在這一本書裏，更把他的技巧用盡了」；其次是作品的性愛描寫詳盡細緻但真實自然：「他所寫的一場場性交，都覺得是自然得很。」〔註37〕

郁達夫的小說與日本自然主義作品具有以下幾個方面的共同特徵：

首先，從內容上看，為了創作的真實，二者都直接取材於自己的日常生活，描寫小資產階級知識分子的真實境遇，傾訴他們內心的潦倒和苦悶，具體涉及到以下幾個方面：作者的戀愛悲劇、性慾苦悶；作者的貧病生活及由此產生的愁苦憤懣心情；作者家庭內部的糾紛和衝突；作者的日常見聞，議論感想等。郁達夫小說中，題材上專事自我、毫無掩飾的自我暴露以及赤裸裸的性苦悶和性衝動的描寫，常常被認為是其作品中鮮明的自然主義因素。

其次，從人物角色上看，小說主人公往往就是作者自己，除「我」之外，作品裏一般沒有其他重要人物。「我」的行動和命運就是小說的情節；「我」的所到所見就是小說的環境。「我」的思緒變幻推動了小說起伏的波瀾；「我」的內心衝突導致了小說內容的高潮——小說就是「我」的自敘傳。從敘述視角來看，二者都喜歡採用自敘形式，採用「內視角」的敘述角度。作品總是在「我」或者我的別名——伊人、文樸、于質夫等主人公的自敘中單一線索展開，其他人物的外貌、行為、心理，具體場景、事件等，均通過「我」的觀察、描述而顯現。〔註38〕

第三，從文體形式上看，二者都具有以下兩個突出特點：

（一）注重主觀抒情，具有「浪漫的自然主義」特徵

郁達夫的小說汲取了日本「私小說」重在刻畫心境的創作方法，具有強烈的抒情格調。

「私小說」，又稱「自我小說」「心境小說」，相比於法國自然主義文學純粹客觀的描寫，它不注重外部事件的描寫，而是偏向作者主觀情感和自我意識，著重刻畫人物的心理和感情，強調在「觀察對象時將從作者本人的人生觀而來的感想也表現出來」，「對什麼東西怎樣看法必須經常有正確的自我存

〔註37〕郁達夫：《讀勞倫斯的小說〈卻泰萊夫人的愛人〉》，《郁達夫文論集》，浙江文藝出版社，1985 年，第 592 頁。

〔註38〕張冠華：《西方自然主義對中國現代作家文學觀念的影響》，《焦作大學學報》，2005 年第 3 期。

在其中」〔註 39〕，要求把作品中的「我」的心情和在環境中的「我」同時表現出來，而且「我」的心情更重要，描寫環境中的「我」也是為了烘托「我」的「心境」。

郁達夫接受了日本自然主義和「私小說」的這種觀點，非常重視人物的心理和情緒描寫，他認為研究小說的技巧，應該先從研究人物心理入手。他在《小說論》中談到現代小說的歷史時，特別稱頌拉法耶特夫人的《克萊芙公主》，認為對「女人心理解剖的精細，到此才可說是絕頂」，他還對刻畫人物的不同方法進行比較，認為「心理解剖為直接描寫法中最有用之一法」，可見對刻畫心境的高度重視。他的小說極為注重解剖人物的心理，人物的心路歷程取代人物的活動史成為作品著力表現的重點，人物情緒的起伏衝動構成了小說的內在節奏。為此，郁達夫在作品中運用了大量的抒情手段，常在小說開端即著力描寫環境、心境，製造氣氛，渲染感傷色彩，為全文定下基調。如《沉淪》《胃病》等小說，一開篇，作者就通過一番心境描寫製造出一種壓抑的氛圍，引導讀者一步步貼近主人公的心境，和主人公一起憂鬱、感傷。

郁達夫還常常在敘事之間巧妙地穿插景物描寫，以景寫情，借助景物渲染感傷色彩，達到情景交融的藝術境界，使小說兼具寫景詩的優美和抒情詩的浪漫。郁達夫的小說之所以常採用「自敘傳」的方式，將小說的人物與作家合而為一，也是為了更方便地抒寫心境，抒發情感。因為這種寫人敘事的方式，以「我」為中心，便於作者的感情得以盡情、自然、直接的抒發，是抒寫心境的最適宜形式。

（二）不重視完整的故事情節，結構鬆散，顯示出散文化傾向。郁達夫接受、發展了自然主義文學輕情節、重細節的藝術特點，一方面，使得作品呈現散文化結構，具有「散文詩的小說」的特色，另一方面，為了突出細節，特別強調自然主義那種客觀、逼真、細膩的寫實技巧。

郁達夫的小說以其「自敘傳」體的自我表現方式，強烈的情感表現以及憂鬱感傷的美學格調激起了廣大青年心理和審美的巨大共鳴，並引出了一個抒情小說流派，創造社元老如郭沫若、成仿吾，張資平、鄭伯奇，青年作家倪貽德、陶晶孫等都創作過自敘傳體小說。以郁達夫為代表的自敘傳抒情小說，吸收了日本「私小說」的藝術創作手法，同時受到浪漫主義文學的影響，側

〔註 39〕久米正雄：《私小說與心境小說》，《文藝講座》，文藝春秋社，1925 年，第 56 頁。

重於暴露作家的主體感受、靈肉衝突、變態性心理等。作為挑戰封建舊道德、舊禮教的武器，對「五四」啟蒙文學彰顯個體自由和個性價值發揮了重大作用，獲得了眾多青年人的一致認同。

二、「中國自然主義的翹楚」〔註40〕張資平

張資平與自然主義文學的緊密關聯，已經為學界普遍承認。以李長之的評論最具代表性：「有人說他迎合讀者心理，我以為倒不如說他恰抓著現在青年婚姻問題的時代。他一點也沒有特意挑撥，他寫的是性愛的悲劇。他的成功在於自然主義派的技巧，他的失敗在有時對自然主義的作風偶而放棄。」〔註41〕

1912 年，20 歲的張資平公派官費留學日本，就學於東京地質大學地理學院地質系。張資平留學日本的十年，正是自然主義文學與「私小說」交替統領日本文壇之際，日本報紙經常連載田山花袋、島崎藤村、德田秋聲、正宗白鳥等自然主義作家的小說，這些報紙為張資平提供了接觸日本自然主義文學的平臺，他曾經明確提到自己就學於熊本五高時對島崎藤村、田山花袋等日本自然主義作家及其作品的迷戀：「我因為要努力於上英文課時的翻譯，便更留心讀報章上的日文小說，以便模仿其詞句」。其時國內「五四」文學革命已然發端，「就是從這時候起，我開始讀日本自然主義作家的作品了。在《朝日新聞》上面，發現了島崎藤村的《新生》，在《福岡日報》上看見了田山花袋的《弓子》，都使我讀得津津有味」。他認為「《弓子》描寫性愛生活太過深刻，趕得上英國羅倫斯的作品」。這些閱讀經驗讓他自覺「對於文藝，獲得更大的啟示」〔註42〕。張資平對日本自然主義的推崇還與其個人經歷有關。早在赴日留學前，張資平就偏愛情愛題材的作品，陸續研讀了《紅樓夢》《花月痕》《品花寶鑒》《茶花女遺事》等描寫風花雪月的小說，還模仿創作過一些「遺帕遺扇惹相思」之類的言情小說。留日前兩年，他剛 17 歲，就會追慕異性，經常到妓院門口看妓女。赴日後，他也經常到咖啡店喝洋酒並與侍女說笑，有時候甚至進入妓院與妓女鬼混。這樣放蕩的生活經歷為張資平接受自

〔註40〕《中國自然主義的翹楚——讀〈張資平詮稿〉》，深圳新聞網，2009-12-07，http://www.sznews.com/culture/content/2009-12/07/content_4236063.htm。

〔註41〕李長之：《張資平戀愛小說之考察》，郜元寶、李書《李長之批評文集》，珠海出版社，1988 年，第 234 頁。

〔註42〕張資平：《胎動期的創造社》，《大眾夜報·不夜天》，1948 年第 6 期第 12 號。

然主義文學特別是其中的性描寫提供了基礎。

　　出於對自然主義文學的熱愛,張資平一度熱衷譯介相關作品。1930 年他翻譯並出版了左拉的《實驗小說論》,為中國讀者呈現了左拉對自然主義文學主張的概括。張資平還翻譯了一些日本自然主義文學的理論文章和作品,如平林初之輔《文藝本質新論》、佐藤春夫《消遣的對話》、金子洋文《女人》、松田解子《礦坑姑娘》、藏原伸二《草叢中》等。據 1931 年 6 月《現代文學評論》雜誌介紹,張資平還曾與上海現代書局簽訂過出版合同,計劃用兩三年的時間,將田山花袋《弓子》《戀愛之殿堂》、谷崎潤一郎《神與人之間》、佐藤紅綠《麗人》《愛之追求》、小杉大外《銀笛》、江馬修《受難者》、吉井勇《魔笛》、吉田弦二郎《無限》《白路》共 10 部日本小說翻譯成中文交現代書局出版。這些作家大都是自然主義者或深受自然主義文學影響的作家。張資平說:「本人自寫小說以來,即頗受以上十書的影響,簡直可以說,這十本書便是我寫戀愛小說之範本」〔註 43〕。此外,他翻譯的佐藤紅綠的自然主義長篇小說《人獸之間》,的確是在 1936 年 3 月由商務印書館出版了。

　　作為前期創造社的重要成員,張資平起先曾為了推崇浪漫主義而貶低自然主義:「在文藝上之本質上說,浪漫主義才是文藝的本流。自然主義不過是一時的支流,這是我們應該注意的。」〔註 44〕但他又曾分別於 1925 年和 1929 年編著了《文藝史概要》《歐洲文藝史綱》兩部作品,極力推崇自然主義。他特別欣賞自然主義文學創作的科學態度和方法,讚揚自然主義在描寫上的「精細與準確」,對自然主義作品中的性慾描寫尤其讚歎不已,認為「性慾是能夠移動現實人生的強力」〔註 45〕。可見,在理論上,張資平並未對自然主義形成成熟的觀點,但在實際創作中,張資平「在浪漫主義文學思想的指導下完成的小說並未取得像郁達夫浪漫主義小說那樣的成就。而當他從表現自我情緒轉向自然主義和寫實主義進行性愛的抒寫時就充分顯示了自己獨特的藝術個性與創作才能。」〔註 46〕他的文學成就是在他按照自然主義理論的指導進行創作的情形下獲得的。他基本上以日本自然主義理論建構自己的藝術觀,

---

〔註 43〕張資平:《現代中國文壇雜訊》,《現代文學評論》,1931 年 6 月 10 日,第 1 卷 3 期。

〔註 44〕張資平:《文藝史概要》,時中書社,1925 年,第 73 頁。

〔註 45〕張資平:《歐洲文藝史綱》,上海聯合書局,1929 年,第 77 頁。

〔註 46〕葉向東:《論張資平的性愛文學思想》,《雲南師範大學學報》,2005 年第 1 期。

並且完全按照自然主義理論進行小說創作。

在實際創作中，張資平把日本自然主義文學文本作為借鑒對象，極盡模仿之能事。對張資平的戀愛小說產生直接影響的作家主要是田山花袋和島崎藤村，「正是通過對田山花袋《棉被》的模仿，以自己在日本的初戀經歷為載體完成了他的處女作與成名作《約檀河之水》」〔註47〕。《約檀河之水》從敘述的順序、對主人公悲傷的失戀心理的描寫、對失戀男子的描寫等方面都與《棉被》體現出「驚人的相似」〔註48〕。張資平的作品在一定程度上都帶有日本「私小說」的特徵，但是由於創作主體的個性差異、知識背景及文化傳統的不同，張資平小說中的自然主義特徵，既與日本自然主義有相似之處，又不乏自身特點。

首先，張資平堅持自然主義文學的真實性原則，從自身的生活經歷和人生經驗中選取題材，將自己所經歷過、感悟過的生活通過文學創作如實客觀地呈現，他將日記也當作創作編入小說集就是極好的說明。其次，張資平全盤繼承了自然主義從生理層面揭示人的本質屬性的做法，將日本自然主義文學「露骨的描寫」的創作手法運用於性愛小說創作，並且將之向極端發展，他的小說非但不迴避，不掩飾「性」的問題，而且有意大膽描寫和暴露兩性關係，強調人的生物性，極力渲染人物本能的性心理和赤裸裸的性愛生活，在中國現代文學史上創造了性愛描寫的高峰。第三，張資平將自然主義所倚重的科學精神引入小說，像科學工作者那樣把人當作研究和試驗的對象，以客觀、冷靜的科學主義態度，對人的生理特徵和心理過程進行精細客觀的描寫和剖析，客觀展示人的生理、自然屬性。第四，張資平繼承了西方自然主義文學「客觀中立」的創作態度和「零度情感」的介入，效法日本自然主義文學「平面描寫」的手法，主張純粹客觀的寫實，排斥作品的傾向性。他對人生世相作認真細緻的觀察，以冷靜客觀的「寫實」手法，將生活的真實面貌無所顧忌地裸露出來。第五，張資平特別重視從遺傳學的角度刻畫人物的命運和性格。受自然主義的影響，張資平認為人物性格的形成，與社會環境、個人經歷並無多大關係，而是一種先天遺傳的本能，只需從生理學、遺傳學角

〔註47〕趙豔花：《張資平戀愛小說與日本自然主義文學》，《信陽師範學院學報》，2004年第5期。

〔註48〕張競：《近代中國と「恋愛」の発見：西洋の衝撃と日中文学交流》，岩波書店，1995年，第255頁。

度入手，即可尋繹出人生遭際的根據。第六，張資平接受了自然主義文學審醜溢惡的美學傾向，通過對現實生活中醜陋、罪惡的人和事的真實寫照，大膽地暴露社會的黑暗、人性的醜惡。第七，受自然主義文學的影響，張資平的小說具有平民化傾向，執著於對市民大眾平庸瑣屑的日常生活情景的忠實記載和客觀照錄，以揭示普通人的原始真實的生存狀態。張資平小說中最為鮮活生動的人物就是那些為各種各樣欲望所困擾的普通女性，如葆瑛（《梅嶺之春》）、馨兒（《性的屈服者》）、美瑛（《最後的幸福》）、苔莉（《苔莉》）、麗君（《紅霧》）、碧雲（《長途》）等，她們普通平庸，沒有明確的政治傾向和遠大的理想抱負，因此她們的精神狀態，她們的困惑與掙扎、歡欣與傷痛更具代表性和廣泛性，更能反映生活的真實。此外，張資平還承襲了日本自然主義主觀抒情的傾向，認為「文藝是主觀情緒之客觀化」「文藝必須含有抒情的成分」〔註49〕，其戀愛小說具有浪漫主義的抒情成分。

　　張資平的戀愛小說將日本自然主義特徵與本國文學傳統相融合，順應了「五四」時期反封建禮教、追求個性解放的思想與潮流，所以在當時受到眾多讀者，特別是平民消費讀者群的推崇，很多作品都是一版再版。張資平遵循科學主義原則，從生理學、生物學角度描寫社會人生，大膽展示赤裸裸的人性，尤其是人的動物性及性慾對人類生活所起的「決定性」作用，同以自我暴露著稱的郁達夫一樣，挑戰傳統、衝破禁忌，為反封建禮教、尋求個性解放運動做出了一定貢獻。然而，正如郭沫若所說，「中國的新文藝是深受了日本的洗禮的。而日本文壇的毒害也就儘量流到中國來了」〔註50〕。張資平接受了日本自然主義文學傳統中露骨的描寫傾向，並將之向惡、俗方向極端發展，導致自己的戀愛小說中充盈著過濃的肉慾氣息；特別是後期小說，流露出迎合讀者低級庸俗愛好的傾向，大多流入三角以至多角戀愛的固定模式，滿紙都是人物肉麻的欲望表達與動物般的本能要求，最終走向庸俗和模式化，並始終為文藝界所詬病。〔註51〕但是，張資平的性愛小說少有真正的快樂，那些情戀人物鮮有幸福結局，這為張資平的作品增添了悲劇意味和苦難性質，使得它們與庸俗的情愛小說區別開來。他對愛欲與文明、個人與社會、人性

〔註49〕朱壽桐編：《張資平自傳》，江蘇文藝出版社，1998 年，第 250 頁。
〔註50〕郭沫若：《沫若文集：卷十》，人民文學出版社，1959 年，第 333 頁。
〔註51〕趙豔花：《張子平戀愛小說與日本自然主義文學》，《信陽師範學院學報》，2004 年第 5 期。

與制度、傳統與現代之間各種衝突的深刻揭示，也決不是簡單庸俗的言情小說所具備的。作為中國現代文學史上最多產的純文學小說家，當時小說界最負盛名的「七位作家」之一〔註52〕，張資平的文學成就和影響不容抹殺。誠如徐肖楠在《沉霧中的張資平：20世紀中國市民小說第一人》一文裏所言：中國現代文學史上，如若少了張資平，將決不僅僅是少了一個作家而已，而是少了海派小說，少了後來的施蟄存、劉吶鷗、葉靈鳳、張愛玲，少了王朔、池莉、邱華棟等，這其中有一條市民小說的傳統鏈條，沒有張資平，就不會有後來的其他市民小說。

三、「略近於自然主義」〔註53〕的魯迅

魯迅一直被當作中國現實主義文學的傑出代表。他曾提出文學是「為人生」，同時要「改良人生」的說法，他還明確說過自己是在「高的意義上」的寫實主義者。在文學創作上，魯迅向來以冷峻寫實的風格著稱，一般不在作品中顯露自己的情感及態度。凡此種種，的確顯露出與現實主義創作傾向相吻合之處，學界因此將之定位為中國現代文學史上現實主義文學的最高峰。劉綬松在《中國新文學史初稿》一書中就稱讚魯迅的作品不僅是中國現代文學史，也是世界文學史上最傑出的現實主義代表作。

其實，魯迅一直將自己的作品劃歸啟蒙主義文學隊伍中，其作品中也的確有著鮮明的啟蒙主義特色。魯迅當年之所以棄醫從文，主要就是血淋淋的現實使他強烈意識到「第一要著」是在改變國民性，改變國人的精神，「而善於改變精神的，我那時以為當然要推文藝」。出於愛國熱忱，他要通過文學反對一切封建蒙昧，借文藝的力量喚醒「昏睡」中的民眾，提高他們的民主主義覺悟，其中蘊含著清楚的啟蒙主義意識。正是出於為啟蒙主義服務的需要，魯迅在作品的取材方面，「多採自病態社會的不幸的人們中，意思在揭出痛苦，引起療救的注意」，他在表現深受封建制度和文化壓迫的民眾的不幸時，著重揭示他們精神上的「病苦」，從而達到反抗封建主義、拯救國民性的目的。在文化主張上，魯迅極力推崇以科學、民主為代表的啟蒙理性，他在《文化偏

〔註52〕1932年，張資平小說《梅嶺之春》被上海文心社收入《現代中國小說乙選》，作為「中等學校文藝參考書」向讀者推薦。該書序言把張資平列為「當代小說界最負盛名的」七位作家之一，這七位作家是：魯迅、郁達夫、葉紹鈞、茅盾、冰心、張資平、沈從文。

〔註53〕茅盾：《覆周贊襄信》，《茅盾全集：18》，人民文學出版社，1989年，第97頁。

至論》《摩羅詩力說》中對西方近現代文明持拿來主義的態度，主張以西方的個體理性精神取代中國傳統的群體理性道德，「尊個性而張精神」，「任個性而排眾數」〔註54〕。他從啟蒙理性中汲取反封建的力量，以科學反抗愚昧，以自由對抗專制，以民主主義反對等級主義，以人道主義抨擊非人道主義，處處都體現出啟蒙主義色彩。

在確立了魯迅作品的啟蒙主義性質後，我們也應該看到，魯迅作品同樣也受到了自然主義等其他文學流派的影響。魯迅曾說：「在進化的鏈子上，一切都是中間物」，「人類究竟進化著」，「人固然應該生存，但為的是進化。」〔註55〕這些言論明確昭示了魯迅對進化論的注重，可以說，進化論是魯迅前期的價值原則、精神核心。魯迅對進化論的觀點，可以從側面印證其與深受進化論影響的自然主義之間具有一定的關聯。

但是，中國學界長期形成的觀點是：魯迅與自然主義文學之間沒有交集。有兩個主要原因：其一，由於自然主義長期以來在中國的壞名聲，而魯迅又被毛澤東譽為中國文化革命的主將，代表著中國新文學發展的最高水平與方向引領，出於「為尊者諱」的心態，很少有人把魯迅和自然主義聯繫在一起。其二，來源於周作人的回憶性文章。周作人在回憶魯迅早年文學時，曾說過：其時魯迅對「島崎藤村等的作品則始終未嘗過問，自然主義盛行時亦只取田山花袋的小說《棉被》一讀，似不甚感興味。」〔註56〕很多研究者據此排除了魯迅與自然主義的關聯。

事實上，對於自然主義作品，魯迅並非如周作人所言「只取田山花袋的小說《棉被》一讀」，他不單購買了日本自然主義代表作家國木田獨步的《現代日本小說集》〔註57〕，還曾在文章和書信中一再談到《國木田獨步集》有時也被當作犯禁書籍沒收掉〔註58〕。魯迅還一直藏有日本自然主義文學家、詩人石川啄木的《雲是天才》和《我們一夥兒和他》的合印本，即便是周作人

〔註54〕魯迅：《魯迅著作全編：一》，林非主編，北京中國社會科學出版社，1999 年，第 57 頁。

〔註55〕魯迅：《魯迅選集：三》，人民文學出版社，1983 年，第 108、224 頁。

〔註56〕周作人：《關於魯迅之二》，《魯迅的青年時代》，河北教育出版社，2002 年，第 130 頁。

〔註57〕參見北京魯迅博物館編，《魯迅手跡和藏書目錄·平裝部分：2》，1959 年，第 44 頁。

〔註58〕參見《集外集拾遺·上海所感》，《魯迅全集：7 卷》，人民文學出版社，1981 年，第 409 頁。

所說的「始終未嘗過問」的島崎藤村，魯迅不但購買了他的自然主義代表作《新生》（兩卷本），還收藏有他的《淺草通信》〔註59〕，並且還摘譯了其中的部分，發表於 1925 年 12 月 5 日、8 日、12 日的《國民新報副刊》上，後收入《壁下譯叢》。另外，在周氏兄弟合譯的《現代日本小說集》中，也同樣收錄了日本自然主義作家的作品：兩篇國木田獨步小說：《少年的悲哀》《巡查》，均為其後期頗具代表性的自然主義作品；四篇佐藤春夫作品：《我的父親與父親的鶴的故事》《「黃昏的人」》《形影問答》《雉雞的燒烤》等。以上資料，至少可以證明：魯迅對自然主義文學的態度，絕非周作人所說的那樣「似不甚感興味」，而是頗感興趣、頗為關注。

　　魯迅曾經翻譯過一些自然主義文藝理論。1929 年《壁下譯叢》出版，這是魯迅從 1925 年到 1929 年間所譯的日本文藝理論作品的結集，其中與自然主義相關的有片山孤村《思考的惰性》《自然主義的理論及技巧》《表現主義》、島崎藤村《從淺草來》等篇章〔註60〕。另外，魯迅在《域外小說集》中對莫泊桑有專門介紹，他還曾經求購藤村《新生》的中譯本送給許廣平，晚年他又購藏《福樓拜全集》。這些事實足以讓我們明白：魯迅從留學時起，到《吶喊》創作，到 20 年代《徬徨》時的苦悶，始終都沒有放棄對自然主義的關注。

　　魯迅於 1902～1909 年期間在日本留學，其時正值自然主義文學在日本文藝界佔據主流地位，覆蓋整個文壇之際。1906 年，魯迅放棄自己所學的醫學專業，轉向他認為比醫學更能改變人的內心世界的文學。而這正是日本自然主義文學運動爆發的一年；1906～1909 年間，亦正是日本文壇大量介紹西方自然主義理論和作品，大量製造日本自然主義理論和作品的年代。許多影響較大的自然主義論著都發表在這幾年，包括長谷川天溪《幻滅的時代》（1907）、《排除邏輯的遊戲》（1907）、《暴露現實的悲哀》（1908）；島村抱月《被囚禁的文藝》（1906）、《文藝上的自然主義》（1907）、《藝術現實生活之間劃一線》（1908）；片上天弦《平凡醜惡事實的價值》（1907）、《無解決的文學》（1907）、《人生觀上的自然主義》（1907）；岩野泡鳴《新自然主義》（1908）等。無論魯迅對日本自然主義文學喜歡與否，其留日時代確實是「幾乎從頭到尾遭遇

〔註59〕參見北京魯迅博物館編，《魯迅手跡和藏書目錄：3》，1959 年，第 40、43～44 頁。
〔註60〕平林初之輔著，陳望道譯：《自然主義底理論的體系》，《文藝研究》，1930 年第 1 卷第 1 期。

了自然主義文學，既然魯迅每天要看報，又訂閱了那時最有名的綜合月刊《太陽》，還天天跑書店跑舊書攤，那他對充溢於文壇的洶湧澎湃的自然主義的時代氣氛，一定會有所察覺和感知的」〔註 61〕。據此，我們可以斷定，魯迅早期文學活動的大環境是自然主義文學大盛的日本，生活在這樣的文學氛圍中，又正致力於文學的學習和研究，魯迅創辦《新生》、發表《摩羅詩力說》等文學活動都是發生在此階段，受到自然主義的影響實在情理之中。

　　雖然學界普遍不太認可魯迅與自然主義的聯繫，但依然有人關注二者的關聯。巴人在論及魯迅作品時，認為「他的文藝理論深受日本自然主義的影響」〔註 62〕，茅盾認為魯迅的人物塑造經驗「略近於自然主義」，成仿吾評價魯迅前期作品時，認為「可以用自然主義這個名稱來表出」〔註 63〕。1935 年，王豐園在《中國新文學運動述評》一書中因為魯迅作品中流露出的自然主義因素，而將他劃歸自然主義陣營。1947 年，歐陽凡海在專著《魯迅的書》中，論證了魯迅與日本自然主義文學的關聯，他認為魯迅之所以「能毫無疑問地相信文藝可以改變人們底精神」，毅然棄醫從文，正是受日本自然主義文學影響的結果：「豫才在日本讀書的時候，正是日本自然主義全盛的時代，所以他能毫無疑問地相信文藝可以改變人們的精神。同時也因為他在日本的時候，自然主義的空氣特別濃厚，也促使他原來早已信仰了的進化論與生物學，現在更增加了信仰心，因為進化論，生物學，遺傳學，實驗哲學，這些東西恰巧是自然主義的臟腑」。歐陽凡海還指出：「魯迅受北歐與西歐寫實主義的影響也遠比受日本自然主義作家的影響為大，然而無論如何，魯迅在日本那環境中究竟是呼吸了幾年的，所以在他的全部作品裏，仍然找得出日本作家的血液。」〔註 64〕權威的《魯迅研究月刊》也在 1985 年第 4 期上登載了一篇論文《島崎藤村簡介》，述及魯迅與自然主義的關聯：「藤村的創作是獨樹一幟的。他的理論見解也很獨特。他的文學是不幸命運的呼聲，是除了自我坦白而別無其他出路的苦惱與受壓抑者的文學」，「魯迅在某些事情的看法上與其相同，因此，受其影響是無疑的。」

〔註 61〕潘世聖：《魯迅與日本近代自然主義文學——兼及成仿吾的〈《吶喊》的評論〉》，《中國現代文學研究叢刊》，2006 年第 1 期。

〔註 62〕巴人：《魯迅的創作方法及其他》，新中國文藝出版社，1940 年，第 14 頁。

〔註 63〕成仿吾：《〈吶喊〉的評論》，《魯迅研究學術論著資料彙編：1》，中國文聯出版公司，1985 年，第 46 頁。

〔註 64〕騰井省三：《魯迅〈故鄉〉讀書史》，創文社，1997 年，第 112～113 頁。

1921 年《故鄉》發表不久，茅盾即以郎損為筆名在《小說月報》8 月號上發表評論文章，認為它是受自然主義影響的產物：「到民眾中去的經驗，首先創出了中國的自然主義文學」，「到農村，描寫豆腐西施和閏土這樣個性的人物，然而《故鄉》所表現出的他們和主人公之間的隔膜是由於隨了階級觀念這一點，是自己所說的『自然主義文學』的樣本吧。」〔註65〕在這裡，茅盾的評論是從寫實意義上來理解自然主義的。日本魯迅研究家伊藤虎丸指出：從自然主義本義上，可以稱魯迅作品為自然主義作品，他認為「《吶喊》集，從一定意義上也可以說是當時社會現實的圖畫」〔註66〕。成仿吾在 1920 年代也寫過文章評論魯迅前期小說，將它們的性質歸結為（日本式的）自然主義。他在評論魯迅《吶喊》中前九篇小說時說：「這前期的幾篇可以用自然主義這個名稱來表出。《狂人日記》為自然派主張的紀錄，固不待說；《孔乙己》，《阿Q正傳》為淺薄的紀實的傳記，亦不待說；即前期中的最好的《風波》，亦不外是事實的紀錄，所以這前期的幾篇，可以概括為自然主義的作品。」他對待自然主義的態度還是比較公允的：「我們現在雖然不能贊成自然派的主張，然而我們如欲求為一個公平的審判官，我們當然要給自然主義一個相當的地位。所以我們絕不能因為前期幾篇是自然主義的作品而抹殺它們，我們應當取它們在自然主義的權衡上的重量。」他還分析了魯迅作品中的自然主義因素的產生原因及意義：「作者先我在日本留學，那時候日本的文藝界正是自然主義盛行，我們的作者便從那時受了自然主義的影響，這大約是無可疑議的。所以他現在作出許多自然派的作品來，不僅我們的文藝進化程序上的一個空陷由他填補，而在作者自己亦是很自然的。」不過總體上，成仿吾對《吶喊》持否定意見，認為《吶喊》只是「再現的記述」，而缺少具有暗示效果的「表現」。他還指出《吶喊》缺乏對「環境與國民性」的重視，而這原因是「他所學過的醫學害了他的地方，是自然主義害了他的地方。」〔註67〕

從當時創造社與魯迅的對立來看，身為早期創造社主將之一的成仿吾對魯迅所做的評價中不乏偏激和情緒化成分，同時也存在著文藝觀念和美學旨趣相異所帶來的見解分歧。從成仿吾提到的這幾篇小說看，它們不但對中國

〔註65〕滕井省三：《魯迅〈故鄉〉讀書史》，創文社，1997 年，第 46～47 頁。

〔註66〕伊藤虎丸：《魯迅與終末論》，龍溪書舍，1975 年，第 230 頁。

〔註67〕成仿吾：《〈吶喊〉的評論》，《魯迅研究學術論著資料彙編：1》，中國文聯出版公司，1985 年，第 46 頁。

社會現實進行了如實描寫，而且進行了價值評判，有著鮮明的思想傾向性，從整體上帶有明顯的啟蒙主義文學的特質。但是成仿吾的評價確實也有自己的依據和邏輯，具有一定的合理性和可信度，魯迅作品中的確存在著一定的自然主義痕跡。成仿吾的看法也獲得了當時學者的贊同。發表於 1924 年 3 月 14 日《商報》，署名「仲回」的《魯迅〈吶喊〉與成仿吾的〈吶喊的評論〉》一文，便完全贊同成仿吾的意見：「見到成仿吾的《〈吶喊〉的評論》，我很喜歡，這因為素來喜看批評文字，而在希望有人批評《吶喊》時，居然有成君仿吾很公平的加以批評，更覺著歡喜，我更因讀了成君的批評而重看一遍《吶喊》，覺著我對於《吶喊》的意見，改變了不少」，「成君的批評，我認為是很嚴正的」〔註68〕。刊登在 1924 年 6 月 14 日《時事新報》副刊《學燈》上的楊邨人《讀魯迅的〈吶喊〉》，也認同魯迅「是一個自然主義的作者」〔註69〕當代的一些學者也有相同意見，認為「在一些層面上《吶喊》與自然主義之間近乎可以畫上等號」。〔註70〕

具體而言，魯迅作品中的自然主義痕跡體現在以下幾個方面：

首先，魯迅在作品中無情地解剖現實，冷酷地揭露黑暗，像執手術刀正在進行解剖的醫生一樣沉著、冷靜、專注、一絲不苟，凸顯自然主義的真實性原則和客觀冷靜的科學精神和態度。

其次，魯迅作品的創作取材和描寫對象集中於日常生活世界，寫實性與日常性的特徵非常突出，完全排除了浪漫空想和神秘傳奇，與自然主義極力擯棄想像、誇張、抒情等主觀因素，拒絕對現實生活做典型概括，追求絕對的客觀真實、「自我表現」的美學特徵相吻合。

第三，在藝術結構上，《吶喊》中的小說也和傳統小說不同，沒有曲折的故事、缺乏離奇的情節，在很大程度上寫的就是對魯迅本人的實際經歷和真實生活的客觀再現，從而像許多自然主義文學作品那樣，具有明顯的散文化結構，凸顯鮮明的散文隨筆的傾向。

第四，魯迅作品中的自然主義因素還體現在作品的平民意識和悲劇氛圍

〔註68〕仲回：《魯迅〈吶喊〉與成仿吾的〈吶喊的評論〉》，《魯迅研究學術論著資料彙編：1》，中國文聯出版公司，1985 年，第 483 頁。

〔註69〕楊邨人：《讀魯迅的〈吶喊〉》，《魯迅研究學術論著資料彙編：1》，中國文聯出版公司，1985 年，第 47 頁。

〔註70〕潘世聖：《魯迅與日本近代自然主義文學——兼及成仿吾的〈〈吶喊〉的評論〉》，《中國現代文學研究叢刊》，2006 年第 1 期。

上。島崎藤村《破戒》、田山花袋《鄉村教師》等作品致力於描述大家庭的沒落，再現庶民真實生活的縮影，魯迅小說中的人物也都是日常生活在社會底層的鄉野草民，通過對這些小人物瑣屑苦難的悲涼人生和在生活重壓下日趨遲鈍、麻木、愚昧的精神世界的客觀寫實，表達對黑暗現實的強烈批判，對落後愚昧的「國民性」的深刻警醒。

雖然魯迅作品中存在著一定的自然主義因素，在作品的某些層面同包括「私小說」在內的自然主義作品之間有著不少相似之處，但是我們更應該看到兩者在作品內涵和作家精神指向的層面上存在著本質差異：當時的魯迅憂國憂民，充滿著要拯救天地的熱情與壯志，他對文學的要求包含著強烈的社會道德功利指向，作品中所顯露的是對民族民眾、國家社會的焦慮關切和「哀其不幸，怒其不爭」的苦楚，他要赤裸裸地畫出國民的靈魂，進而改造人的精神、改良社會。魯迅對文學的要求恰恰是自然主義文學所有意迴避的，這也許才是魯迅對日本自然主義文學「似不甚感興味」的主要原因吧。

四、「寫作品只是為記錄一些現象」〔註71〕的沈從文

沈從文與自然主義的關聯早已為學界所注意。原北京文聯秘書長田家曾批評林斤瀾的作品在「對人生的觀照和自然主義傾向的描寫方法」等方面深受沈從文的影響〔註72〕，從側面印證了沈從文作品的自然主義色彩。林虹認為：「沈從文小說的自然主義傾向主要表現在反對倫理道德對文學的拘囿、注重挖掘人的自然屬性、展示恣肆放縱的生命形態以及毫髮畢現的細節描幕等方面。」〔註73〕沙家強認為沈從文的小說「有著明顯的自然主義特徵」〔註74〕，蘇美妮則說：「邊民自然主義的價值觀是沈從文與其他現代作家相同題材作品風格迥異的原因。」〔註75〕

在談及自己所接受過的中外文學影響時，沈從文並不諱言莫泊桑、郁達夫等作家對其創作的啟蒙。〔註76〕而關於郁達夫創作的自然主義傾向，沈從

〔註71〕沈從文：《沈從文文集：9》，花城出版社，1984年，第179頁。

〔註72〕田家：《林斤瀾小說的藝術傾向》，《北京文學》，1958年3月。

〔註73〕林虹：《沈從文小說的自然主義傾向》，《語文知識》，2007年第4期。

〔註74〕沙家強：《試論沈從文小說的自然主義特徵》，《石河子大學學報》，2009年第1期。

〔註75〕蘇美妮：《論邊民心理與沈從文文學》，《社會科學輯刊》，2006年第2期。

〔註76〕沈從文：《沈從文選集：5》，四川人民出版社，1983年，第368頁。

文也有明確認識：「說到《沉淪》……把寫盡自己心上的激動一點為最大義務，是自然主義的文學。」〔註77〕因此，可以說，在創作上比較追慕郁達夫的沈從文，正是通過郁達夫的影響從而間接地與自然主義文學發生關聯的。

沈從文與自然主義的溝通點是「自然」二字。左拉說：「自然主義就是回到自然」，「是直接的觀察、精確的剖解、對存在事物的接受和描寫」。而沈從文正是以保持著自然狀態的湘西邊陲為背景，用無限接近自然的「鄉下人」的眼光，描摹「優美、健康、自然而又不悖乎人性的人生形式」，自然而平靜地釋放自己的真情，展示自己對「自然」的追尋，從而使自己的作品浸染了一定的自然主義色彩。

沈從文作品中的自然主義傾向具體體現在如下幾個方面。

第一，對真實、客觀的高度強調。與自然主義真實觀一致的是：沈從文反對主觀虛設，主張文學對現實生活的客觀寫實，追求純文學，反對文學的功利性和世俗化，拒絕作品的傾向性、階級性、政治性。他曾明確聲明：「我是個不想明白道理卻永遠為現象所傾心的人」，「我寫作品只是為記錄一些現象」〔註78〕。沈從文始終堅持這種客觀冷靜的態度，在作品中不作政治、社會、階級的或其他主觀性的評判和分析。這與左拉主張只做「忠實的記錄員」，只當「解剖家」，「不當教育家」的號召，與自然主義關於作家只對生活中的現象進行表面描摹而不挖掘深藏的道理的主張、對文學的非傾向性、零度情感的介入等客觀中立的創作態度的強調如出一轍。沈從文反對世俗倫理對文學的過濾，並認為自己的作品「沒有鄉愿的『教訓』，沒有黠儒的思想，有的只是一點屬於人性的真誠情感」，可為醫生、心理分析專家、教授提供一份『情感發炎』的過程記錄」，這些作品最好的讀者是那些「能超越世俗所要求的倫理道德價值」的批評家〔註79〕。

第二，受郁達夫的影響，沈從文早期作品具有濃厚的自傳色彩，「自敘傳」創作手法非常明顯。他的小說以寫實的筆法記述作者在現實生活中的親身經歷和真實的精神世界。小說中的人物常常可以還原為現實中的作者，作品往往就是他自己的生活經歷和內心情感的真實再現。

〔註77〕沈從文：《郁達夫張資平及其影響》，《沈從文選集：11》，四川人民出版社，1983 年，第 306 頁。
〔註78〕沈從文：《沈從文文集：9》，花城出版社，1984 年，第 179 頁。
〔註79〕沈從文：《沈從文選集：5》，四川人民出版社，1983 年，第 242～245 頁。

第三，沈從文作品中的自然主義因素還體現在性描寫上。這不僅表現在沈從文小說中涉及性愛題材的很多，而且反映在作者對待性愛的態度上：他不像傳統現實主義作家那樣規避、批判人的本能欲求，也不像浪漫主義那樣美化、虛飾愛情，而是通過對男女情慾的自然主義式的細膩描繪，為讀者詮釋原始的生命形態和率真自然、恣肆放縱的生活方式。沈從文並不諱言人的生物性，相反，他強調對於自然人性的認可甚至張揚，認為食與性兩種生物性需要都是正當的，壓抑正當欲求就是抑制自然人性：「禁律益多，社會益複雜，禁律益嚴，人性即因之喪失淨盡」〔註80〕。這與自然主義的創作理念不謀而合。

第四，淡淡的悲劇意識和宿命論色彩。沈從文認為，人生就是一場悲劇，到處充滿苦難，在《水雲——我怎麼創造故事，故事怎麼創造我》一文中，他說：「一切充滿了善，然而到處是不湊巧，既然是不湊巧，因而樸素的善終難免產生悲劇。」「凡事都若偶然的湊巧，結果卻又若宿命的必然。」在這樣的悲劇意識和宿命觀點的指導下，沈從文以自然主義式的寫意手法，平淡地描述自然恬淡的湘西世界裏原本美好善良、有價值的東西遭遇毀滅的過程。這種毀滅發生在極其平常的在日常生活中，人們對此習以為常並逐漸麻木，所以悲劇效果愈發強烈，宿命論色彩愈發鮮明。

此外，在淡化小說的情節和技巧、將小說散文化等方面，沈從文作品也呈現出與自然主義文學一致之處。但在對自然「神性」的追求，以及受中國道家思想影響上，沈從文又顯示出與純粹客觀寫實的自然主義不同的地方，這是他的文學作品獨具魅力之處。

五、「描寫男女戀愛的專家」〔註81〕盧隱

「五四」時期，受到自然主義影響的作家不止上述幾位。「描寫男女戀愛的專家」盧隱，也深受日本自然主義的影響，其小說以愛情為題材的具大多數，性愛苦悶、為愛徇情、畸形愛戀、變態性愛嫉妒心理等細節描寫在她的小說中佔據重要位置。在盧隱作品中，主人公大都飽受感情和欲望的折磨，作家大膽地從生理層面上描述他們，尤其是女性青年內心的苦痛和煎熬，細膩生動地描述她們情火的燃燒和性愛被壓抑的苦悶。但是作者不侷限於只從

〔註80〕沈從文：《沈從文選集：5》，四川人民出版社，1983年，第68、72頁。
〔註81〕盧君：《驚世駭俗才女情——盧隱》，四川文藝出版社，1995年，第141頁。

生理層面上描述她們的苦悶和壓抑，而是通過自然主義式的描述表明：引發她們性愛苦悶的不單只是生理因素也有社會因素，作者對性的苦悶的描寫其實也是生存苦悶的直接體現，因為「性的苦悶是生存苦悶的一個重要的方面」〔註 82〕。作者通過小說反映了五四時期青年男女，特別是女青年在封建制度和禮教的桎梏之下，失去戀愛、婚姻的自由而導致的壓抑和苦悶，表達了「五四」青年對於人生問題的痛苦思索和艱難追求、對封建制度的控訴和反抗。

　　茅盾在《中國新文學大系・小說一集導言》評價盧隱作品時說：「在盧隱的作品中，我們也看見了同樣的對於『人生問題』的苦索中其作品，不過穿了戀愛的衣裳。」同自然主義作品一樣，盧隱小說也多取材於作者身邊的人和事，「帶有很濃厚的自敘傳性質」。作品中的青年女學生，往往就是作者自己，不僅思想感情是作家個人的，而且事蹟也是作家自己的親身經歷，其代表作《海濱故人》其實就是作者的自傳，小說中的主人公露莎，就是「盧隱她自己的『現身說法』」〔註 83〕。盧隱作品的藝術風格是流暢自然，真實客觀，她只是老老實實地描寫，從不在形式上炫奇鬥巧，她的小說結構比較散漫，沒有繁複的結構，也不見稠密的布局，帶有明顯的散文化特點。她在塑造人物時，為了保持客觀、自然，常常只是將生活中的原型稍加修飾，就讓人物以本色演員出現在作品中。凡此種種，都體現出和自然主義創作手法的高度一致。

第三節　「五四」之後文學創作中的自然主義因素

一、自然主義對左翼文學的影響

　　在中國文學史上，自然主義與左翼文學是風馬牛不相及的兩個極端。前者在中國有著壞名聲，後者則取得了輝煌成就；前者強調文學「零度情感」、非功利性、原生態描寫，後者則極力宣揚文學的激進性、政治功利性，將二者聯繫起來似乎的確不很恰當。但事實上，二者之間確乎存在著一定關聯。有以下幾個理由：首先，正如本文第二章論述，「現實主義」「自然主義」等來

〔註 82〕劉思謙：《「娜拉」言說：中國現代女作家心路紀程》，上海文藝出版社，1993年，第 53 頁。

〔註 83〕茅盾：《盧隱論》，肖鳳《盧隱傳》，北京師範大學出版社，1982 年，第 139～140 頁。

自西方的文學術語自引進之初，就存在著理解與使用上的混亂，二者被混用的情形持續了很長時間，而左翼文學被標舉為現實主義的代表，所以從理論上講，二者之間有關聯的確存在著很大的可能性。第二，前文也論述過：左翼聯盟陣營內有些人，包括魯迅在內，翻譯了不少自然主義的文藝論著，陳望道等還明確聲稱自己之所以翻譯自然主義文藝理論，是因為自己非常重視「新興文學理論與自然主義文學理論的聯繫」，以供給「文學理論建設者的參考」〔註 84〕，明確指出中國新文學與自然主義之間存在著理論上的關聯。其三，在 20 世紀 30、40 年代，左翼文學盛行時期，以胡風為代表的文學評論者們曾態度激烈地評判部分左翼文學作品所顯露的「公式主義」「客觀主義」傾向，並將之歸罪於自然主義文學的壞影響〔註 85〕。這一點從側面印證了左翼文學與自然主義文學之間的關聯。因此，有研究者認為「左翼現實主義確實是『繼承』了自然主義的某種傳統。」〔註 86〕筆者以為然。

本文第二章曾引證過田漢在論文《詩人與勞動問題》一段話：「自然主義的大成者是法國的左拿，所以叫左拿主義，社會主義的大成者是德國的馬爾克思（即馬克思），又叫作馬爾克思主義。它們共通的色彩，便是『科學的』（Scientific）、『唯物的』（Materialistis）；他們共通的目的，便是改革人類的境遇，不過左拿的手段在探出社會的原因，馬爾克思的手段在移動社會經濟的基礎」。具體分析這段話，我們可以看出自然主義文學與左翼文學之間存在著的一定關聯：

首先，「科學」是二者產生關聯的基點。

本文第一章曾詳細論證了自然主義文學中存在著的科學主義精神和方法，並將之定義為「與科學聯繫得最緊密的文學流派」，自然主義文學不僅將當時的自然科學成果直接引入文學，運用生物學、遺傳學的原理和方法研究人、描寫人，而且將文學與科學視為等同，將文學家與科學家視作同類，甚至將文學當作科學的一支。而左翼文學的理論支撐是馬克思主義學說，馬克思主義對自然科學的倚重與強調早已眾所周知，無需筆者贅言，馬克思主義

〔註 84〕平林初之輔著，陳望道譯：《自然主義底理論的體系》，《文藝研究》，1930 年 2 月 15 日第 1 卷第 1 期。

〔註 85〕胡風：《自然主義傾向底一理解》，《中流》，1936 年 9 月 20 日第 1 卷第 2 期。

〔註 86〕張傳敏：《中國現代文學走向左翼現實主義的內在邏輯——論新浪漫主義、自然主義和左翼現實主義的深層精神關聯》，《文藝理論與批評》，2004 年第 6 期。

學說引指下的文藝自然也必須遵從科學的原理與方法，成為「科學的文藝」。因此，可以說，在對科學的高度倚重與強調上，左翼文學與自然主義文學體現出明顯的一致性。正如田漢所言，「科學的」是它們「共通的色彩」之一。

其次，「真實」「客觀」是二者共同原則。

「真實」「客觀」是自然主義文學最根本、最重要的創作原則。而左翼文學的理論指導──馬克思主義學說的哲學基礎是「唯物主義」，其對「唯物」的強調也無需筆者贅言。所謂「唯物」即與「唯心」相對，其核心正是摒棄「主觀」，追求「客觀」「真實」，因此，馬克思主義學說指導下的左翼文學也必然要遵從「真實」原則，從而達到了與自然主義文學的一致性。正如田漢所說，「唯物的」是它們的第二個「共通的色彩」。

第三，二者擁有共同目的。

雖然自然主義作家們強調文學創作的非傾向性，但是正如前文論證的那樣，他們之所以強調文學作品的非傾向性，只是主張文學堅持自身的獨立性，反對人為地賦予文學作品政治功利目的和道德說教功能，他們所倡導的是通過作家客觀中立的描述，讓文學作品自然地而非人為地發揮自身干預社會的功能，自然地引導讀者自發地完成遏惡揚善、抑醜助美的任務。他們冷靜客觀的敘述之下，其實蘊含著對人類命運的深沉關注，對生活在社會底層的勞動人民悲慘境遇的深切同情。他們對黑暗現實的赤裸裸的暴露，雖然「只看病症，不開藥方」，其實正是為了探明社會弊病的因由，以「引起療救的注意」，正昭示著他們對社會病症的清醒認識以及對人類命運的密切關注，而他們的創作實踐也已經證實了文學這種「無為而有大為」的特殊魅力。而馬克思主義則是全世界無產階級的引導者、代言人，根本目的就在於推動社會的發展，改善無產階級被壓迫、被剝削的命運。因此，我們可以說，自然主義文學與左翼文學擁有「共通的目的」，那「便是改革人類的境遇」。

第四，自然主義和左翼文學在創作態度和方法上也存在著明顯一致性，那就是對文學「寫實」的高度強調。自然主義將「真實」視為文學安身立命的根本，其對「寫實」的絕對追求是其創作方法最突出的特色，這一點自不必再細說，而冠於左翼文學的名目雖然繁多，但終不脫離「現實主義」「寫實主義」等相關稱謂，因此，其對文學「寫實性」的高度強調也無須多言。概言之，對「寫實性」的高度重視成為二者在創作態度與方法上的相通之處。

二、「中國文壇唯一再現左拉的及自然主義的作風的作家」〔註87〕茅盾

　　茅盾是在中國著力宣揚和倡導自然主義的主將，其創作開始於宣揚自然主義之後，所以自然深受其影響。《子夜》一經問世，其與左拉作品之間的傳承關係就被瞿秋白指出：「帶著很明顯的左拉的影響（左拉的『L'ARGENT』——《金錢》）」〔註88〕。文學批評家祝瑾明也曾指出茅盾《一個女性》與莫泊桑《一生》的相似之處〔註89〕。張明亮認為：「《子夜》就是茅盾在創作實踐上，借鑒和揚棄了左拉，尤其是他的《金錢》所獲得的巨大的成功。」〔註90〕當代文學評論家丁帆認為茅盾前期作品中確實存在著「自然主義傾向」，「這種傾向表現為他吸取了自然主義的精華部分——描寫的真實性」，他分析了茅盾具體作品後指出：「茅盾的『自然主義』創作實際上就是不自覺地以現實主義創作方法為指南的藝術實踐過程，他用自然主義的創作理論寫出了具有現實主義意義的優秀作品。」〔註91〕斯洛伐克漢學家馬立安・高利克認為左拉《盧貢・馬卡爾家族》20 部小說中至少有 2 本影響了茅盾的文學發展：「《金錢》的影響直接關係到《子夜》的整個組織和總的系統結構的安排；《娜娜》則在兩個方面發生影響。一方面是把『性』看作一種神秘的力量，另一方面是關於命運的權力的變化。這不僅表現於《子夜》，而且也表現於茅盾其他短篇小說如《小巫》。」〔註92〕徐蔚南在評論茅盾《幻滅》時說：「著者受著南歐自然主義文學的影響很多。」李歐梵則直接稱《子夜》為「自然主義的長篇小說」〔註93〕。當代研究者也認為：「茅盾前期的作品深受自然主義影響」，「自然主義的影響在茅盾作品中的痕跡是掩飾不了

〔註87〕 高田昭二；《《茅盾和自然主義》，李岫《茅盾研究在國外》，湖南人民出版社，1984 年，第 593 頁。

〔註88〕 瞿秋白：《〈子夜〉和國貨年》，《瞿秋白文集：1》，人民文學出版社，1953 年，第 438 頁。

〔註89〕 祝秀俠：《茅盾的〈一個女性〉》，伏志英編《茅盾評傳》，現代書局，1931 年，第 127～134 頁。

〔註90〕 張明亮：《〈子夜〉與〈金錢〉的比較論》，《中國現代文學研究叢刊》，1983 年第 3 期。

〔註91〕 丁帆：《論茅盾早期的自然主義理論主張及創作傾向》，《文藝論叢：20》，上海文藝出版社，1984 年，第 5 頁。

〔註92〕 馬立安・高利克：《中西文學關係的里程碑（1898～1979）》，北京大學出版社，2008 年，第 76 頁。

〔註93〕 見夏志清：《劍橋中華民國史》，中國社會科學出版社，1994 年，第 484 頁。

的明顯」〔註94〕,「茅盾文論脫胎於自然主義」〔註95〕。茅盾自己也承認:
在「開始叩『文學』的門」之時,「我自己在那時候是一個『自然主義』與
舊寫實主義的傾向者」〔註96〕,「我覺得我開始寫小說時的憑藉還是以前讀
過的一些外國小說。……法國的是大仲馬和莫泊桑、左拉;……這幾位作家
的重要作品,我常常隔開多少時後拿來再讀一遍」〔註97〕。

　　雖然茅盾在引入自然主義時曾宣稱「並不一定就是處處照他」,但是在實
際創作中,在自然主義幾個基本特徵:真實性創作原則、客觀中立的創作態
度、科學實證的創作方法、直率細膩的性愛描寫等方面,茅盾與左拉表現出
驚人的一致。茅盾前期作品,主要包括「蝕」三部曲、《虹》《子夜》《野薔薇》
等,集中體現了自然主義對其創作實踐的深刻影響。「蝕」三部曲(《幻滅》
《動搖》《追求》)是茅盾最早的作品,以中國大革命為背景,描寫了幾個青
年女子追求自身獨立和人生價值的奮鬥過程。這三篇小說中許多材料都取自
作者自己或者身邊親朋好友的親身經歷,有著非常真實的現實基礎,符合自
然主義文學的基本要求——「真實」;在寫作手法上,作者採用客觀寫實的創
作手法,注意細節描寫,注重對人物內面真實的刻畫,稱得上是對自然主義
創作方法的一次較為成功的嘗試。茅盾自己在解放後所寫的一封私人通信中
也這樣表白:「一九二七年我寫《幻滅》時,自然主義之影響,或尚存於我腦
海」〔註98〕。

　　正如瞿秋白指出的,茅盾早期創作「帶著很明顯的左拉的影響」。以茅盾
影響最大、成就最高,同時也是受自然主義影響最大的作品《子夜》為例。
《子夜》與左拉《金錢》之間相似之處確實很多。首先在小說的題材上,二者
都是關於金融投機失敗的故事,主人公的所謂生意都屬於買空賣空的投機行
徑:《金錢》敘述了證券交易所內買賣銀行股票的投機活動,《子夜》則描寫
了交易所中資本家們買賣公債的投機活動。再看小說中的人物安排。主人公

〔註94〕張冠華:《西方自然主義與中國 20 世紀文學》,中央編譯出版社,2007 年,
　　　　第 65～66 頁。
〔註95〕周薇:《茅盾與自然主義——中國社會主義現實主義源流考之一》,華中師大
　　　　碩士論文 2006 年,第 13 頁。
〔註96〕茅盾:《答國際文學社問》,《茅盾全集:20》,人民文學出版社,1989 年,第
　　　　43 頁。
〔註97〕茅盾:《談我的創作》,《中學生》第 61 期,1936 年 1 月。
〔註98〕茅盾:《茅盾給曾廣燦的一封信》,《中國現代文學研究叢刊》,1981 年第 3
　　　　期。

都是既從事工業，又涉及金融；都有一個資金比自己更為雄厚的金融家競爭對手，並且在兩對對手之間，都夾雜著一個雙面間諜式的妓女：《金錢》中薩加爾和甘德曼之間的桑多爾夫男爵夫人，《子夜》裏吳蓀甫和趙伯韜之間的劉玉英；小說為他們安排的最終結局也極其相似：《金錢》結尾，薩加爾投機生意失敗了，數千萬資產輸得精光，只得隻身逃往國外，《子夜》最後，吳蓀甫被趙伯韜整得傾家蕩產，無奈地帶著老婆去牯嶺避暑了。

具體而言，茅盾作品中的自然主義的影響體現在以下幾方面：

首先，在創作構思的總體定位上，追求以「編年史的方式」描寫當代生活，反映當代生活的重大特徵，明顯含有左拉連續性大型作品《盧貢－馬卡爾家族》的意味。

《盧貢－馬卡爾家族》採用「編年史的方式」，運用「遺傳」框架，將各自獨立而又前後呼應的 20 部小說嚴密地串聯起來，「敘出全部『第二帝政時代』——從『政變』的陰謀襲取直到『塞當』的叛國」〔註99〕的歷史，左拉稱之為「第二帝政時代一個家族之自然史及社會史」。在左拉影響下，茅盾小說創作一樣著意於「大規模地反映中國社會現象」，追求反映整個時代，表現一段相當完整的歷史。茅盾的創作意圖是以其系列小說構建一幅自「五四」至抗戰的中國社會史詩長卷，而事實上，「蝕」三部曲、《虹》《子夜》《林家鋪子》以及農村三部曲《春蠶》《秋收》《殘冬》等，正是對二三十年代中國社會歷史的真實記錄。

其次，作品的理性框架。

左拉天生「具有建築師的令人驚歎的才能」，以「建築師」的眼光，左拉認為在創作前，作家「必須事先確定各部作品之間的聯繫」〔註100〕，然後選取合適的聯結紐帶聯繫整部作品的脈絡，從而在作品中有意識地建構一種理性框架。左拉選取的是遺傳之樹作為紐帶，在遺傳之樹的有效聯結下，雖然作品結構龐大、頭緒複雜、人物眾多，但依然顯得嚴密而勻稱。在《盧貢－馬卡爾家族》裏，他有意識地用遺傳之樹建構整體框架，把 20 部獨立的小說作為系列統一起來，而且這種遺傳之樹不只是生理學範疇，同時又是一種社會學範疇，正如盧那察爾斯基所說：左拉「是一位社會學家，甚至連巴爾扎克

〔註99〕左拉：《盧貢家的發跡：附錄》，法朗士瓦·貝爾努阿爾版，第 378 頁。
〔註100〕阿爾芒·拉努著，馬中林譯：《左拉》，黃河文藝出版社，1985 年，第 550頁。

也不如他。」〔註 101〕但是這種社會學意義，並不是作家強行注入的──自然主義者不將自己的意志和傾向強加給作品中的人物，而是通過客觀的描寫、真實的敘述，使得作品字裏行間自然而然地散發出一種理性思維，作為作品的背景，將作品中瑣碎的細節刻畫串聯在一起，促成了作品結構上的整體感和一致性。左拉的作品就在遺傳之樹的支撐之下，成為顯性的生理學和隱性的社會學有機融合的統一整體。茅盾在左拉的影響下，也形成了這種對人生作整體把握、對事件進行社會分析、作品置於理性框架內的特點。茅盾是在相當的生活積累以後才著手構思作品的，所以，雖然他描繪的是現實生活的真實表象，他也不強迫作品中的人物按照自己的意願行事，但是因為作品建立在作者對現實生活的深入觀察和切實體驗的基礎之上，其字裏行間便自然地蘊含了作者對生活和社會的深刻思索。因此，茅盾「嚴格地按照生活的真實來寫」的作品所展示的是生活和思想的融合、形象與意義的統一。在左拉史詩性的作品影響下，茅盾選擇了「時代女性」和資本家作為觀察和反映的對象，通過對這兩類人物形象的真實刻畫，以「編年史的方式」系列地反映中國現代社會的歷史變遷，清楚地呈現當時的社會生活、政治運動、經濟發展的真實狀況。

　　茅盾小說的社會分析的理性框架受到左拉的影響，同時又具有自己的特點。首先，左拉的理性框架是以遺傳之樹和社會學分析的重合為內容的，而茅盾沒有接受左拉的遺傳學之類的影響，而是以馬克思主義的社會科學分析，尤其是階級分析為內容歷史地反映社會和人生，所以他的作品中「沒有左拉那種普魯東主義的蠢話」〔註 102〕，但也正因為此，作者有意識地賦予了作品政治功利性而導致客觀真實性被削弱，這是茅盾遜色於左拉之處。其次，由於明確的「為人生」的文藝觀，相比於左拉，茅盾與時代運動有著更為密切的關係，作品的理性色彩和時代意識更加明顯，現實功利的意味更加突出。

　　第三，對左拉自然主義作品中的「經濟」因素的借鑒。

　　左拉對經濟生活的描寫有著自己的特點，正如傳記作家阿爾芒・拉努所說：「一提金錢，在巴爾扎克的作品裏，只表現在人與人的關係中。金錢像魔

〔註 101〕盧那察爾斯基：《盧那察爾斯基論文學》，人民文學出版社，1978 年，第 559 頁。

〔註 102〕瞿秋白：《〈子夜〉和國貨年》，《瞿秋白文集：2》，人民文學出版社，1953 年，第 71 頁。

鬼一樣，使人發狂，它使女人們墮落，使男人們獸行大發。然而，巴爾扎克並未注意到使社會集團活躍起來的金錢，也使這些集團你爭我奪、爾虞我詐，演出了社會角逐的種種慘劇。……他是一個訴訟代理人的眼光來觀察金錢的；而左拉則是一個經濟學家和第一流的社會學家。」〔註103〕茅盾吸收了左拉的觀點和做法，他們筆下的股票交易生活具有很多相同之處，可以說：「左拉的《金錢》是茅盾在描寫股票交易活動時的直接樣板」〔註104〕：《金錢》中出現了金融組織及其代表人物彼此之間的明爭暗鬥，薩加爾創辦一個「世界銀行」，以摧毀甘德曼的猶太銀行；茅盾同樣讓吳蓀甫與人合辦了一個「益中公司」，與趙伯韜抗衡。左拉和茅盾對經濟的描述還具有一個共同特點：小說的背景都與戰爭有關，《金錢》的背景是拿破崙三世對外擴張的殖民地戰爭，《子夜》則置身於當時的軍閥混戰之中，二者都顯示了經濟與政治、軍事的密切關係；都將經濟、金錢糾紛描述成嚴酷的軍事戰鬥場面，都明顯地突出了軍事力量對股票交易所生活的操縱、干預作用。左拉將巴黎股票交易所內的情形描述成血腥的戰場：「一場戰鬥終於臨近了，在這無情的戰鬥之中，注定將有一支部隊在戰場上毀滅。」〔註105〕茅盾同樣用戰爭來形容金錢交易，小說中出現許多軍事用語，比如吳蓀甫將杜竹齋稱為「友軍」，希望「友軍能迅速出動」，「吳蓀甫他們已把搜刮來的『預備資金』掃數開到『前線』，是展開了全線的猛攻了」，「他覺得坐在『後方』等消息，要比親臨前線十倍二十倍地難熬」。〔註106〕《金錢》中，左拉描述了奧地利被普魯士擊敗對 1866 年 7 月 4 日巴黎股票交易狀況產生巨大的震盪，《子夜》裏，茅盾同樣將趙伯韜對手們的失敗歸功於 1930 年 5 月下半月所謂的西北軍被總數 30 萬美元收買而導致軍事失敗的結果。

茅盾在借鑒左拉的同時，又形成了自己的特點：「應用真正的社會科學，在文藝上表現中國的社會關係和階級關係」〔註107〕，即透過經濟現象表現不同階級、社會力量之間的對立和鬥爭，反映經濟變動對政治革命的強大影響

〔註103〕阿爾芒·拉努著，馬中林譯：《左拉》，黃河文藝出版社，1985 年，第 347～348 頁。

〔註104〕馬立安·高立克：《中西文學關係的里程碑》，北京大學出版社，1990 年，第 93 頁。

〔註105〕左拉：《金錢》，人民文學出版社，1980 年，第 90 頁。

〔註106〕茅盾：《子夜》，人民文學出版社，1960 年，第 559 頁。

〔註107〕瞿秋白：《〈子夜〉和國貨年》，《瞿秋白文集：1》，人民文學出版社，1953 年，第 438 頁。

以及政治狀況對經濟基礎的反作用力。《子夜》裏的「益中公司」是對《金錢》
裏的「世界銀行」有意識的模仿，二者大同小異，但茅盾卻為其增設了一個
功能：「保護中國民族經濟的發展，迫使外國資本投降或至少處於合作地位。」
〔註 108〕這正是茅盾借鑒左拉又超越左拉的地方，充分顯示了茅盾「為人生」
派的特色。

第四，將科學實驗的態度和方法用於小說創作。

茅盾從自然主義對真實的高度追求中深受啟迪，形成了自己文藝創作的
真實觀。他曾多次撰文強調：「自然主義最大的目標是真」，「若求嚴格的『真』，
必須事事實地觀察」，然後「把觀察的照實描寫出來」〔註 109〕。對文學真實
性的高度追求是茅盾接受西方自然主義文學的一個根本觀念，在這個觀念的
引導下，他將自己從生活中積累獲得的感受、經驗與有意識的觀察有機結合，
使之成為小說題材上的直接來源，這是他實現小說客觀真實性的基礎。《蝕》
三部曲、《子夜》《春蠶》都是這麼創作而成的。每次動筆創作之前，茅盾總
是在佔有豐富的生活經驗的基礎上，還堅持親臨實地，仔細觀察，以掌握大
量翔實的第一手資料；然後在此基礎上，定下寫作計劃，列出詳細大綱，在
對社會現象看得非常清楚之後，才「照實描寫」。這些積累、搜集、佔有生
活素材，歸納、整理、提煉大綱等創作前的一系列準備活動，所體現的正是
科學家做科研論文般的科學研究精神。這種科學精神為茅盾的小說創作帶來
了好處：《子夜》描繪了極其宏闊的社會生活畫卷，涵蓋了紛繁複雜的社會
內容，頭緒繁雜，人物眾多，但作者科學理性的創作態度和方法，卻使得小
說結構顯得脈絡清晰，繁而不亂，雜而有章，成為中國現代長篇小說結構的
典範。

第五，性描寫以及細節描寫。

茅盾許多作品都夾雜了性描寫成份，其中不乏對女性肉體的精細刻畫、
本能欲求的大膽流露、戀愛糾葛的生動描摹、兩性關係的著力渲染。比如《幻
滅》中，對抱素周旋於靜和慧之間的三角戀情，靜在溫柔的幻想中的失身，
慧兩性關係的隨意而放蕩等描寫都非常細緻入微；《動搖》中描寫方羅蘭與孫

〔註 108〕馬立安・高利克：《中西文學關係的里程碑》，北京大學出版社，1990 年，第
　　　　87 頁。
〔註 109〕茅盾：《自然主義與中國現代小說》，《茅盾全集：18》，人民文學出版社，1989
　　　　年，第 235 頁。

舞陽之間關係時也有不少性暗示;《追求》中史循與章秋柳在上海郊外的偷歡;《子夜》中吳蓀甫對女傭的性騷擾,趙伯韜與劉玉英的鬼混;《詩與散文》中桂奶奶與青年丙的偷情;《動搖》中裸體女人被士兵百般折磨的場面等,都可以歸入自然主義性描寫的範疇。

在細節真實描寫方面茅盾也深受自然主義的影響。茅盾對「真實」的追求使其作品在細節方面細膩嚴密,入絲入扣,著意於色彩的變化和明暗的對比,富於質感和層次感,達到了很高的真實,成為作品最引人入勝的部分,極大地強化了作品的藝術感染力。

第六,自然主義式人物塑造。

在人物刻畫上,茅盾同樣借鑒了左拉的做法。其小說中的人物多有左拉筆下角色的影子:「桑多爾夫男爵夫人在某種程度上是劉玉英的樣板」〔註110〕,吳蓀甫家的常客「近視而聰明的經濟學教授李玉亭與雖患有結核病卻異常博學的西基斯蒙·畢式之間明顯存在著不可忽視的文學聯繫:他們都具有心不在焉的氣質、經濟理想主義和空想家的精神。」〔註111〕受自然主義的影響,茅盾將人物形象的塑造視為小說創作的首要問題。在人物與故事的關係上,他將人物置於更為重要的地位,這是對左拉觀點的借鑒,左拉曾對人物和故事之間的辯證關係作過精闢的分析:「事件只是人物的邏輯發展,最重要的問題是要活生生的人物站立起來,在讀者面前盡可能自然地演出人間的喜劇。」〔註112〕茅盾同樣強調「應當由人物生發出故事。人物是本位,而故事不過是具體地描寫出人物的思想意識。」(《創作的準備》)他曾經將人物與故事的關係比喻為血肉關係,認為應該「以故事繫於人物,即人物為骨而以故事的發展為肉。」(《關於大眾文藝》)

上文說過,茅盾是十分重視表現理想的,所以其作品中不乏理想人物。在理想人物的塑造方面,茅盾在理論上主張「寫實主義」,他曾批評過托爾斯泰作品中的主人公不夠真實:「他書中的環境是現實的環境,他書中的陪襯人物,也都是現實的人;獨有書中的主人翁便不是現實的,而是理想的,是托

〔註110〕 格魯諾:《茅盾的小說──新中國文學中的重要現實主義作品》,《亞非研究》,1957 年第 11 期。

〔註111〕 馬立安·高立克:《中西文學關係的里程碑》,北京大學出版社,1990 年,第 89 頁。

〔註112〕 左拉:《論小說》,朱雯等《文學中的自然主義》,上海文藝出版社,1992 年,第 206 頁。

爾斯泰主觀的英雄。」〔註113〕在自己著手創作時，他也避免塑造這種理想的「英雄」，而是接近於左拉的那種「純粹的寫實主義」。他所刻畫的一個又一個神采各異的資本家和知識女性形象，在人格、性格、心理等方面都有著各自的弱點或缺陷，都不是理想化了的，而是不加粉飾、現實中的人物，真實可信。

自然主義文學注重人物心理描寫的做法也深刻影響了茅盾，在追求客觀真實方面，他不僅著力於表現人物言行舉止的真實，而且注重展示人物心理、情緒的真實，從而求得人物描寫中行動真實和心理真實的有機統一，這成為茅盾小說真實品格的一個重要內容。茅盾是一位擅長心理描寫的作家，他十分欣賞西方 19 世紀小說中的心理描寫，贊其「心理解析的精微真確」，「注重在心理的分析，務使事情入情入理」〔註114〕。

由於科學理性的創作心態，茅盾採用全面、冷靜、客觀的科學態度真實地設計、描寫作品中人物的各個方面，不帶感情地引導讀者研究、分析這些人物在社會環境的壓迫之下，如何艱難地或前進或頹廢或滅亡，並且讓讀者從中得到啟迪與借鑒。作者科學理性的創作心態，為讀者和作品人物之間設置了一定的「審美距離」，這使得讀者不會輕易為作品人物的遭遇命運而激動，轉而客觀而冷靜地審視、瞭解人物，分析、研究他們的個性和命運等，並在此基礎上思考、探討作品以外更加廣泛、深刻的外延，從而真正實現作者「表現人生」「指導人生」的創作目的。

總之，茅盾對於西方自然主義文學創作精神和方法有選擇地進行了取捨、吸收，並在此基礎上形成了自己早期的以「真實」為核心的文藝觀。儘管茅盾對自然主義的理解存在著一定誤讀和主觀「偏見」：在左拉的「絕對客觀性」和龔古爾兄弟的「部分主觀的自然主義」之間，他更喜歡後者〔註115〕，儘管他在創作中對自然主義文學的借鑒給他的小說帶來了一些瑕疵，但從整體上看，自然主義於茅盾仍然是「利大於弊」，因為自然主義因素的運用，茅盾的作品從結構上看，雄渾壯觀，波瀾壯闊，具有史詩般的恢弘氣勢；從細節上

〔註113〕茅盾：《人物的研究》，《茅盾全集：18》，人民文學出版社，1989 年，第 472 頁。

〔註114〕沈雁冰：《近代文學體系的研究》，劉貞晦《中國文學變遷史》，上海新文化出版社，1921 年，第 28 頁。

〔註115〕邦妮·S·麥克杜格爾：《介紹進入現代中國的西方文學理論，1919～1925 年》，第 177 頁。

看，則真實細膩，鮮明生動，合情合理，入木三分。

在中國，茅盾是宣揚自然主義最著力的一員，其作品也被公認為最能體現自然主義對中國文學的影響，然而，茅盾對待自然主義的態度是複雜、矛盾、多變的。大體可以將茅盾對自然主義的接受過程與態度分為六個階段：

（一）1920年代早中期由反對到積極紹介和宣揚：1920年左右，茅盾反對自然主義而看重新浪漫主義，後來在胡適的影響下，態度發生轉變。1921年7月，胡適到上海商務印書館考察，讀了《小說月報》後，約見茅盾、鄭振鐸，勸告茅盾停止大力宣揚「新浪漫主義」。茅盾接受了胡適的建議、批評，立即轉向介紹、倡揚自然主義，打算通過自然主義（寫實主義）走向現實主義。他在8月16日致信胡適，談了自己下一步打算：「前次聽了先生的話，就打算從第八號起的《小說月報》上，期期提倡自然主義；八號內批評創作一篇已把自然主義眼光去批評。但一般讀者對於自然主義是何物，怕也不很明白，所以打算出一期專號。現在因為記得本年十二月是 Flaubert 生日百年紀念，擬把十二號作為自然主義號」。在信中他還羅列了「自然主義專號」擬涵括的具體內容：一、通過「創作討論」引導自然主義討論，闡明自然主義；二、選擇最好的國外介紹文學上的自然主義的論文翻譯刊登；三、選編自然主義作品譯叢，包括「佛勞貝（短篇一）」；「莫泊三的《歸來》，並與田納孫的『Enoch Arden』〔按：丁尼生《伊諾克·阿爾登》〕進行比較，顯出自然派與浪漫派對於同一事觀察之不同」；「西歐其他各國接受自然主義的中堅作家的作品」，如德國 Aolg 的短篇，北歐 Kiclland〔按：娜威作家謝朗〕的作品，日本國木田獨步之《女難》等。

1922到1923年間茅盾熱衷於討論自然主義，他以《小說月報》為平臺，發起了關於自然主義的論戰，掀起了宣揚自然主義的熱潮。對於茅盾是否提倡自然主義的問題，早在1979年，茅盾《回憶錄》尚未發表之前，學者樂黛雲就撰文指出：「茅盾確實提倡過自然主義，但這時他的思想中，自然主義與現實主義並沒有很明確的界限。有時他甚至是在同一概念上運用這兩個詞的。」該文以《曹拉主義的危險性》為例，說明茅盾「一開始就是把自然主義的社會觀和它的寫作方法嚴格區分開來，多次強調所提倡的只是後者。」「茅盾在提倡自然主義的過程中也還是經常懷疑動搖的，不能自信。」〔註116〕

（二）1920年代晚期的辯解：在1928年，茅盾曾對自己大力宣揚自然主

〔註116〕樂黛雲：《茅盾早期思想研究》，《中國現代文學研究叢刊》，1979年第1期。

義的行徑表示懺悔和辯解：「我曾經熱心地——雖然無效地而且很受誤會和反對，鼓吹左拉地自然主義，可是到我自己來試作小說的時候，我卻更近於托爾斯泰了。……我的意思只是：雖然人家認定我是自然主義的信徒，——現在我許久不談自然主義了，也還有那樣的話，——然而實在我未嘗依了自然主義的規律開始我的創作生涯。」〔註 117〕

（三）1930 年代的客觀：1934 年，茅盾又開始對自己與自然主義之間的糾葛持客觀分析的態度：承認自己在「開始叩『文學』的門」之時，「是一個『自然主義』與舊寫實主義的傾向者」。1936 年，在《談我的創作》一文中，他坦陳莫泊桑、左拉等人的作品對自己的創作影響深刻。

（四）1940～1970 年代的緘默、否定、再緘默：1930 年代以後，茅盾對自然主義保持了長時間的緘默，直到 1958 年寫作《夜讀偶記》，茅盾開始對自然主義全面否定，認為自然主義是個「暗坑」。之後茅盾對自然主義又恢復緘默態度，一直閉口不提。造成茅盾對自然主義這樣態度的一個主要原因是這一時期政治因素對文學的介入、意識形態對文學創造及評論的統領，政治意識形態因素造成了自然主義被人為地妖魔化，身為主流意識形態代言人的茅盾，不可能發表與主流意識形態相違的言談。

（五）新時期的重新承認：新時期，在十分寬鬆、自由的文藝氛圍中，茅盾重新開口談論自然主義的影響：「還有法國的左拉、莫泊桑，我都讀過。我想這些都有影響。」〔註 118〕1981 年茅盾去世前承認自己早年創作第一部小說《幻滅》時曾受過自然主義影響。〔註 119〕

三、「中國的左拉」李劼人

李劼人的小說因寫實而客觀的筆法、氣勢磅礡的史詩性，被學界稱為「大河小說」。他的以四川歷史為主要書寫內容的三部長篇小說《死水微瀾》《暴風雨前》《大波》（俗稱「大河三部曲」）都明顯受到自然主義文學的影響，在寫作方法上與西方自然主義作品有相通之處，有研究者甚至聲稱：「李劼人在

〔註 117〕茅盾：《從牯嶺到東京》，《茅盾全集：19》，人民文學出版社，1991 年，第176 頁。

〔註 118〕茅盾：《答北京語言學院留學生》，《茅盾全集：27》，人民文學出版社，1996年，第 402 頁。

〔註 119〕周薇：《茅盾與自然主義——中國社會主義現實主義源流考之一》，華中師範大學碩士論文，2006 年，第 3 頁。

體例借鑒、手法運用上可以說是中國現代文學史上最接近法國自然主義創作理論的唯一作家。」〔註120〕因為作品中明顯的自然主義因素，李劼人被不少研究者拿來與左拉相提並論：郭沫若在讀了《大波》後，讚不絕口，慧眼獨具地寫下一篇萬餘言長文——《中國左拉之待望》，熱情洋溢地期待其成為「中國的左拉」，並在文章結尾對李劼人進行鼓勵：「精公（指李劼人），你一點也不要失望！請趕快把你的新《魯弓·馬卡爾叢書》逐一逐二地寫出！」據向郭沫若推薦李劼人作品的劉弱水說，李劼人自己在創作前也確實有意識地模仿左拉的作品：「據劉弱水說，李的創作計劃有意仿傚左拉的《魯弓·馬卡爾叢書》，每部都可以獨立，但各部都互有聯繫。」〔註121〕曹聚仁則直接稱李劼人「是中國的左拉」（《書林新話》），將其與左拉等人進行對比，並給予很高評價：「從寫作技巧上說，李氏也是一個很成熟的作家。」「其實，現代中國小說作家之中，李劼人的幾種長篇小說其成就還在茅盾、巴金之上。」〔註122〕司馬長風對李劼人同樣青眼有加，將之列入「三十年代長篇小說大家之一」，認為李劼人「風格沈（沉）實，規模宏大，長於結構，而個別人物與景物的描寫，又極細緻生動，有直迫福樓拜、托爾斯泰的氣魄。」〔註123〕劉再復認為：「李劼人的《死水微瀾》應當是最精緻、最完美的長篇了。也許以後的時間會證明，《死水微瀾》的文學總價值完全超過《子夜》《駱駝祥子》《家》等。這部小說的女主人公鄧麼姑就是中國包法利夫人，她的性格蘊含著中國新舊時代變遷過程中的全部生動內涵。」〔註124〕《死水微瀾》的法文譯者溫晉儀女士在譯者前言中說：「最使人感興趣的是對女人的描寫，其中就本書的女角——蔡大嫂……在蔡大嫂身上，往往看到了包法利夫人的影子。」〔註125〕美籍學者趙毅衡在《對岸的誘惑》中則寫到：李劼人的《死水微瀾》讓他想起的是左拉的《小酒館》，在市民瑣事中有一股沉鬱蒼涼之氣，其社會場面之開闊，

〔註120〕錢曉宇：《尋找「自然主義」在 20 世紀中國文學中的座標》，《貴州社會科學》，2007 年第 1 期。

〔註121〕郭沫若：《中國左拉之待望》，《李劼人選集：第 1 卷)》，四川人民出版社，1980 年，第 6、4 頁。

〔註122〕曹聚仁：《文壇五十年》，東方出版社，1997 年，第 252 頁。

〔註123〕司馬長風：《中國新文學史：中卷》，臺灣傳記文學出版社，1991 年，第 51 頁。

〔註124〕劉再復：《百年諾貝爾文學獎和中國作家的缺席》，《北京文學》，1999 年第 8 期。

〔註125〕見《李劼人作品的思想與藝術》，中國文聯出版公司，1989 年，第 229 頁。

與福樓拜的小說甚為異趣。甚至，某些對李劼人的批評，例如說情節枝蔓鬆散、不必要的細節等，也可以用到左拉身上。〔註 126〕

　　李劼人有過關於自然主義的直接評論，分析他的這些評論，我們可以發現他對待自然主義的態度前後是有變化的。前期他對自然主義持接受的態度，這和他在法國的留學生活有關，留學法國期間，李劼人寫作了《法國自然主義之後的小說》，對法國自然主義做出了中允客觀的評價。在隨後的創作中，李劼人有意識地借鑒了法國自主義，創作了著名的「大河三部曲」。在《暴風雨前》發表後，評論界開始稱呼李劼人為「中國的左拉」，其作品也被劃上法國自然主義的記號，對於這些觀點，李劼人都沒有表示過反對，更沒有進行辯解，可見，他當時是接受這些觀點的。可是，隨著自然主義在中國不斷被批判、被否定的遭遇，李劼人對自然主義的態度轉變成了全盤否定。1953 年，當人民出版社約他再版《大波》時，他說看自己的作品覺得「臉紅」，這臉紅的原因就是因為小說中所謂的「自然主義臭味」，因此他重新改寫《大波》，「在新版的《大波》三部曲中，李劼人力避自然主義，竭力剔除掉文本中的『自然主義因子』，惟恐被扣上『自然主義作家』的帽子」〔註 127〕。

　　李劼人前期對法國自然主義的接受與 1919～1924 年其在法留學生活有關。他在自傳中寫道：「在法國，我在巴黎前後兩次共住兩年半，還在幾個城市住過。進過兩個大學，即蒙北列大學和巴黎大學，都選讀文科，讀過法國文學史、近代批評文學、雨果的詩等課。還進過補習學校和公立中學。」在法國，李劼人還大量翻譯了莫泊桑、都德、福樓拜、左拉、龔古爾兄弟、赫勒、納魏黨、羅曼羅蘭等數十位法國作家的作品：「當時翻譯了《人心》《小對象》《婦人書簡》《達哈士孔的狒狒》《女郎愛里沙》《馬丹波娃利》(《包法利夫人》)幾部長篇文學作品和一部分短篇小說，用的是真名」〔註 128〕。對福樓拜和莫泊桑，李劼人更是情有獨鍾，將《馬丹波娃利》《人心》這兩部作品各譯了三遍。

　　最能體現李劼人對法國自然主義理解和接受的是長篇論文《法國自然主

〔註 126〕　參見《李劼人與福樓拜的創造性對抗》，http://blog.sina.com.cn/s/blog_55d9df3
　　　　　4010006jm.html

〔註 127〕　毛衛利：《重理〈大波〉三部曲與法國自然主義的關係》，《商業文化》，2009
　　　　　年第 8 期。

〔註 128〕　李劼人：《自傳》，《中國現代作家傳略》，四川人民出版社，1981 年，第 78
　　　　　頁。

義之後的小說》。1922 年,李劼人在法國留學期間寫作了此文並寄回國內發表。該文雖然意在探討自然主義以後的法國小說,但對自然主義的分析評價卻為中國當時的文藝界瞭解法國自然主義提供了一份重要材料。該文對自然主義文學的發展過程和衰落原因作了比較公正的分析,為自然主義在中國的傳播發揮了一定作用。李劼人把自然主義分成三個派別:一是寫實派,如左拉、莫泊桑等;二是理想派,如費葉、舍爾毗烈、浮茫丹等;三是印象派,如龔古爾兄弟、多德等。他認為:「三派之中,以寫實派為最有力量,最富於特殊色彩」,他還客觀分析了左拉自然主義的優點和劣勢:「左拉學派的長處,就是能利用實驗科學的方法,不顧閱者的心理,不怕社會的非難,敢於把那黑暗的底面,赤裸裸地揭示出來」〔註129〕。缺陷則在於:一方面,只重視外在的純客觀的描寫,卻不涉及人類內在心靈:「只重實質的經驗,忽視心靈的力量」,「只把實質的對象一絲不走的寫下來,彷彿編演了一段不加說明的活動電影,而心靈的對象卻不涉及」;另一方面,雖然暴露了人生的醜惡,卻不指明前途,令人悲觀失望:「描寫人生,固能憑其觀察所得,毫無顧忌,將重重黑幕,盡力的揭破。然而只是用力在黑暗的正面,只管火辣辣的描寫出來,……猶之醫生診病,所說的病象誠是,卻不列方案。」〔註130〕。

儘管李劼人看到了自然主義的弊端,但在創作時仍然借用了其創作手法,原因在於自然主義文學直面人生、社會,強調敘述的客觀性的創作特點正是深刻暴露現實的黑暗,刺激人們奮起反抗的一個強有力的武器,能夠滿足當時中國文學啟蒙任務的需要。李劼人對這樣的文學真實觀非常讚賞,他公開宣稱:之所以翻譯《霸都亞納》,「實在是因了它那描寫的真實、深切、自然而感興趣。」〔註131〕

李劼人早期短篇創作中帶有「羅曼主義」「胡思亂想」式的創作觀念,熱衷那種萬能評判、喜歡開醫方、主觀臆斷性較強的敘述方式。通過對自然主義文學作品和理論的分析、學習,李劼人對自己的創作欠缺有了清醒認識,他放棄了那種主觀性強的創作方式,轉而採用自然主義文學的攝影師式的手

〔註129〕 李劼人:《法蘭西自然主義以後的小說》,《少年中國:第3卷第10期》,四川人民出版社,1992 年,第 47 頁。

〔註130〕 李劼人:《法蘭西自然主義以後的小說》,《少年中國:第3卷第10期》,四川人民出版社,1992 年,第 53 頁。

〔註131〕 《李劼人與福樓拜的創造性對抗》,http://blog.sina.com.cn/s/blog_55d9df340 10006jm.html。

法，拍攝生活的畫面，使作品完全成為一種客觀寫真、紀實顯現。李劼人作品中貫穿始終的高度「寫實」原則，成為其與自然主義文學發生關聯的最根本基點和最突出表現。

正是源於對文學真實的高度追求，李劼人不像其他作家那樣「藝術地再現」現實生活，而是借鑒左拉等自然主義者所主張的「記錄」與「再現」，追求科學式的真實與精準，使得小說在內容上具有相當的歷史文獻性，因此有不少研究者把他的作品當作歷史傳記來閱讀應用。由此，「歷史」成為李劼人的小說與自然主義文學發生關聯的又一個基點，在小說中寫「史」，把小說當作歷史來寫，是李劼人對自然主義文學的成功借鑒。

李劼人的小說較為注重敘事話語的客觀性，儘量保持客觀中立的態度。他在作品的敘事過程中多使用非個人敘述話語，有意淡化作者的存在，很少以作者的身份出面發表評論或者意見等，從而給讀者留下自主評判的權利和獨立思考的空間。為了保持客觀，他的作品中不見高大全的英雄形象；在描寫正面人物時，儘量避免堆砌褒義詞語，而在處理為一般道德所批判的黑幫等類人物時，也並不使用貶義詞語，反而會從人性的角度出發，挖掘他們的長處。這與當時通用的「好人全好，壞人全壞」的創作方式有著很大差別，而與法國自然主義文學的創作方法非常接近。因此，「客觀」成為李劼人的小說與自然主義文學呈現出一致性的第三個關鍵詞。

受自然主義文學追求純粹客觀的真實的創作觀念的影響，為了追求逼真，李劼人也往往不惜筆墨進行繁瑣細節和感官享受的描寫和羅列。「細節」是李劼人小說與自然主義文學發生關聯的第四個基點。

李劼人作品中的三個性格潑辣、反叛張揚的女性：蔡大嫂、伍大嫂、黃太太，在各自的愛欲生活中，都有大膽舉動，表現出一種原始的野性和放縱。在描寫羅歪嘴與蔡大嫂不正常關係時，也有對生理方面的細膩描寫，存在著自然主義「注重肉慾」的傾向。據此，可以將「性描寫」作為李劼人的小說與自然主義發生關聯的第五個基點。而面對這個大膽甚至肆無忌憚地追求本能欲求的盡情釋放，甚至不惜為此公然違背傳統倫理道德的女性，作者也並沒有像傳統作家那樣，從道德判斷的角度對這種婚外情作出是非評價，而是通過客觀冷靜的描述極力張揚蔡大嫂追求獨立人格、敢於反抗的精神，顯示出李劼人與自然主義所極力主張的客觀中立的創作立場達到了高度一致。

　　雖然李劼人的小說學習、借鑒了一定程度的自然主義色彩，但並不是對後者的機械照搬。同西方自然主義文學相比，李劼人作品不那麼悲觀消極，這是二者之間最大差別。左拉作品強調決定論，例如《盧貢——馬加爾家族》中人物大都遺傳了先輩的生理缺陷，所以其悲劇命運往往像是已經預先注定了的，一般總是走向悲劇結局，顯示出較為濃重的悲觀色彩。李劼人作品相對而言比較積極樂觀，不願意讓讀者對生活失去信心，其結局儘管不是讓人振奮的，也還是給人以一定的慰藉。郭沫若稱之為「作品的健全性」——作者積極的態度：「儘管也在描寫黑暗，儘管也在刻畫性行為，但他有他的一貫的正義感和進化觀。他的作品的論理的比重似乎是在其藝術的比重之上。他對於社會的愚昧、因襲、詐偽、馬虎、用他那犀利的解剖刀，極盡了分析的能事，然其解剖刀的支點是在作者的淑世的熱誠，……社會是進化著的，人間的積惡隨著社會的開明終可以有改善的一天，這似乎是作者所深信著的信條，有了這樣的信條，作品的健全性也就有了保障。」〔註132〕其實我們前面已經說過，法國自然主義文學也並非完全客觀、全無作者個人傾向，只不過這個傾向表現得較為隱晦而已。另外，李劼人作品中較少體現對待科學的明確態度，這是他與西方自然主義文學之間的主要差異之一。

四、作品「蒙上一層自然主義的色彩」〔註133〕的張天翼

　　張天翼曾聲稱：「對我影響很大的作家有狄更斯、莫泊桑、左拉、巴比塞、列夫·托爾斯泰、契訶夫、高爾基和魯迅。……當我閱讀到這些作家的作品時，我意識到自己是多麼微不足道。然而，我也因此下了更大的決心來學習和寫作，好像就在這些老師的指導之下一樣。」〔註134〕這些作家客觀、冷靜、寫實的創作風格，對張天翼產生了重要影響，其創作的基點就是真實、客觀，其作品就是對現實生活的忠實記錄與客觀再現。因此，張天翼「在創作裏所用的手法」，被認為「是接近於自然主義的『客觀現實主義』」〔註135〕，其作

〔註132〕郭沫若：《中國左拉之待望》，《李劼人選集：1》，四川人民出版社，1980年，第6頁。

〔註133〕黃侯興：《張天翼的文學道路》，上海文藝出版社，1993年，第156頁。

〔註134〕見張晉軍：《試論張天翼諷刺小說中果戈理與契訶夫的影響》，《太原大學教育學院學報》，2007年第1期。

〔註135〕李健吾：《三個中篇》，《李健吾創作評論選》，人民文學出版社，1984年，第522頁。

品被評價為「蒙上一層自然主義的色彩」。早在 1931 年張天翼發表短篇小說《二十一個》時，就有評論家指出其中顯露的自然主義因素，馮乃超曾評價到：「張天翼的作品已經表示他要離舊形式的影響，而回到自然主義的路上去。」〔註 136〕

張天翼作品中的自然主義因素體現在以下幾個方面：

首先，鮮明的審醜溢惡傾向。

為了增加真實再現生活的深度和力度，張天翼分外關注現實生活中醜陋、卑下的人物，以及腐朽、罪惡、悲慘的現象，將之真實地寫進作品，以「揭露現實生活中的各種矛盾，展示生活中形形色色的人物，特別要剝開一些人的虛偽面孔，揭穿他們的內心實質」〔註 137〕，「把世界上那些假臉子剝開，露出那爛瘡的真相就算數」〔註 138〕。這與自然主義文學審醜溢惡傾向極為吻合。

其次，冷靜、中立，具有明顯的無傾向性。

對於現實生活中的人生世相，張天翼採用「忠實的記錄員」立場，不加諱飾地如實記錄，不區分好壞，不評判是非，這與自然主義的「零度情感」、無傾向性文學理念不謀而合。在拒絕作家主觀因素介入作品、追求絕對客觀的自然主義文學理念的引導下，張天翼許多作品顯得過於客觀冷靜，招來不少負面評價，也導致學界將其與自然主義聯繫在一起。胡風曾批評到：「他的唯物主義，不過是對歷史對人民採取旁觀態度，以為都不過如此，都一目了然，不過是他『諷刺』或『冷嘲』的對象而已。這是一種站在『芸芸眾生』旁邊甚至上面的，冷眼旁觀的玩世不恭的態度，和唯物主義即現實主義貌似而非」〔註 139〕，其結果只能「回到自然主義的路上去」。

再次，注重對人的本能和原始欲望的描摹。

同自然主義作家一樣，在靈與肉之中，張天翼更為關注人的本能和原始欲望。在短篇小說《荊野先生》裏，作者借主人公李荊野之口發表了一番關於本能的議論：「人是人，人就不能夠知道自己的行為，一切行為都是 Spontaneous 的，不能要怎樣生活便怎樣生活著。生活的方式各有不同，也不能說那種道德，那種不道德。」

〔註 136〕沈承寬等：《張天翼研究資料》，中國社會科學出版，1982 年，第 230 頁。
〔註 137〕張天翼：《張天翼文集：第 9 卷》，上海文藝出版社，1991 年，第 460 頁。
〔註 138〕張天翼：《什麼是幽默》，《張天翼文學評論集》，北京人民學出版社，1984 年，第 26 頁。
〔註 139〕胡風：《胡風評論集：後記》，人民文學出版社，1985 年，第 380 頁。

性描寫是張天翼作品經常接觸的一個重要主題。其第一部短篇小說集當中的《報復》便是此主題的開篇。張天翼或者通過對人物紊亂的性行為、性關係的直白描述，揭示那些自我標榜為「進步、文明」代表的青年人性道德的墮落；或者通過對那些道貌岸然的所謂的「正人君子」「社會名流」們男盜女娼的真實生活的無情暴露，揭示上流社會放縱墮落的生活真相和腐朽反動的本質。

第四，通過對極度物慾膨脹下人的醜惡嘴臉的描摹，揭示人性醜惡的一面。

在張天翼作品中，人的物慾極度膨脹，把金錢看得異常重要，金錢把人變得異常自私、虛偽、殘忍、冷酷，讓人際關係變為單純的金錢交易關係。金錢主宰、支配著人的靈魂和行動，使人性墮落為蠻性和獸性。《善女人》中，在利慾的支配下，原該是勸人修行積善之淨土的菩提庵，變成引人墮落的魔窟，其主持老師太，是一個「什麼地方都得撈點好處」的見錢眼開的高利貸主；主人公長生奶奶，一方面長期「吃齋念佛」以「積德修世」，另一方面卻在金錢的支使下，用高利貸殘酷盤剝自己的親身兒子，逼得兒子最後尋了死路——金錢的欲望使人世間至真至純的母子關係變成了赤裸裸的金錢關係，使世界上最寶貴、最無私的母性淪落為最可鄙的貪欲。《一個題材》主人公慶二老娘，一個早年守寡的「節婦」，聽說寫文章可以「賣大錢」，不惜向寫文章的翰少爺無恥地吐露埋藏在心底多年的隱私：為討債，她曾逼死過大井坳的器九呆公；為了族上給了她 300 元錢去滾利和「節婦」的美名，她年輕時曾被族紳解太爺「強姦」了好幾回。獨幕劇《老少無欺》中屠三小姐的使女春桃，為了救治重病的父親，被迫向嫖客朱長福賣淫，自稱「知書達禮」的「上等人」屠三小姐得知後，大罵其是「私娼」「禽獸」，敗壞了她家門風，不許春桃的手碰她家的東西，並要把春桃攆走，一副貞節烈婦的形象。但後來聽說朱長福每月給春桃 200 元時，屠三小姐居然也願意為了 200 元「酬金」主動向朱長福賣淫，前後嘴臉的變化形象地揭示了破落戶小姐內心骯髒的金錢欲望與無底線。

最後，將目光瞄準下層平民，著意描摹他們的內心世界。

與自然主義的平民文學傾向一樣，張天翼走進新文學領域伊始，就立意描寫社會底層小人物們的生活與命運，他認為人數眾多的下層平民的內心世界紛繁複雜，頗具研究意義，所以從第一本短篇小說集《從空虛到充實》開

始，即將目光瞄準中底層社會，真實客觀地表現他們的現實生活，剖析他們的精神意識和內心深處的本能和欲望。

此外，同自然主義小說一樣，張天翼作品不太注重情節，而更為關注人物的刻畫。《張天翼文學評論集》中收錄的《談人物描寫》《從人物出發及其他》《關於人物性格與典型問題》《關鍵要熟悉瞭解人物》等論文中，張天翼評價小說優劣好壞的標準是人物而不是傳統小說家和評論家們注重的情節：他認為小說中「人物總是居於主動地位，是人物自己在活動而有故事，人物第一」，他還曾說作家的「興趣全不在故事本身，而在人物身上。只要借點兒事情把一個人物之為人寫了出來，就已經是交代清楚了」。他的小說也表現出了這種人物中心論特點，不追求曲折離奇的情節，不在小說的結構布局以及情節發生、發展和高潮方面下工夫，而強調對真實環境中真實人性的逼真描摹，以至於他的作品缺乏傳統小說中的情節，大多只是一個個人物的一個個人生片段。因此有人曾評價：「他的故事沒有穿插沒有布局，非常的散漫鬆懈……張先生的作品，僅能成為斷片，而不能成為藝術的整體，它的長篇小說《一年》隨處都可以切斷結束，再寫上幾百頁下去亦無不可。」〔註 140〕張天翼就是通過對這些缺乏完整性和連續性的人生片段的真實再現，挖掘人物內心世界，展示其性格的真實性和複雜性。

五、「左拉不及門的弟子」〔註 141〕路翎

因為作品中明顯的自然主義傾向，路翎曾被郭沫若稱為「左拉不及門的弟子」，李健吾也持相同觀點：「我們翻開《飢餓的郭素娥》，恍如當著高揭自然主義的左拉（Emile Zola）的理論，我們不期而在遠迢迢的中國為他找到一個不及門的弟子」，《飢餓的郭素娥》中顯露的「衝勁兒，長江大河，漩著白浪，可也帶著泥沙，好像那位自然主義大師左拉」；主人公郭素娥為著「渺茫而礦妄的目的」，大膽而執著，一如包法利夫人；以郭素娥為代表的芸芸眾生就是欲望的奴隸，「永遠『赤裸裸』的為活著鬥爭」，他們活著就是「為爭取生命的基本的存在，性和糧食」〔註 142〕。還有的研究者認為路翎小說「樸實而

〔註 140〕慎吾：《關於張天翼的小說》，沈承寬，黃侯興，吳福輝《張天翼研究資料》，知識產權出版社，2010 年，第 219 頁。

〔註 141〕郭沫若：《文藝論集續集：「眼中釘」》，人民文學出版社，1979 年，第 90 頁。

〔註 142〕李健吾：《三個中篇》，《李健吾創作評論選》，人民文學出版社，1984 年，第 527～528 頁。

深致的筆法頗相似於自然主義旗幟下的作品，真實人生的面影勾勒得清清晰晰，平凡的生活在這兒有了價值。」〔註143〕路翎自己在談及外國文學對自己的影響時，也曾提到自然主義，認為「福樓拜的《包法利夫人》和莫泊桑的作品」「德萊塞的《嘉麗妹妹》」對自己的創作產生了一定影響和幫助，而文藝理論作品中，「日本廚川百村的《苦悶的象徵》在中國流行很久，我看過也很久了，我還時常記得他的對人生有深的感情的理論觀點。」〔註144〕

路翎曾經直接評論過自然主義文學。在《認識羅曼·羅蘭》一文中，他花了大量篇幅評價自然主義代表作家，論證他們對描寫醜惡的執著：福樓拜帶著「幾乎是絕望的心情收拾了市民社會的醜惡而陰暗的碎片，一面就向著什麼樣的一種宗教，用誘惑來試驗自己底心靈；而顯然的，在那種頹廢的，可恥的狀態裏面，『靈』和『肉』一類的掙扎，是徒然的。」莫泊桑的作品則「顯露了他底自私的陰冷。」在左拉的自然主義作品中，「那些被描寫在生物的狀態裏的人物——小市民們——是純然醜惡的。」路翎分析到：左拉等自然主義作家因為身處「苦悶的時期」，所以往往有意識地審視生活中醜惡的人與事，極力挖掘社會上、人性中的醜惡。他們對醜惡的描寫，顯示了作家自身的「苦悶」，以及「疲乏的、乾枯的、平庸的感情」，他們對「筆下的人類的厭惡，一般地也就是對於自己的厭惡。」路翎還指出，雖然「這厭惡在歷史底光輝下顯出它底偉大而動人的意義來」，但是「左拉和他底衛星們，是都對人生身處的戰鬥妥協了。」〔註145〕字裏行間流露出對自然主義審醜溢惡傾向的不贊成。

路翎還曾撰文《讀茅盾底〈腐蝕〉兼論其創作道路》〔註146〕，評價自然主義對茅盾的深刻影響：「在茅盾先生底創作方法上，顯然地守著西歐的頹廢的寫實文學——即一般稱做自然主義的——的影響。特別似乎是莫泊桑底影響。莫泊桑底一句表現了他的認識生活的著名的話：『生活並不像我們意想的那樣好，但也不那麼壞』（似乎是在《一個女人的一生》裏面）在《腐蝕》裏

〔註143〕曉歌：《路翎的〈求愛〉》，張環等《路翎研究資料》，北京十月文藝出版社，1993年，第81頁。

〔註144〕路翎：《我與外國文學》，張業松《路翎批評文集》，珠海出版社，1998年，第261頁。

〔註145〕路翎：《認識羅曼·羅蘭》，張業松《路翎批評文集》，珠海出版社，1998年，第11～12頁。

〔註146〕路翎：《讀茅盾底〈腐蝕〉兼論其創作道路》，張業松《路翎批評文集》，珠海出版社，1998年，第62～64頁。

是被引用在重要地位上。」路翎將對茅盾產生深刻影響的西歐自然主義定位為「是站在歷史鬥爭的被動和旁觀的地位上，並且因此飽含著深刻的悲觀主義的」「頹廢資產階級底寫實文學」，明確指出了自然主義文學作品中顯現的頹廢、悲觀因素。他分析到：左拉等自然主義文學家們，「雖然痛惡著腐爛了的走著下坡路的本階級，卻因為不能感覺到新生的人民力量而無法脫離它，因此只能用『寫實』、『暴露』來攻擊它」，並因此而導致了「頹廢和悲觀主義底發生」。正因為他們「不能感覺到新生的力量」，所以「他們底『寫實』並不能真正地寫出現實的本質來」——顯然，他是以當時流行的社會主義現實主義的眼光和標準來評判自然主義的，其中存在著一定的誤讀和偏見。接著，路翎分析了自然主義「頹廢」「悲觀」的審美傾向對茅盾產生了深刻的影響，導致他的作品也流露出明顯的「世紀末的頹廢」情緒：「這西歐的頹廢的寫實主義，和中國那時候所謂的『世紀末』的頹廢的資產階級底氣息，連同著它底對於解脫矛盾的苦悶的渴望，及其基本上的認識現實方法的妥協性，很明顯地一直是茅盾先生底負擔：在他底創作上烙下了極深的印記。」

雖然路翎對自然主義的評價不無偏頗，對自然主義與茅盾之間關係的判斷也不是完全恰當，但他還是比較準確地指出：雖然茅盾作品顯露出自然主義的深刻影響，但是在中國，「並沒有那種構成它自己底藝術體系的自然主義」〔註 147〕。

此外，路翎還在《憶阿壠》中談到自然主義。在論及朋友阿壠寫於抗戰期間的長篇小說《南京》時說：「《南京》是帶有報告文學性的小說，這固然使得作品極富真實性和感染力，但卻不免有自然主義之嫌。」〔註 148〕

雖然由於自然主義在中國長期蒙上的惡名，路翎在言論中對其屢有批判之意，但實際創作中，其作品還是流露出明顯的自然主義痕跡，主要表現在「對於筆下人物所處生存環境、生存狀態的如實描繪，對於人生齷齪、醜陋的逼真再現，對於原始欲望的揭示，對於人物性格表現的生理心理學傾向，對於某些細節精細、冗繁的摹寫，組織結構的鬆弛、蕪雜、不加剪裁等」〔註 149〕等諸多

〔註 147〕路翎：《談文藝創作底幾個基本問題》，張業松《路翎批評文集》，珠海出版社，1998 年，第 90 頁。

〔註 148〕路翎：《憶阿壠》，張業松《路翎批評文集》，珠海出版社，1998 年，第 315 頁。

〔註 149〕張冠華等：《西方自然主義與中國 20 世紀文學》，中央編譯出版社，2007 年，第 129 頁。

方面。

　　同左拉一樣，路翎擅長描寫礦工生活。為了保證作品的真實性，路翎效法左拉，親自深入礦區，體驗礦工生活，積累創作素材，以確保自己所描寫的礦工生活真實自然，他曾「偷聽兩礦工談話，與一對礦工夫婦談話」。胡風也證實：《飢餓的郭素娥》是路翎「在煤礦區生活的紀念」〔註 150〕。左拉等自然主義者擅於從生理層面刻畫人物形象，展示人在欲望本能驅使下的行為和心理，路翎也是如此。《飢餓的郭素娥》中，郭素娥之所以會出軌，就是因為鴉片鬼劉春壽不能滿足她精神和肉體上的強烈需求，是情慾驅使她出軌和反抗，作者以自然主義的真實細膩的描寫，展示了劉春壽和同夥對出軌的郭素娥的百般折磨，為讀者展現了社會的黑暗和人性的險惡，同時也表現出對郭素娥自然生命力爆發的認可。正如前文所言，郭素娥對欲望本能的強烈渴望和主動爭取，一如包法利夫人，也和左拉等自然主義作家筆下的那些「本能的載體」極為相似。

六、巴金、丁玲及其他

　　還有一位受自然主義文學影響較深的是巴金。

　　巴金曾經公開表示過對左拉的喜愛，並自稱深受左拉的影響〔註 151〕，在《談〈新生〉及其他》中，他仔細回憶了在法國閱讀左拉作品並因之萌生創作系列小說念頭的經過，並說：「我二十三四歲的時候，有兩個月一口氣讀完了左拉描寫魯貢－馬卡爾家族興衰的二十部小說。我崇拜過這位自然主義的大師。」

　　巴金於 1927～1928 年間曾旅居法國，期間他閱讀了左拉大量作品，包括《盧貢－馬卡爾家族》全部 20 冊巨著在內。在左拉《萌芽》的啟迪下，巴金創作過一篇直接表現工人鬥爭的作品，並以左拉的名作《萌芽》冠名，後改名為《雪》。馬立安·高立克評價說：「巴金原名《萌芽》的小說《雪》與左拉的《萌芽》十分接近。倘若沒有左拉的《萌芽》，巴金的這部作品很可能就不會寫成」。〔註 152〕

〔註 150〕路翎：《一起共患難的友人和導師——我與胡風》，張業松《路翎批評文集》，珠海出版社，1998 年，第 283～284 頁。

〔註 151〕王淑明：《一年》，《文學季刊》，1934 年第 3 期。

〔註 152〕馬立安·高立克：《中西文學關係的里程碑》，北京大學出版社，1990 年，第 204～205 頁。

　　巴金與左拉在創作上所體現的是不同的方法和風格，但是在氣質、思想傾向上，在對社會、歷史、人生總體的美學把握上，巴金受到了左拉的影響，同左拉一樣，努力讓自己的作品具有強烈的歷史感和鮮明的時代感，他的幾個三部曲系列，傚仿左拉《盧貢－馬卡爾家族》系列，以「寫史」的筆法，對中國「五四」前後的歷史作了全面真實的藝術再現。

　　美國學者奧爾格·朗認為：無論內容和形式上，巴金作品都深受法國革命和文學的影響，「在豐饒多彩的法國文學園地中，巴金選擇來閱讀和受到激勵的主要是干預當代生活的文學作品的代表作。他和他的小說人物頻繁地提到左拉和羅曼·羅蘭。」〔註 153〕文學史家陳則光認為巴金《寒夜》中的曾樹生形象使人想起「福樓拜筆下的包法利夫人和易卜生劇本《玩偶之家》中的娜拉。」〔註 154〕馬立安·高立克曾說：「如果說在諸多俄國文豪中與巴金最為相近的作家要數屠格涅夫，那麼在法國作家中佔有相應位置的是左拉。」他認為左拉及其小說是「推動巴金創作的一個最重要的外來源泉」，他分析了左拉《戴蕾絲·拉甘》在藝術構思上對巴金《寒夜》的影響，認為在巴金所喜愛的所有作品中，《戴蕾絲·拉甘》與《寒夜》最為相近。二者擁有一個共同的神話母題：夜即死亡〔註 155〕。

　　巴金小說《雪》很是可以看出左拉的深刻影響。首先在作品題材上，《雪》與左拉的《萌芽》等小說一樣，都是描寫礦工生活。其次，在創作之前的準備上，巴金學習了左拉科學實證的收集素材方法，曾冒著生命危險下過地下兩百米礦井，親身體驗礦工生活，以便獲得真實的第一手資料。再次，在人物塑造上，《雪》中的幾個人物形象都可以與左拉作品人物對應起來，如小劉與《萌芽》中的艾蒂安，曹蘊平夫婦與《萌芽》中的酒店老闆等。此外，在著力細節描寫、渲染情慾本能、賦予作品悲劇結局等方面，《雪》都顯示出對《萌芽》的借鑒。當然，巴金並非完全地模仿左拉，而是「立足於民族的土壤實現了中國化的超越」。〔註 156〕

〔註 153〕奧爾格·朗：《西方思想對巴金的影響》，張立慧、李今《巴金研究在國外》，湖南文藝出版社，1986 年，第 234 頁。

〔註 154〕陳則光：《一曲感人肺腑的哀歌》，《文學評論》，1981 年第 1 期。

〔註 155〕馬立安·高立克：《中西文學關係的里程碑》，北京大學出版社，1990 年，第 265 頁。

〔註 156〕楊欣：《接受與超越：巴金小說〈砂丁〉〈雪〉創作中的左拉影響》，《襄陽職業技術學院學報》，2020 年第 4 期。

丁玲也被認為與法國自然主義文學有一定淵源。

日本學者北岡正子在《丁玲早期文學與〈包法利夫人〉的聯繫》〔註157〕中，認為她深受福樓拜的影響。沈從文在《記丁玲》中，證實丁玲至少讀過《包法利夫人》10遍，並認為她從《包法利夫人》的女主人公愛瑪身上學到了分析自己的方法，從男作家福樓拜那裡學習描寫女人的方法〔註158〕。馬立安·高利克認為：「丁玲的第一批短篇小說與福樓拜的小說《包法利夫人》和莫泊桑的小說《我們的朋友》之間存在著接觸點。」〔註159〕

還有張愛玲。

張愛玲曾坦承自己曾迷戀於張資平的小說並深受其影響。正如前文所論，張資平對日本自然主義可謂全盤接受，其作品中彰顯著鮮明的自然主義色彩，因此深受其影響的張愛玲，在作品中流露出一定的自然主義因子也就在情理之中。張愛玲曾經有過對於自然主義的直接評論：在「超級張迷」水晶去拜訪她的時候，他們聊起了朱瘦菊的小說《歇浦潮》，張愛玲聲稱自己很喜歡這部作品，讚揚其場景逼真，生動地還原了民國初年上海十里洋場的眾生相，很透徹地挖掘出人性醜惡的一面，稱得上「中國自然主義作品中最好的一部。」〔註160〕姑且不論朱瘦菊的這篇小說是否屬於自然主義作品，單看張愛玲的評價，就明顯可以看出其對自然主義文學的態度：非但不排斥、反感，反而非常欣賞。張愛玲的評價，顯示了她對自然主義文學非常到位的理解與把握，足見她對此有過詳細的研究。

張愛玲的小說與自然主義文學之間的關聯，已經引起了一些研究者關注。王怡靜認為張愛玲《半生緣》中「運用了很多自然主義的描寫原則」，並將之與左拉的《人獸》進行比較，論述二者在作品的寫實性、以普通人物為描寫中心、「從生物本能出發描寫人的獸性」，對人物遭受命運擺佈的描述、對人物心理變化的細緻把捉、「令人心情沉重」的悲劇結局等方面的相通之處。〔註161〕毛毛則從題材的平民化、生活化、小事化；藝術表現手法上的

〔註157〕孫瑞珍、王中忱：《丁玲研究在國外》，湖南人民出版社，1985年，第35頁。

〔註158〕沈從文：《記丁玲》，江蘇教育出版社，2005年，第78頁。

〔註159〕馬立安·高利克：《中西文學關係的里程碑》，北京大學出版社，1990年，第260頁。

〔註160〕清秋子：《張愛玲，她本不是「臨水照花人」》，《海南日報》，2010年1月18日，http://press.idoican.com.cn/detail/articles/20100118542281/。

〔註161〕王怡靜：《自然主義」手法在中國小說中的體現——張愛玲的〈半生緣〉與左拉的〈人獸〉比較》，《創新》，2009年第5期。

「實錄寫真」；對醜惡的大膽暴露；創作主體價值判斷和情感傾向的高度隱藏；對人的本能、性慾的赤裸裸描寫等方面分析張愛玲作品中的自然主義色彩。〔註 162〕

胡曉虹在《談〈半生緣〉的自然主義色彩》〔註 163〕一文中，認為《半生緣》是「具有濃重自然主義色彩的作品」，「作者撇開了中國傳統小說一貫的因果律——『善惡到頭終有報』的寫法」，而「跟自然主義作品的尺碼瞄準看齊。」該文從張愛玲小說呈現的極力挖掘人原始的獸類的本性或本能、描繪人被外界力量控制而無法成為自己命運的主宰等方面論證其與自然主義文學的密切聯繫。

此外，尚有研究者認為張愛玲在小說創作中非常注重細節描寫，其「對於細節的極致雕琢及情節的充沛與盈實豐富了」，「作為自然主義關鍵詞的細節肥大症」的文學內涵。〔註 164〕

張愛玲一直被認為是中國現代作家裏最為客觀的一位。夏志清先生說：「她的小說都是非個人的，自己從沒有露過面，但同時小說裏每一觀察、每一景象，只有她能寫得出來，真正表達她自己感官的反應，自己對人物累積的經驗和世故。」〔註 165〕《半生緣》的人物正是張愛玲「從客觀世界採擷而來的，就像動物學家收集標本一樣。而她有關這些標本的虛構的故事，就像一篇實驗室的報告那樣正確無誤。」可以說，張愛玲的作品在極為客觀的創作立場、追求精準的科學創作態度、對人類本能和欲望的深刻挖掘、對細節描寫的注重等方面都明確顯現出與自然主義文學的高度一致。

第四節　新時期文學創作的自然主義色彩

一、多元文體融合彙集的 20 世紀末「寫實文學」

自 1980 年代中期起，隨著以科學技術為動力的工業化時代的到來及飛速

〔註 162〕毛毛：《張愛玲與自然主義》，http://blog.sina.com.cn/s/blog_533845680100dt3g.html。

〔註 163〕胡曉虹：《談〈半生緣〉的自然主義色彩》，《福建商業高等專科學校學報》，2006 年第 4 期。

〔註 164〕馬泰祥：《張愛玲與「細節肥大症」——以遺作〈愛憎表〉為分析中心》，《現代中文學刊》，2020 年第 4 期。

〔註 165〕水晶：《張愛玲的小說藝術·序》，大地出版社，2000 年，第 6 頁。

發展、改革開放的不斷深入，建立現代化強國成為增強中華民族凝聚力、推動社會前進的核心，市場經濟以前所未有的深度和廣度改變了人們的生活和精神面貌。經過十年「文化大革命」折磨的讀者對空泛的政治理想不再感興趣，而關懷現世、審視自身的閱讀需求日趨強烈，這些深刻體會過「假」「大」「空」之苦的民眾，特別渴望真正意義上的真實，他們更為在意日常生活中的凡人瑣事，更關注自身的精神狀況。在讀者這種閱讀需求的刺激下，歷經數十年極左文藝政策引導的「革命敘事」和「宏大敘事」逐漸式微，中國文學順應時代的發展，逐漸擺脫長期淪為政治工具的命運，開始了自身的創新與變革，自發地展開了對極端烏托邦式的「文革文學」、充溢神秘色彩與浪漫氣息的「先鋒派」文學、「尋根文學」的反動，形成了新時期「寫實文學」興盛不衰的新局面。

新時期「寫實文學」，是多元文體的融合彙集，涵括了新寫實小說、報告文學、口述實錄文學、傳記文學、紀實小說、新體驗小說，以及個人（私人）化寫作等多種文體。這些文體具有強調寫實、客觀，倚重實證、經驗等共同特徵，在文學觀念、主題題材，創作方法、審美態度等諸多方面都具有不同程度的自然主義傾向，主要體現在：以真實、客觀為根本創作原則，秉承科學精神和方法進行文學創作，強調人物與事件描述的實證性；創作風格上以寫實取代浪漫、以寫真取代虛構；描述對象平民化，選取小人物的視角，把下層人民的生活作為著力描寫的對象，以平凡、普通的平民百姓為主人公，描寫他們的生存苦難和精神煩惱，排斥典型人物的塑造，用「俗人」「凡人」等取代英雄形象、典型人物、「超人」；不迴避醜惡，大膽暴露現實生活中及人類內心深處的醜惡和肮髒，具有審醜溢惡傾向；注重從生理層面刻畫人物，不排斥甚至宣揚性愛描寫，同時也強調生存環境對人的巨大影響；強調對客觀現實的「原汁原味」描繪，避免任何人為布局和匠心安排，追求日常生活化、描寫細節化和敘述散文化；創作態度客觀中立，作者主體缺失，提倡無傾向性和情感「零度介入」等方面。

以下以新寫實小說為例，具體論述新時期寫實文學中的自然主義傾向。

1987年，池莉《煩惱人生》與方方《風景》兩篇中篇小說的發表，標誌著新寫實小說的誕生。隨後《新兵連》《單位》《一地雞毛》《伏羲伏羲》等作品相繼發表，新寫實小說正式閃亮登場，以方方、池莉、劉震雲、劉恒、葉兆言、蘇童等為代表的新寫實作家開始活躍於中國文壇，他們以「寫真實的人

和事」「塑造真實的、客觀的形象」〔註 166〕為旗號，採用冷靜客觀的寫作態度，選取真實自然的日常生活語言，描摹在具體的環境下，具象的凡夫俗子們平庸瑣碎但真實自然的日常生活，凸顯強烈的寫實性。1989 年 3 月開始，《鍾山》開闢了一個專欄，取名「新寫實小說大聯展」，正式將刊載的小說界定為「新寫實小說」，並在「卷首語」中為之下了定義：

「所謂新寫實小說，簡單地說，就是不同於歷史上已有的現實主義，也不同於現代主義「先鋒派」文學，而是近幾年小說創作低谷中出現的一種新的文學傾向。這些新寫實小說的創作方法仍是以寫實為主要特徵，但特別注意現實生活原生形態的還原，真誠地直面現實，直面人生。雖然從總體的文學精神來說，新寫實小說仍可劃歸現實主義的大範疇，但無疑具有了一種新的開放性和包容性，善於吸收、借鑒現代主義各種流派在藝術上的長處。新寫實小說在觀察生活、把握世界上的另一個特點就是不僅具有鮮明的當代意識，還分明滲透著強烈的歷史意識和哲學意識，但它減退了過去的偽現實主義那種直露、急功近利的政治性色彩，而追求一種更為豐厚、更為博大的文學境界。」〔註 167〕

該定義比較準確地把握了新寫實小說的特徵：首先，強調文學的真實觀，要求作家直面現實、直面生活，並對它們作真實、客觀、原生態的還原；其次，創作方法上分外注重寫實，反對浪漫、想像、虛構和誇張；再次，追求文學自身的獨立性，摒棄現實主義文學的政治傾向和功利性；最後，博採眾家之長，凸顯鮮明的時代特色和強烈的歷史、哲學意識。新寫實小說所具有的這些特徵，彰顯了其與自然主義文學一定程度的傳承關係，具體體現在以下幾個方面：

（一）二者都是對現實主義的傳承與超越。

自然主義文學與現實主義關係密切，淵源深厚，新寫實小說同樣帶有明顯的現實主義印記，在強調寫實，注重生活畫面的逼真和細節描寫的真實，對現實生活的黑暗和醜惡進行無情揭露等很多方面，都與現實主義一脈相承。但是另一方面，新寫實小說之所以被冠名以「新」，其中一個原因就是它雖然延續了以往現實主義的寫實手法，對現實生活進行真實描寫、無情揭露，但它又是對現實主義的超越——它放棄了後者所主張的對現實生活的提煉和概

〔註 166〕黃偉宗：《當代中國文藝思潮論》，廣東旅遊出版社，1998 年，第 153 頁。
〔註 167〕《新寫實小說大聯展·卷首語》，《鍾山》，1989 年第 3 期。

括、對「典型環境中的典型人物」的強調，轉而追求真正的寫實，強調盡可能地貼近生活，致力於對社會轉型期中國的現實生活進行真實描繪；它不迴避現實矛盾，不粉飾日常生活，不追求「光明的尾巴」，轉而對物質和精神上都處於轉型期的廣大中國普通民眾的日常生活和複雜感受採取客觀平實的「原生態」描寫；它不將鏡頭對準「典型人物」「英雄形象」，轉而關注普通人民的基本生存狀態，揭示社會矛盾的「真實性」和「平民性」；它過濾了以往籠罩在文學之上的濃厚的政治色彩和意識形態因素，使文學由載道工具回到文學自身，由對文學功利性的過分關注轉為對藝術性的追求……——新寫實小說對以往現實主義的種種超越，與當初自然主義對現實主義的揚棄簡直如出一轍，顯示出了與自然主義美學內質相當程度的吻合。新寫實小說與現實主義文學之間的關係，一如自然主義與現實主義的關係，它們都在一定程度上傳承了現實主義的主要文學觀念和精神，但同時又都脫離、甚至超越了現實主義範疇，並自成風格。

（二）新寫實小說吸收了自然主義文學所強調的絕對意義上的「真實」，主張對現實生活進行「原生態」描摹寫真，真實客觀地再現生活的本來面目，為此他們有意淡化文學的意識形態色彩和社會功利性。

出於對「革命文學」和「宏大敘事」的反撥，新寫實小說同自然主義文學一樣，特別注重對文學真實觀、客觀性的追求。雖然它繼承了現實主義的寫實特徵，但更傾向於自然主義的那種絕對「真實」，它的「寫實」體現為對生活原態與自然真實的寫真，不是像現實主義那樣「按照事物應該有的樣子」，而是同自然主義一樣「按照事物原來的樣子」進行原生態描寫。因此，他們並不追求文學對生活本質的揭示，相反，他們著意淡化文學的意識形態和社會功利性，作家們不再是高高在上的施教者和道德典範，而是和讀者一樣地位平等的體驗者；他們不刻意選取典型、提煉生活，而是關注對普通日常生活的體驗，對平凡個體的生存狀態的揭示。

（三）新寫實小說與自然主義文學都反感現實主義著力塑造典型環境中的典型人物的做法，轉而注重描寫凡俗生活的細節和片段，將下層人民的悲歡離合，小人物瑣碎的日常生活和平庸的精神世界作為描寫重心，具有顯著的平民文學傾向。

自然主義文學開創性地將筆觸深入下層社會，將普通的平民百姓作為審美觀照主要對象，具有鮮明的平民性。新寫實小說同樣如此，其最典型的特

徵就是「把視線移向普通中國人的現實處境、移向社會存在、真切體察、真實反映普通平民在現時代的生存狀況」〔註168〕。方方、池莉、劉震雲、劉恒等新寫實作家，雖然在題材的選取及文本的處理上各有特點，但共同之處就在於，都以強烈的平民意識，關注著生活在社會底層的普通人的生存狀態。庸庸碌碌的小市民、小職員、小官員，貧賤的農民、士兵、小知識分子等小人物，成為文本描述的主要對象，他們的衣食住行、生老病死等生命常態，他們生存的艱難與困惑，以及為了改變生存境況、實現自己卑微的生命欲望所做出的種種努力，都被作家原汁原味地呈現出來，構成一幅幅小人物的灰色人生畫卷。

　　總之，新寫實小說以平實、客觀的筆調，描摹代表真實世界大多數的普通人的日常生活，反映小人物生存的真實狀貌。作家選取這些小人物作為審美觀照的對象，從他們的視角透視生活的底蘊，使得審美具有了普遍意義，顯得平實而真誠。

　　（四）不同於現實主義對人物社會性的側重，新寫實小說與自然主義一樣，都強調生物本能對人的巨大作用，在人物塑造上更為強調人的生理層面，將遺傳、本能、性慾等人的自然屬性、生理因素當作制約和決定人的行為的主要力量。

　　在新寫實小說中，人類生存最基本的需求——「吃」和「性」，在生理層面上得到了客觀、充分的描寫。新寫實小說代表作之一，劉恒《狗日的糧食》，把人的行為等同於動物的本能，讓「吃」變成了人生存的唯一目的，為了滿足「吃」的本能欲求，就必須搞到糧食，為了糧食，人可以不顧尊嚴，不要廉恥。為了生存，醜女人四處借糧，借不到就偷、搶，她甚至去揀騾糞裏未消化的碎玉米粒。為了糧食，她刁鑽兇惡，無恥蠻橫，不顧親戚情誼，甚至賣身，最終竟然為了糧食去死。在醜女人身上，人性中最本真、最醜惡的動物本能在生存的威脅下袒露無遺。人活著必須有糧食，這本無可厚非，但把糧食作為追求的唯一目標，就強烈地暴露出人的動物性，凸顯生存的悲哀。方方的《風景》把一個碼頭工人家庭成員在生殖和生存本能驅使下的各種醜陋行徑赤裸裸地再現出來：父親是個酒鬼、虐待狂，精力過剩，有暴力傾向，以毆打妻子兒女為樂事；母親性慾旺盛，一見到男人就賣弄風情，極盡挑逗賣弄之

〔註168〕張德祥：《「走向寫實」：世紀末的文學主流》，《社會科學戰線》，1994 年第 6 期。

能事；兒子發誓要當著父親的面強姦母親和姐姐；大哥與領導的妻子通姦，五哥、六哥帶女孩回家輪姦。整個家庭充斥著變態的動物意味──人如同動物一樣成為欲望的奴隸。

（五）二者都力求保持一種客觀化的敘述態度和描寫方式。

從真實觀出發，左拉等自然主義者認為，文學家必須像科學工作者一樣，秉承科學的態度和方法，科學地研究與再現真實的生活，作家應該意識到自己「進行著病理學家和醫生的業務」〔註169〕，必須不動感情、不帶個人色彩地觀察和審視現實，以絕對中立和客觀的立場如實地「記錄」生活。新寫實主義作家承襲了自然主義文學客觀中立的立場，以超然物外的眼光審視生活，以客觀冷靜的態度進行敘事，不夾帶個人情感，不加諸是非判斷，呈現出一種超然、淡泊的寫作姿態。

為了達到真實、自然，自然主義作家不大在意文本的謀篇布局，摒棄傳統小說結構嚴謹的特點，而把日常敘事引入小說文本，敘述比較散漫隨意，一如現實生活的原貌，從而使得小說具有了散文化傾向。新寫實小說同樣如此，它們不刻意追求故事情節，不費心謀篇布局，而常常採用最簡單的敘事方法，按事物發展的自然順序，平鋪直敘，如扯閒話，如敘家常，如記流水帳，不顯人工雕琢痕跡。

為了達到高度的客觀，左拉等自然主義者在語言上要求真實、自然，因為以下層社會的工人、農民等為審美觀照對象，所以自然主義文學多採取符合下層人民身份的口語化的語言進行創作，並儘量保持語言自然、粗糙的原態。新寫實作家同樣追求語言表達的樸實、自然，他們以來自現實生活中的充滿生命力的語言，將現實生活原汁原味、自然而然地呈現出來，帶給讀者親切自然的感受。

（六）二者具有相同的歷史命運。

自然主義文學在世界文學史上輝煌燦爛的時間極為短暫，而新寫實小說擁有相同命運，從1989年《鐘聲》公開提倡「新寫實」到1991年新寫實小說聯展的失敗，新寫實思潮流行僅僅三年。它同自然主義一樣，隨著社會思潮的興起而產生，又隨著社會思潮的轉變而淡化。作為文學流派，新寫實小說在中國一如自然主義在法國，都是曇花一現。

〔註169〕李保國：《論左拉的自然主義文學觀》，《遼寧師範大學學報》，1987 年第 2 期。

　　新寫實小說具有的自然主義傾向已經為學界所認識。陳思和認為：新寫實小說「描寫凡俗，甚至惡俗，這似乎是自然主義的品質之一。所謂『純態事實』不過是還原了沒有激情沒有理想的原始自然主義生活觀。使作家將筆墨集中到人的生存現狀的認同感。」他還以劉恒的《伏羲伏羲》《狗日的糧食》《白渦》等小說為例，證實新寫實小說都「帶有自然主義色彩。」〔註170〕丁永強認為：「新寫實主義和自然主義有著驚人的相似之處，是對自然主義的一次回歸。」〔註171〕王暉認為新寫實小說「酷似左拉風格」〔註172〕。還有學者認為新寫實作家的代表之一池莉的小說「不論是題材選擇，還是寫作姿態，都具有明顯的自然主義色彩」〔註173〕，「池莉在衝破傳統現實主義，探索現實主義新的表現力量的過程中，確乎把自然主義的可取方法運用到了自己的創作中」，「大膽地標明她的創作的自然主義傾間」〔註174〕。新寫實作家的另一位代表人物方方的作品也被認為是「在新寫實小說中，最貼近自然主義方式的作品」，其關於生存本相逼真的敘寫，像自然主義作品一樣「令人驚愕和震撼」〔註175〕。劉恒則被認為「側重的人的生物本能，多在『食』與『性』上展開自然主義書寫」，處於「自然主義的正點起跑狀態」〔註176〕。

二、自稱「寫實派」〔註177〕的王安憶

　　王安憶與自然主義的關聯已經引起研究者注意。有人稱她是「自然主義的預備狀態或起點」〔註178〕，有人認為她「在自身經歷的基礎上自覺地接受了自然主義文學思潮的影響」〔註179〕。作家陳丹青曾認為王安憶《六九屆初中生》

〔註170〕陳思和：《自然主義與生存意識》，《鍾山》，1980 年第 4 期。
〔註171〕丁永強：《新寫實主義與自然主義的回歸》，《藝術廣角》，1990 年第 2 期。
〔註172〕王暉：《20 世紀末中國寫實文學論》，《文藝研究》，2007 年第 7 期。
〔註173〕聶華：《試析池莉作品的自然主義傾向》，《科技信息》，2008 年第 10 期。
〔註174〕江波：《現實主義與自然主義的接榫——池莉創作解析》，《湖北民族學院學報》，1995 年第 3 期。
〔註175〕姜玉梅：《新寫實小說的平民世界及其悲劇意蘊》，《作家》，2009 年第 2 期。
〔註176〕沈夢贏：《劉恒的殘酷：透視自然本能》，《山西大同大學學報》，1999 年第 4 期。
〔註177〕王安憶：《中國音樂在中國》，http://tieba.baidu.com/f?kz=103713495，2006 年 6 月 1 日。
〔註178〕沈夢贏：《當代自然主義小說論——兼評新寫實》，華中師範大學碩士論文，1999 年，第 1 頁。
〔註179〕皮進：《穿越歷史時空的「道同」——論王安憶小說中的自然主義情懷》，《山西大同大學學報》，2015 年第 1 期。

「是 30 年來寫農民和青年最沒有教條、最自然主義的一部作品。」〔註 180〕

王安憶對自然主義文學有過明確評價,在其對《包法利夫人》的評價中體現最明顯:「性格嚴謹的自然主義向來不製造神話,他們從不企圖扭轉『普通生活的平常進程』,於是他們便也無法扼止愛瑪,這一個沉溺於自我幻覺的女人,一廂情願地製造神話。當然,他們同樣無法扼止生活的進程不斷地擊破她的臆造的神話。」準確指出了自然主義文學對真實性的絕對要求。她還引用左拉的原話,道明自然主義文學的寫實性:「如左拉這樣同是所謂自然主義者,他是能夠瞭解寫實基本性質:『以《包法利夫人》為典型的自然主義小說的首要特徵,便是準確地複製生活,排除任何故事性成分。作品的結構僅在於選擇場景以及某種和諧的展開秩序』……『場景』、『和諧的展開秩序』,便是寫實的美學要素。」接著,王安憶指出了自然主義文學強調真實性的優勢:「忠誠的寫實就是提供給人各種看的角度。非常奇異,從同一種描寫中,竟可以引出決然相反的感受。這倒是自然主義的好處,它保持平衡,能夠將有機狀態的生活搬上小說。這也是寫實的好處,它從不濫情,總是描寫事物的最表面狀態,而經過精密選擇的表面狀態,則像鏡子一樣反映出本質。」

王安憶將愛瑪與現實主義小說《安娜·卡列尼娜》主人公放在一起比較,指出雖然安娜和愛瑪都「熱情浪漫」,但存在本質差別:安娜明顯「遠離現實」:「真正追求夢幻的是安娜·卡列尼娜,因她有著特別強烈的熱情。這熱情使她遠離現實,超凡脫俗」,而愛瑪則「在熱情浪漫中間透出一股講求實際的意味」,王安憶指出這種差別來自自然主義與現實主義真實觀的不同:「自然主義不得不流露出它的限制。由於他們不相信生活的偶然性,過於忠實『普通生活的平常進程』,於是,便失去了超凡脫俗的可能性。愛瑪的悲劇,遠不及安娜的高尚,她只是凡俗的悲劇。」「愛瑪的死是現實的死法,而安娜·卡列尼娜,卻帶有獻祭的意味。前者是生活,後者是詩。嚴酷的寫實絕對服從現實,它不創造昇華。它將現實搬上紙面,鋪排得和諧有序,在此和諧有序之中,生活的本來面目便裸露出來。是比現實中的更加嚴密、結實、決絕,為普遍的定律所推動。」王安憶的評論,比較準確地指出了自然主義與現實主義在文學真實觀方面的顯著差異:自然主義所追求的真實是絕對的真實,是「事物本來的樣子」,而現實主義則是相對的真實,是「事物應該有的樣子」。相

〔註 180〕 見珍爾:《與時代錯位的一群——讀王安憶的〈69 屆初中生〉》,《新聞出版與交流》,2000 年第 4 期。

較而言，出現在現實主義作品中的審美對象，是被理想化的、經過作家人工潤飾的人和事，因此它們「高尚」「超凡脫俗」，現實主義作品是對現實的「創造」「昇華」；而自然主義作品是對現實的「絕對服從」，是「嚴酷的寫實」、對「生活本來面目」的真實裸露，因此，自然主義作品中的世界，是「凡俗的」「現實的」。很顯然，王安憶認為自然主義比現實主義更真實、更現實。

　　雖然從王安憶的評價中我們不難發現其對自然主義文學真實觀的認可，但事實上，王安憶對文學真實觀的認識有一個過程。她說：「我年輕的時候不太喜歡福樓拜的作品，我覺得福樓拜的東西太物質了，我當然會喜歡屠格涅夫的作品，喜歡《紅樓夢》，不食人間煙火，完全務虛，但是現在長大以後，我覺得，福樓拜真像機械鐘錶的儀器一樣，嚴絲合縫，它的轉動那麼有效率。有時候小說真的很像鐘錶，好的境界就像科學，它嵌得那麼好，很美觀，你一眼看過去，它那麼周密，如此平衡，而這種平衡會產生力度，會有效率。」〔註 181〕王安憶的分析非常精準地道出了自然主義對文學真實的高度追求：文學就是對客觀世界的客觀寫照，小說創作就像科學研究一樣精密，就是對真實的客觀還原，應該和現實生活完全吻合。

　　王安憶對《包法利夫人》態度的轉變折射出其文學真實觀的逐漸成熟：「《包法利夫人》卻熄滅了光環，令人看見底下黯然的真相。愛瑪的美貌、愛情、憂鬱、希望和絕望，甚至於她的死，都是在缺乏同情和讚美的描寫中，呈現眼前，更不要說別的了。這一切都不夠熱情和甜蜜，無法滿足自戀的情結。即便是成年，再一次讀《包法利夫人》，覺出了它的好，也不是為它醉心。相反，因你比年幼時清醒，於是便冷靜了，它原是沒有一點讓人做夢的企圖，你領受到的是更為真實的現實。所以，你是，折服，折服寫實的殘酷。」〔註 182〕

　　自然主義文學基本創作觀念和方法也深深影響了王安憶的創作實踐，具體體現在以下幾個方面：對文學真實觀念的高度追求；對實證、寫實等創作態度和方法的嚴格要求；執著於通過文學「表現自我」，將自己的生活經歷和人生感悟如實地寫進小說；大膽、細膩地描述人的原始生命欲求和性愛生活；以普通市民、農民取代英雄和偉人，以普通平民的日常瑣屑生活解構現實主義的宏大敘事；注重遺傳因素對人的深刻影響等。王安憶小說《好姆媽，謝

〔註 181〕王安憶：《小說的當下處境》，《大家》，2006 年 5 月，第 12 頁。
〔註 182〕王安憶：《殘酷的寫實──重讀〈包法利夫人〉》，《讀書》，1999 年第 11 期。

伯伯、小妹阿姨和妮妮》中，好姆媽，謝伯伯和妮妮原本是幸福的一家三口，父母有知識、有教養、高收入，小時的妮妮漂亮可愛，父母對她的教育也非常重視，一家三口其樂融融。但隨著年歲的增長，妮妮身上逐漸顯露出粗鄙、惡俗的一面，並且形成了偷竊的毛病，任父母、老師如何教育都無法改變，是什麼導致了妮妮的這種變化呢？是不可抗拒的血脈傳承，是神秘的「生命遺傳之謎」：妮妮是個抱養的孩子，老家在貧窮的農村。王安憶通過妮妮的故事，為我們展示了遺傳的強大力量，後天的培養與改造無論怎樣也無法撼動其根深蒂固的地位。這與左拉對遺傳的強調極為一致，據此，陳思和認為王安憶作品中流露出來的思想與左拉的遺傳理論有相通之處。

三、自認有「自然主義傾向」的賈平凹

　　賈平凹作品中的自然主義色彩已為學界所注意。他以長篇小說《秦腔》奪得第 7 屆茅盾文學獎，評委謝有順明確指出作品中的自然主義因素，並對之表示讚賞：「《秦腔》在敘事藝術上也有新的探索，那種拙樸的語言，細密的自然主義的筆法，以及通過湯湯水水的生活流的呈現來仿寫一種日常生活的本真狀態，都有力地說出了一個作家持續寫作、勇於創造的品質。」〔註 183〕另一方面，也有研究者因為《秦腔》所顯露的「自然主義」因素而對之進行批評，認為其通篇充滿「粗糙的」「無節制的」「自然主義描寫」，顯示了「意義的沉淪與自然主義描寫的泛濫」〔註 184〕。「賈平凹的小說只是平面的展露現實，屬於自然主義的一路」，「賈平凹採取自然主義的描寫方法，放棄小說敘事的巨大的總攬能力和全知能力，毫無節制地編造情節，羅列了大量瑣碎的事情」。〔註 185〕

　　賈平凹對此沒有否認，而是明確肯定了作品具有一定的自然主義傾向：「對於《秦腔》，對於『自然主義』的寫法，我確實也有這種傾向」，他認為作品採用自然主義方法是合適、有效的：「我覺得這種題材用這種寫法更適宜一點，因為這是一個長篇，沒什麼大的情節，沒什麼故事，就是寫日常瑣事的，

〔註 183〕謝有順：賈平凹以《秦腔》獲獎才是最合適，《西安日報數字報刊》，http://epaper.xawb.com/xarb/html/2008-10/29/content_81649.htm。

〔註 184〕李建軍：《是高峰，還是低谷——評長篇小說〈秦腔〉》，《文藝爭鳴》，2005年第 4 期。

〔註 185〕于仲達：《無路的絕望和精神的匱乏——賈平凹病象觀察》，http://bbs.zjol.com.cn/thread-3209384-1-1.html。

要寫日常瑣事必然就得採取一種呈現的辦法，必然就會寫得很瑣碎，什麼都寫進去了。『自然主義』的寫法就像時間一樣，時間的流淌是不知不覺的。早上起來不知道什麼時候就到中午了，不知不覺就到晚上了，時間是在慢慢地積累，到一定的程度就會呈現出來。」〔註186〕

不惟《秦腔》，賈平凹其他作品也常被拿來與自然主義比較：有人認為《廢都》是「比較優秀的自然主義小說」〔註187〕，有人評價《廢都》「不矯情，不裝飾，不點綴，以接近自然主義的筆法，寫出現實生活中的種種真實」〔註188〕，有人認為《山本》「以自然主義主題標定小說基調」，通過「自然主義的冷描寫」來「書寫自然主義觀念」〔註189〕。還有學者認為其後期作品呈現出「自然主義傾向」，小說成為「類似自然主義的實錄」。〔註190〕

賈平凹的小說，主要取材自己熟悉的農村生活，原汁原味地再現普通農民的鄉土生活，反映他們的喜怒哀樂、悲歡離合。為了真實再現農村的原始風貌，賈平凹不太注重文本結構的謀篇布局，不挖掘作品的思想深度，而是採取簡單直接、平面化的敘事方式，素描畫的描摹手法，運用農村的方言土語，原生態地展示淳樸隨意、粗糙自然的農村生活。他的小說以醜惡和黑暗為支點，側重從人的生理層面刻畫人物形象，大膽細膩地描繪人的原始本能和性慾的泛濫，文本中充斥著大量赤裸裸的性愛描寫，對醜陋、罪惡的人與事的盡情暴露，以此揭示人性深處的愚昧、醜陋和悲哀。因此，在文學的真實性、題材的平民化、敘事的平面化、日常化、語言的口語化，以及對原始本能和性的赤裸裸的描述、鮮明的審醜溢惡傾向等方面，顯示出明顯的自然主義色彩。

四、崇尚「來自民間大地的自然主義美學」的莫言

同樣擅長農村題材創作的莫言，作品中也呈現出一定的自然主義痕跡。陳思和認為「莫言的創作風格一向強調原始生命力的渾然衝動和來自民間大

〔註186〕《賈平凹畢飛宇大談文學的魅力》，http://tieba.baidu.com/f?kz=21962483。

〔註187〕夏華秋實：《自然主義與黃色小說》，http://blog.sina.com.cn/s/blog_3fb0fec501000dls.html。

〔註188〕獨庸生：《論〈廢都〉》，http://www.xiaoshuo.com/readbook/0011002682_8602_3.html。

〔註189〕谷鵬飛：《歷史主義抑或自然主義：評賈平凹〈山本〉的敘事史觀》，《中國文藝評論》，2018 年第 6 期。

〔註190〕李遇春：《守望及變革——論賈平凹四十年小說創作軌跡》，《湖北大學學報》，2016 年第 1 期。

地的自然主義美學」〔註191〕，作家顧豔說莫言作品「帶著底層民間的自然主義美學」〔註192〕，白禮博認為其小說「根生於堅忍不拔的自然主義」〔註193〕。莫言長篇小說《司令的女人》被研究者評為「體現了自然主義與現實主義融會貫通的結合」〔註194〕，短篇小說《枯河》也被作家葉開評價為「用類乎自然主義的手法，讓一個本來應該成為避風港灣的家庭在特殊的歷史和特定的環境下，變成了人間地獄。」〔註195〕還有研究者聲稱：莫言的作品明顯「受到拉美魔幻現實主義、自然主義等的影響」〔註196〕，「《豐乳肥臀》一開篇就對驢生騾子女兒臨產進行了血乎淋拉的自然主義的描寫」〔註197〕等。

　　莫言自己曾明確承認作品中的自然主義因素：「多年來，我的創作一直強調原始生命力的渾然衝動和來自民間大地的自然主義美學，這一點始終沒有什麼變化」，並解釋說之所以強調自然主義美學，是因為「我要完全的中國原生態」〔註198〕。在一次採訪中，有記者問及莫言：為何對受刑經歷如此癡迷，為何不少作品中對受刑場面、受刑人的感受、施刑工具都刻畫得極為細膩？莫言為自己作品中的自然主義因素進行了解釋：「這部分描寫，是評論界批評我最多的地方。有評論家認為我不應該搞這麼多的自然主義，不應該搞這麼多血腥場面。寫此類場面，我首先聲稱，我不是受虐狂，也與性格無關，只與情節有關。像《紅高粱》裏羅漢被活剝皮的場面，確實很殘酷，但如果沒有這部分的受刑場面描寫，讀者對高密鄉村民的抗日怒火就不會產生那麼強烈的共鳴，後面情節渲染得也就不會充分，實際上受刑是為後面氣氛作鋪張推進。」〔註199〕

〔註191〕《莫言論》，http://www.pkucn.com/viewthread.php?tid=20170。

〔註192〕顧豔：《莫言：激情燃燒的火把——我眼中的作家莫言》，《作家雜誌》，2007年第5期。

〔註193〕張清華：《莫言研究年編2014》，三聯書店，2016年，第98頁。

〔註194〕http://0.book.baidu.com/weilan/m0/w10/h91/4a01bf2854.1.html。

〔註195〕葉開：《莫言評傳》，http://www.ddwenxue.com/html/zgwx/zjzj/20080919/2370_14.html。

〔註196〕劉廣遠：《顛覆和消解：莫言小說中人的「異化」與審醜》，《渤海大學學報》，2004年第1期。

〔註197〕《冰山一角窺血腥》，http://hi.baidu.com/linribuku/blog/item/762252dec218c0184854035b.html。

〔註198〕劉悠揚：《「山東漢子」莫言暢談文學與人生》，《深圳商報》，2005年11月20日。

〔註199〕《特區青年報》，http://www.dahuawang.com/tqqn/20040625/gb/tqqn^353^6^Tf004.htm。

　　來自農村的莫言，將自己經歷的 20 多年農村生活作為創作基礎，小說大多以其故鄉，高密東北鄉為背景，作品中出現的故事和人物、使用的語言，大都與他的農村生活密切相關，作品凸顯鮮明的真實感和平民性。莫言還擅長以自然主義慣用的方式進行詳盡而真實的性愛描寫，真實地再現農民，特別是農村女性對和諧性愛的恣意追求、對狂熱情慾的盡情釋放，展示他們健全的人性和原始的生命活力。此外，莫言在作品著力描寫醜惡、暴力、殘忍，人與動物生產、行刑、受刑、挖眼、剝皮等令人不寒而慄的血腥、殘酷場面隨處可見，彰顯強烈的審醜溢惡傾向。凡此種種，都顯現出明顯的自然主義色彩。

五、冷然直面苦難和暴力的余華

　　對苦難和人性惡近乎冷酷的描述，是余華創作和自然主義文學的共通之處。他的小說被認為是「近乎佐拉《娜娜》般的自然主義」〔註 200〕，他的新作《兄弟》被認為是依舊堅持了作家「一貫的風格」——「殘酷的自然主義風格」，作品中「不僅有宋凡平如何被折磨以及如何被打死在車站的場面的細緻的刻畫，也有孫偉被追打致死的慘酷的畫面，最後還有宋鋼臥軌時悲慘畫面，每一副這樣的畫面出現時，都讓人感到疼痛」〔註 201〕的確，苦難、暴力、血腥和死亡是余華小說中反覆言說的主題，他通過對這些殘酷場面的自然主義式的冷靜描述，挖掘人性深處的醜惡與殘忍，顯露對歷史的拷問、對認知的反叛。評論者一致認為余華的敘事態度是冷漠的，並因此將他與自然主義聯繫起來，李嘉藝將「對暴力、苦難的自然主義描述」定義為「余華標籤」〔註 202〕，沈夢瀛認為「余華的不少代表作更接近自然主義，而不是表現主義」，「余華是自然主義的終點」〔註 203〕。

　　此外，余華的小說還在以下幾個方面呈現出與自然主義文學的關聯：

　　首先，作品的平民化傾向。正如陳思和所說，余華已經從 80 年代「先鋒」

〔註 200〕　《中國著名作家余華第一次踏足加拿大》，http://www.ouhuanews.com/news html/160147.html。
〔註 201〕　疾風勁草：《〈兄弟〉：殘酷而荒誕的後現代現實》，http://wildgrass.blog.hexun. com/20230899_d.html。
〔註 202〕　李嘉藝：《余華小說母題類型探析》，《河池學院學報》，2014 年第 4 期。
〔註 203〕　沈夢瀛：《余華的「冷酷」：抉發人類本性——論余華小說的自然主義傾向》，《武漢交通大學學報》，1999 年第 2 期。

寫作，轉向了新的敘事空間——民間的立場。其作品關注的焦點是當下社會中的普通平民，他採用平等的而不是高高在上的寫作態度，運用民間話語，再現芸芸眾生的凡俗人生。

其次，「平面性」、散文化創作手法。余華有意識地放棄複雜的結構模式、弱化故事的情節、減少人物形象塑造的要素、運用淺顯通俗的日常語言等，轉而追求小說文本「人物單一，情節單一，結構單一，純然短篇寫法」，從而凸顯作品的平面性和散文化等自然主義特徵。

第三，「直面苦難」「直面暴力」的審醜溢惡傾向。對苦難生活的真實再現是余華作品一以貫之的主題，尤其是在前期作品中，作家就是在反覆「咀嚼苦難並沉浸於其中」。為了真實再現生活，余華毫不迴避對暴力、苦難、死亡等可怖場景，並採用自然主義式的精細描寫，大肆渲染暴力場面。其作品中的暴力場面，一如自然主義作品一般「血淋淋」「令人駭然」「嚴酷可怕」，但同時也同自然主義作品一樣，是對殘酷現實的真實再現，暴露出現實社會對人的異化以及人性深處的殘忍和可怕。

第四，有意識地摒棄作品的意識形態性、政治功利性和道德說教功能，而採取「零度情感」寫作，追求文學自身的獨立性。自然主義文學要求作家做「忠實的記錄員」「客觀的科學家」「冷靜的解剖家」，而不是「政治家」「道德家」「評論家」，余華承襲了自然主義「零度情感」的寫作態度和方法，「像拔牙一樣把事物中包涵的確定性意義全部拔除了」。

此外，以鮮明的「寫實性」「非虛構性」等為標籤的其他文學團體，包括被霍洛韋爾稱為「綜合了小說、自白自傳和新聞報導的各種特點」的中國當代紀實小說、被卡津稱為「再現了不能被藝術家們所想像出來的事實」的報告文學、追求高度真實的新體驗小說等，也因為對「生活形態的真實」的宗旨性追求，而被研究者認為「與自然主義有了相當密切的聯繫」〔註204〕，在最大限度地追求文學的真實性、非虛構性，堅持實地觀察、講究嚴格寫實等實證性創作手法，選擇「零度情感」的敘述態度、客觀中立的寫作立場等方面呈現出自然主義文學高度一致之處。

〔註204〕張冠華：《論新時期紀實文學的自然主義真實觀》，《鄭州大學學報》，2000年第3期。